神宠在上

煮酒梅子青○著

当代世界出版社

图书在版编目（CIP）数据

神宠在上 / 煮酒梅子青著.-- 北京：当代世界出版社, 2014.6

ISBN 978-7-5090-0969-7

Ⅰ.①神… Ⅱ.①煮… Ⅲ.①长篇小说—中国—当代 Ⅳ.①I247.5

中国版本图书馆CIP数据核字（2014）第077983号

书　　名：	神宠在上
出版发行：	当代世界出版社
地　　址：	北京市复兴路4号（100860）
网　　址：	http://www.worldpress.org.cn
编务电话：	（010）83907332
发行电话：	（010）83908409
	（010）83908455
	（010）83908377
	（010）83908423（邮购）
	（010）83908410（传真）
经　　销：	新华书店
印　　刷：	三河市祥达印刷包装有限公司
开　　本：	730mm×960mm　1/32
印　　张：	8.375
字　　数：	210千字
版　　次：	2014年6月第1版
印　　次：	2014年6月第1次
书　　号：	ISBN 978-7-5090-0969-7
定　　价：	25.00元

目录
Contents

第一章
号被盗了

【系统】：您的密码不正确。

【系统】：您的密码不正确。

【系统】：……

田小雅烦躁地一拳捶在电脑的键盘上，自己每天都会输入的账号密码，怎么可能会弄错？！

她抬头看了一眼电脑屏幕右下角的时间，和之前谈好的买家交易的时间只剩下了不到一个小时，如果一切顺利的话，她今天将有五位数的收入进账。但是在这样关键的时刻，她的账号却出了问题！

难道是，她的号被盗了？！

田小雅甩了甩头，迅速将这个不祥的信息从脑子里扔了出去，伸手抓起手机拨通了《天涯》的客服电话。

认真填写详细的注册信息是田小雅这些年游戏生涯所坚持的一个好习惯，所幸有这个好习惯的帮助，她在经历了四次占线、等了

十多分钟之后，成功地修改了密码，并且顺利地进入了游戏模式，但是……那个在主城主干道上裸奔的萝莉妹子，真的是她吗？

无论是仓库还是包裹栏，都被洗劫一空，金币也只剩了个零头。

田小雅看着屏幕上那个站在人群中茫然不知所措的角色，蒙了。

先不说她拥有的钱币、仓库包裹里的各种宝石材料和装备，单那把龙跃剑就价值五位数了。这样算下来，她的损失换成人民币相当于三万块啊，三十分之一的首付啊！老天！她想买房子啊！

田小雅的心在滴血。正在她痛苦地计算损失，并且愤怒地问候盗号者全家带祖上是否安好时，电脑屏幕上刷出的一排私聊信息引起了她的注意。

【私聊】那时花开：田田，恭喜你的武器成功出手了呀！卖给大神的话，一定多赚了不少吧！

【私聊】那时花开：透露一下嘛，大神出了多少钱买走的龙跃剑？

那时花开是和她一起合租的室友，两人是大学同学，还是一同混迹游戏的战友——罗晓潇。

罗晓潇这几天出差在外，所以没有亲眼见到田小雅得到龙跃剑的历史性时刻，但是却是第一个分享田小雅成功喜悦的朋友。

别的她都没空搭理，唯有一个名字闪瞎了她的眼睛——龙跃剑，一个服务器只有一把的神器！这都不是重点，重点是原本应该躺在她个人仓库里静候发落的绝世神器，怎么会在此时跑到了大神的手里？

想到这里，田小雅立刻抓过键盘，噼里啪啦地敲了下去。

【私聊】莲叶何田田：花开，你确定你看到大神手里拿着龙跃剑？

【*私聊*】那时花开：是啊是啊，我在八十九级副本门口看到的啊，大神那与众不同的气势，我肿么可能会看错？！

【*私聊*】莲叶何田田：我的号被盗了。

【*私聊*】那时花开：话说你交易时有没有留大神电话呀，要知道这种让大神临幸的机会……

【*私聊*】那时花开：你说什么？！

【*私聊*】那时花开：田田，这玩笑一点也不好笑！

【*私聊*】莲叶何田田：你看我像在和你开玩笑吗？

【*私聊*】那时花开：田田，你先别冲动，这件事情……

那时花开的消息还没有来得及发完，她便看到世界频道上刷出了一排让她心惊肉跳的文字——

【世界】莲叶何田田：黄泉，你这个买赃物充大神的败类！

因为用了醒目道具，再加上其中涉及的内容太过劲爆刺激，所以田小雅的这则消息一刷上屏幕，整个世界频道顿时安静了，只看到那条加红加粗的消息，刺眼地挂在那里，戳爆了一干人的视神经。

如果是别人在世界里曝这个消息，估计早就被骂得狗血淋头，甚至要真人约战了！但是曝这个消息的人，是田小雅，龙跃剑的制造者。龙跃剑是《天涯》中剑客的顶级神器，获得方法只有一种——合成。

杀死《天涯》九十九级五个副本里的终极BOSS，就有机会获得合成龙跃剑的残片。集齐了金木水火土五种属性的残片，再加上十万金币，就能够到主城找城主获得一次合成龙跃剑的机会。

据说龙跃剑的合成几率极低，田小雅所在的天涯九区开区到现在已经两年多了，有无数人前仆后继地进行尝试，但最终获得成功

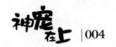

的只有田小雅一人。

龙跃剑合成成功的系统公告刷出来的那一瞬间，莲叶何田田这个ID便和龙跃剑毫无悬念地绑在了一起，也成了九区玩家眼中幸运的代言人。不过就这样的一个大家眼中公认的幸运儿，如今却遭遇了号被盗、装备被洗劫的悲惨命运，正一身赤条条地站在主城的主干道上任人围观。

田小雅是真的生气了。不管大神是不是盗号者，但是龙跃剑在他的手里却是不争的事实。

那么……

【世界】黄泉：龙跃是我花两万块找你买的，你不会这么快就忘了吧？！

黄泉这句话一出来，世界再一次沸腾了。

如果黄泉说的是真的，那么田小雅这样卖了东西又假装号被盗来指责黄泉的行为，就实在是太让人不齿了！可，如果田小雅说的是真的呢？

看着闹哄哄的世界频道，方才黄泉爆出的那句解释已经被刷没了，但是其中的内容让田小雅再次傻在了电脑前。虽然她不认识黄泉，也从没有和他接触过，但是不知道为什么，她的直觉告诉她，黄泉并没有骗人。

可她从来都只在家里上网，家里的电脑虽然是大二的时候买回来的老货，却一直运行良好，从未出过故障。田小雅因为要靠游戏赚外快，她对电脑安全的保护也很尽责，杀毒软件、安全卫士是一样都不少，连带着游戏账号的矩形密码阵也是一个月一换。在这样严密的保护下，她的账号怎么可能还会被盗呢？

【私聊】黄泉：如果你的号真的被盗了的话，那么你看看这个人你认识不认识。

【*私聊*】黄泉：郭金泉；卡号95588×××××；手机号135×××××××；QQ号4345×××。

田小雅想问题正想得入神，突然被眼前弹出的消息吓了一跳，再一看黄泉发过来的详细信息，她的心瞬时如同浸入了冰窖一般冰寒彻骨！

田小雅颤抖着手指，对着网络另一边的黄泉敲下了她最后的一丝希望——

【*私聊*】莲叶何田田：你真的是和他交易的吗？

【*私聊*】黄泉：是这个号主动联系我的。价格是早就和你谈好的，我问过是否是本人，他说他是你男朋友。我留了他的手机号和银行卡号。

田小雅脑子里轰隆作响，简单地套了一身衣服便往外跑。她一定要找郭金泉去问个清楚，为什么要背着她做出这种事情来！

只是今天也不知道是因为情绪太过激动，还是心不在焉，跑到了他家门口，她拿着钥匙连捅了几次竟然没有捅进锁孔，而就在这时，门咔哒一声居然自己开了。

看着依偎在郭金泉臂弯下小鸟依人满面娇羞的女子，田小雅觉得她之前所有的努力，所有的坚持还有所有的期待，都是一场自编自导自演的大笑话。

"小……"

显然，对于田小雅的突然到来，郭金泉也很意外。他下意识地拉开了与身边女子的距离，正要开口对她解释，却不想田小雅根本不想听，转身便冲下了楼梯。

田小雅一阵风似的冲出了名苑小区的大门，她真是蠢到无可救药了！

抹了一把脸上的潮湿，田小雅气冲冲地往前走，此时，一阵拉

风的玛莎拉蒂向她冲了过来……

田小雅被急刹车的声音惊得大脑一片空白，一下子坐在了地上，可是等了许久也没有感到自己被碾压带来的疼痛。田小雅在一个温和又带着几分焦急的问候声中缓缓睁开了眼睛，此时她才发现自己不知道什么时候已经来到了马路中间，眼前还有一张放大的男人的脸。

"你，还好吧？"

"我一点儿也不好！"田小雅脚部传来一阵阵疼痛，夹杂着内心的委屈，她的眼泪就像决堤了一般，不受控制地流了下来。

"我送你去医院。"男子不由分说，上前便把田小雅从地上抱了起来，转身放进了车副驾上。玛莎拉蒂画出一条银色的弧线，朝着离这里最近的医院疾驰而去。

田小雅披头散发，眼圈红肿，身上那条白色的棉布长裙也因为坐在地上而变成了黑灰色。她不安地挪了挪身子，忍着自己脚踝处传来的一阵阵痛楚，小心地瞅了瞅坐在身旁开车的男子，凤眼星眸，双眉如刀，神情冷峻，带着一股不怒自威的凛然气势。

她平生第一次坐上这么华贵的车子，却是顶着这样的一副尊荣。再想到自己被郭金泉蒙骗了这么久，还被他盗了账号洗了装备，然后自己不仅没能要到说法，还差点儿被车撞上……越想越委屈，田小雅再也忍不住号啕大哭起来。

"你，你怎么了？"田小雅这一哭把旁边开车的凤翯吓了一大跳。他急忙踩刹车放慢了车速，把车停靠在路边的临时停车点，扭头一脸关切地看着田小雅："是不是脚疼得厉害，你再忍一忍，马上就到医院了。"

"不是，我只是想着，我怎么就那么倒霉！"田小雅吸了吸鼻子，泪眼婆娑地看着凤翯，"我的游戏账号被盗了，丢了几万块的游戏装备！”

迷蒙闪烁的双眼，通红的鼻头，让田小雅原本就娇小明媚的瓜子脸此刻看起来更透着一股让人忍不住想上前安慰的楚楚可怜的模样。她像是绽放在清晨花房里的百合，纯粹干净，甜美动人。

“你知道吗，我合成了好多次，才将那把龙跃剑合出来的！我原本已经谈好了买家，都说好在今天交易了，可是号却被我男朋友给盗走了！他背着我洗了那一批装备也就算了，可是他，他还和别的女人在一起！”

“这两年多，我一直努力兼职赚钱，就是为了能够有一天可以凑够首付，买到属于我们自己的房子！可是那个混蛋，怎么可以这样对我？！”最后一句，田小雅几乎是吼出来的，“他之前还说要和我结婚，说他们老家现在所居住的小区被一家房地产公司收购了，拆迁补面积什么的，还问我手上现在有多少钱，说拿出来再凑一凑就够买一套房子了……”

“那你为什么没给他呢？”凤嚣扭头，很明显，这丫头口中的那个“他”，打她积蓄的主意，已经不是一天两天了。

“我那时候在外地，原来是说好，等我回来之后再给他的。”田小雅捏着纸巾擦眼泪，“可是我才刚回来，就发生了这样的事情。”

“如果我是你，现在就不会在这里哭鼻子，而是想着该去哪里好好庆祝一下。”凤嚣的手指轻轻地敲着方向盘，扬起嘴角笑眯眯地看着田小雅，“毕竟你还只是被偷了账号，而不是全部。一个游戏账号让你看清一个人，你不会再受他的蒙蔽和欺骗，这样不是很好吗？”

凤嚣斜倚在座椅靠背上，一双漆黑深邃的眸子正静静地看着田小雅。他脸颊有些瘦削，高挺的鼻梁与色泽略浅的薄唇，勾勒出了

一张冷峻的面容。

车窗外明媚的阳光与车内暗影交叠，成为最衬托他气质的背景。

"你现在该做的，不是去追忆那些过去，而是要想想如何面对全新的未来，这才能对得起你这次被盗走的那个账号所承载的价值。"

田小雅的脚只是扭伤，并没有什么大碍，不过医生的话却等同于判了她这个月的死刑——卧床休养一周的话，这个月的全勤奖飞掉不说，重点是她才刚刚到公司报到半个月，还在实习期。要是此时请一个礼拜的假，经理会不会直接炒她鱿鱼啊？

"你刚刚说的工作的事情，需要我陪你一起去请假吗？"凤嚣取药回来，看到皱着眉头缩在医院走廊长椅上的田小雅，忍不住失笑地问道。

这小丫头的心事都写在脸上，想猜不中都难。不过，这却是他见过的最真实的一张脸。没有虚伪做作，没有刻意讨好，喜怒哀乐都是那么真实自然地呈现，让他在看到的第一眼心就软了下来。

"不、不用了，谢谢。"凤嚣的出现把田小雅吓了一跳，她忙收起自己脑子里的胡思乱想，一脸感激却又透着几分不好意思地看着凤嚣，"您送我来医院我已经很感激了，我不能再浪费您的时间了。"

"是我开车撞伤了你，我负责是应该的。"

凤嚣将手里的药递给田小雅，然后不由分说地将她从椅子上抱了起来，惹得毫无准备的田小雅一声低呼，脸也不争气地红成了番茄。

这已经是今天的第二次了。

让一个刚见面不到三个小时的男人连抱了两次，田小雅羞得恨不得找个地缝钻进去。但是这会儿窝在帅哥的怀里，离地面还有一段距离，她左顾右盼就是不敢将目光与凤嚣对视的样子，活像一只偷吃榛果的可爱松鼠。

"告诉我你公司的地址。"安顿好田小雅、坐回驾驶室的凤嚣又恢复了一贯冷峻果断的作风。

在这样不容置疑的气势下，田小雅犹豫了许久才小声地开口："那个，我给经理打个电话请假就好了。"

开玩笑，被帅哥开着玛莎拉蒂送去公司请假，她明天一定会成为公司的八卦头条好不好！

"那么你现在就打电话请吧，如果有什么问题，我可以帮你说明。"凤嚣扭头看了田小雅一眼，不等她拒绝便已经取出了自己的手机递了过来，"需要我帮你拨号码吗？"

"不、不用了，谢谢。"田小雅被凤嚣的气势压得喘不过气来，她小心地接过凤嚣递上来的手机，因为紧张，她颤抖的手指输了两遍才把号码输对。

和田小雅预计的并没有太大的差别，果然在一听到她说要请假时，经理便立马发了飙，发出的怒吼就连坐在一旁的凤嚣都听得清清楚楚。

"对、对不起，我是真的被车撞了，所以……"田小雅有些尴尬地偷瞄了一眼在一旁坐着的凤嚣，见他凤眸微眯直视前方，并没有留意她这边才稍稍松了口气，继续努力地跟经理解释。

"没有大问题……

"嗯，只是脚踝扭伤了……

"对，经理您别担心了，医生说问题不大，就是需要静养。

"好，谢谢您经理，我下次一定注意。"

挂了经理的电话，田小雅悬着的一颗心才稍稍放了下来。只是还没等她将握在手里的手机还给凤嚣，他便抢先一步开口了："听你说话的语气似乎请假的事情没问题了？"

"嗯。"田小雅点头，"我们经理虽然平时对我们的要求很严格，可他其实是个很好的人。"

"就因为他准了你的假？"凤嚣发动车子，却还不忘打趣田小雅，"你的要求可真是低呀！"

凤嚣在处理他认定的事情上，有着一种超乎常人的执着。不，应该说是固执。所以即使田小雅一再地拒绝和反对，他还是毫不妥协地将拉风的玛莎拉蒂开进了田小雅租住的小区，并且在一干小区民众的围观下，脸不红心不跳地将田小雅抱上了五楼。

"我、我没事了，真的。"田小雅坐在床沿上声如蚊呐。她实在没勇气抬头看着在房里如同将军一般打量屋内摆设布置的凤嚣。虽然她的小窝一向收拾得干净整洁，但在凤嚣的注视下，她总有一种莫名的心虚，活像遇到上司来突击检查工作的小职员，忐忑不安。

说实话她今天脸红的次数比以往任何一天，不对，应该是一年还要多。她从来不认为自己是一个矫情害羞的女子，但是今天……

就算是之前和她交往了三四年的郭金泉，也没有和她产生过如此亲密的接触，最多也就是一起看电影的时候拉一拉手。被一见面才不到半天的男人连续公主抱，她怎么会不脸红。

"你这是在下逐客令吗？"凤嚣转了一圈，最终坐到了田小雅的电脑桌前。修长的双腿交叠，手臂随意地搁在靠背椅的扶手上，闲散优雅却又威慑力十足。

田小雅摸了摸鼻子，忍不住腹诽，这还是平时她坐着的那个从二手市场买回来的电脑椅吗，为什么他一坐就这么有贵族范儿？

"不是，只是，我现在这样子，没办法招待你啊。"田小雅指了指自己被敷上药、裹上了绷带的脚踝，歉意很真诚，理由也很充分。他总不能再强人所难地留下来了吧！

但是下一秒凤嚣的回应就让田小雅恨不得抽自己两耳光："对啊，你要是不提我还真没想到，你这样子这一个星期要怎么过？"

"那个，我的室友可以照顾我的。"田小雅干笑着抬手指了指隔壁，"她做的饭菜很好吃，真的。"

"可是你刚刚在车里对我哭诉的时候说你朋友出差去了外地，要去一个多月呢。"凤嚣面无表情，一针见血地指出田小雅借口中的漏洞。

"我可以……"

"你才和你那位男友分手了，你还告诉我你在这座城市没有任何亲人。至于朋友，能够在眼前来帮你的，也只有和你住在一起的这位外出公干的室友。"凤嚣抬手，制止了田小雅绞尽脑汁想借口的打算，开口将她所有的后路一并堵死，"你正在努力攒钱买房，所以请钟点工这种借口你还是不要拿出来比较好，没什么说服力。"

"可……对了，我可以叫外卖！"田小雅原本想说她不能总麻烦凤嚣，不过转念之间床头的KFC玩偶给了她灵感。她虽然不能亲自做饭，但可以叫外卖嘛！

"医生说你的腿需要卧床静养，请问你要如何去开门？"凤嚣哼了一声。田小雅的这点反抗，他还真没放在眼里。不过小松鼠在想点子的时候，一脸严肃眼珠乱转的模样还真是可爱！

"所以你不用想了，这两天我来照顾你。"凤嚣说着已经站起身，抬手开始解西装扣。

这个动作吓得原本还在想借口的田小雅脸色一白，瞪大双眼结

结巴巴地开口："你，你想干吗？"

"去厨房烧水啊！"凤嚣一脸的理所当然，不过马上又带着坏笑走到田小雅身边，俯下身在离她的脸只有十厘米的时候才停下来，笑得不怀好意，"你想到哪里去了？哦，对了，我叫凤嚣。"

"哈哈！"在凤嚣恶劣的大笑声中，田小雅再次变身为番茄。她这次甚至连指甲尖儿都涨红了，一半是窘的，一半则是气的。

不过很快田小雅就想到了一件更可怕的事情——把那样一个开豪车、穿手工定制西装的高富帅扔去厨房烧开水真的没事吗？！

想到种种可怕的后果，田小雅再也忍不住了，她冲着厨房尖叫："凤嚣！"

"怎么了？"随传随到的凤嚣第一时间出现在了田小雅的卧室门口。一脸担忧地打量着依旧坐在床边上的田小雅，见到她并没有出现头晕摔倒什么的可怕状况，他才松了口气，"是不是脚疼？"

"不，不是。"看着系着她的兔斯基小围裙的凤嚣，田小雅将到口的担心又咽了回去，抬头冲着他笑了笑，"只是告诉你我这里只有速溶咖啡和奶茶，你要是需要，在那边的抽屉第二层。"

这种感觉很奇怪。

虽然她知道凤嚣的身份地位绝对不一般，但是看到这样的他在自己面前，却有一种从未有过的安心。虽然之前郭金泉也曾经给她煮过泡面，冲过咖啡，她也有过感动，但绝对没有这种踏实的安全感。

这大约也是为什么郭金泉一直明里暗里地要求，她却一直没有答应与他走过最后一步的原因吧。

田小雅很清楚自己需要的是什么，她的家庭环境让她从小就明白，想要得到自己所梦想的东西，就只能靠自己脚踏实地地努力。

她想要在这座城市里买房子，也只是因为她想要有一个家，一个完完全全属于她自己的，能够给她遮风避雨、给她安全、让她完全放松的港湾。所以她一直在努力，从来没有想过放弃，但是郭金泉，是什么时候开始和以前不同的呢？

"在想什么？"凤器端着两个杯子从厨房走出来，看着坐在那里满脸落寞的田小雅，心里一沉。这个样子的小松鼠，不是他愿意看到的。

"只是想到了一些以前的事情。"田小雅接过凤器递给她的奶茶，不好意思地笑了笑，"不过那些都过去了。谢谢你，到我家里来还要你亲自准备喝的。"

"举手之劳而已，既然过去了就不要再想了。"凤器伸手揉了揉田小雅的头，"就算你再懊恼悔恨，药店里也买不到后悔药吃。"

"嗯。"田小雅吸了吸鼻子，捧着奶茶小小地喝了一口，突然有些吃惊地抬头看着凤器。这种味道……

"以前上学的时候，一个朋友告诉我，看起来很普通的东西，其实只要你用心，一样能够找到其中的美好。"凤器笑着冲田小雅举杯，"敬让咱们得到成长的糟心事。"

凤器安慰人的办法很特别，也很有效。田小雅的坏心情也随之好了不少，她学着凤器的模样举杯，然后一饮而尽："我能过得更好，就算没有他，我也一定可以自己努力攒够首付，然后买下属于自己的房子！"

"我支持你。"凤器点头，对田小雅的自信没有半分质疑，反而有给她打气之意。

凤器的能干出乎田小雅的意料。他不仅利用速溶咖啡和奶茶粉煮出了一壶咖啡奶茶，还利用她厨房里不多的原材料，做出了三菜一汤的晚餐。尤其难得的是味道还非常不错。

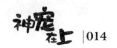

"你，到底是干什么的？"虽然觉得这个问题很突兀，但田小雅还是忍不住，她咬着筷子，打量着坐在她面前连吃饭都吃得优雅的凤嚣。

"我？"凤嚣挑眉，很认真地放下碗，修长的手指在饭桌旁边的一沓售房广告上轻轻地点了点，"卖房子的。"

"卖房子的？"田小雅愕然。她也是售楼部的置业顾问呀，可也没听说有谁卖房子能开得起玛莎拉蒂、穿得了手工西装的！诓人的吧！

看着田小雅气鼓鼓地瞪着他，一副想问又不好问的模样，凤嚣失笑道："是真的，我没有骗你。"房地产公司的老总，当然是卖房子的。

"可是，你开的车……"田小雅歪头，依旧一脸的怀疑。虽然她对车的了解很肤浅，但是玛莎拉蒂这种高级货她还是知道的。

"哦，那是因为房子卖得不错而赚到的福利。"凤嚣回答得面不红气不喘。

那确实是因为凤翔地产去年的楼盘销售突破新高，他才临时起意给自己换的座驾，说是福利应该不算过分吧！

为什么同样是卖房子，这差距就这么大呢？田小雅有些黯然地捏着筷子戳米饭，靠她现在的工资水准，凑够首付还是问题呢，何况是买车！

"想不想学售楼技巧？"见田小雅垂头丧气的模样，凤嚣阴谋得逞。开始装饵下钩，准备钓这条被哄得晕头转向的小鱼。

"想！"田小雅一听这话立马来了精神，点头如同鸡啄米。

"那么，等你腿好了再说吧！"鱼儿上钩，凤嚣笑得心满意足。

田小雅原本还想再缠着凤嚣磨蹭一会儿，让他先分享一点经验以供她这两日消化吸收，却不想还没等她开口，电话便响了。看着手机屏幕上室友的名字，田小雅有些迷惑，这时候她怎么会来电话？

"喂？"

"小雅，你赶快上线，出大乱子了！"电话刚刚接通，那边便传来了罗晓潇焦急夹杂着愤怒的咆哮。

"怎么了？"田小雅有些莫名其妙。莫非是因为今天她在世界上吼大神所以被人黑了？但是她号被盗了也是事实啊！何况大神后来还帮她查清了真相，又怎么会在她不在的时候捅她一刀？

"一个叫玉宇仙儿的ID，正刷世界骂你呢。"罗晓潇显然被气得不轻，"说你第三者插足拐走了她的男朋友不说，还骗了她男朋友的装备！更在那里说你合成龙跃剑的材料是从她男朋友那里骗来的！你被盗号就是活该什么的！"

"那个玉宇仙儿口里的男朋友是谁？"田小雅捏电话的手指不由自主地收紧，声音也往下沉了几度。

最好不要让她知道，这件事情和郭金泉有关！

"是纵剑南天……"面对田小雅的这个问题，罗晓潇有些犹豫。因为这纵剑南天不是别人，正是田小雅在现实中的男朋友郭金泉，所以罗晓潇才会这样的愤怒和焦躁！

原本田小雅的账号被盗，罗晓潇心里已经有了疑惑，再加上现在那个玉宇仙儿一闹，她心中的那份怀疑便更是挡不住地往外冒："小雅，你和郭金泉怎么了？"

"我五分钟后上线。"田小雅深吸了一口气，啪的一声挂了电话。

是可忍，孰不可忍！

不过眼下这样子，她要怎么从客厅去卧室？她试着活动了一下脚踝，一动就钻心地疼，田小雅忍不住想大哭。

"电脑我已经帮你打开了。"就在她琢磨是不是该以金鸡独立之姿单脚蹦回卧室时，凤嚣高大的身影再次与她重叠，轻轻松松、安安稳稳地便将她抱回到了电脑前。他还异常贴心地将床上的小毯子取过来帮她盖在腿上，然后十分温柔地问她，"还需要喝什么？"

"不，不用了。"田小雅一阵心虚。这样在一位成功人士面前不务正业，真的没问题吗？

"我在休息的时候，也玩一玩游戏来放松自己的。"凤嚣大约是猜到了田小雅的那一点儿心虚，很贴心地对她解释，同时也毫不客气地搬了一把椅子过来挨着田小雅坐下。

好吧，既然这样也顾不得其他的了！田小雅深吸一口气，熟练地在游戏界面输入账号密码，然后成功地进入了游戏。

莲叶何田田的小萝莉依旧赤条条地站在主城的安全区，她先用仅有的金币去商店买了套装备，而世界频道的玉宇仙儿仍旧在用不堪入目的话咒骂刷屏。

【世界】玉宇仙儿：莲叶何田田你就是一个垃圾，什么都不会，只会勾引男人骗装备！死骗子！

【世界】玉宇仙儿：莲叶何田田，你敢出来回话吗，你这个胆小鬼，垃圾！

……

【私聊】那时花开：田田，你终于上线了，那个疯婆子满口胡话地刷世界，你下午没上线，那个疯子就一直刷到了现在！

【私聊】那时花开：田田？

【世界】骑着毛驴追飞机：那个叫玉宇仙儿的你歇一歇吧，霸占了一下午世界频道刷来刷去就这几句话，你烦不烦啊？

【世界】那时花开：田田肿么可能是你说的那种人？她的装备都是和我们一起下副本刷出来的，玉宇仙儿你才是个骗子！

……

世界频道上新一轮的争吵再次开始，田小雅根本没来得及作出回应，因为就在她上线后没多久，她的私聊频道里便冒出了一个她看到名字就觉得恶心的混蛋——纵剑南天。

【私聊】纵剑南天：田田，你在吗？

【私聊】纵剑南天：田田，我知道你现在还在生我的气，可是我请你先听我解释，好不好？

【私聊】纵剑南天：我承认没经过你同意卖了装备是我一时草率。可是我把东西卖给黄泉真的只是想，多赚一些啊。我们都是想快点攒够交首付的钱，对不对？

【私聊】纵剑南天：田田，仙儿是公司老板的女儿，她，她知道我在玩《天涯》，所以让我带她一起玩而已，我们真的没什么的。

【私聊】纵剑南天：田田，今天她在世界上这样也完全是因为好玩，你体谅一下我，不要和她一般见识，好不好？

【私聊】纵剑南天：田田，你知道这么多年，我最在乎的人就是你，我所做的一切也都是为了你啊！

【私聊】纵剑南天：田田，拜托你，忍一忍别和她在世界闹，她今天心情不好，所以就想着借着游戏发泄一下。反正不过是个游戏而已，她闹一会儿就没事了，你别生气了，好不好，田田？

……

【私聊】莲叶何田田：不要以为你自己是猪，就当全世界的人和你一样都是猪好不好！你的智商真令人着急！

田小雅扔下这一句，没有任何犹豫地将纵剑南天拖进了黑名单，然后切换频道，在吵得翻天覆地的世界频道扔下一颗重磅炸弹——

【世界】莲叶何田田：玉宇仙儿，我不想和你吵也不想和你争，我现在正式向你的男朋友纵剑南天提出挑战！

【世界】莲叶何田田：既然我是你口中骗了你男朋友装备的垃圾，那么对付我这样的一个垃圾，你那位英武神勇的男朋友，应该是毫无压力的吧！

【世界】莲叶何田田：不过话说回来，如果你男朋友连我这个垃圾都打不过，他又有什么东西值得我去欺骗的？

田小雅的一番话让世界频道先是沉默了数秒，随即便又炸开了锅。

支持的、嘲讽的、起哄的言论铺天盖地，但大多数人还是站在田小雅这边。理由不为其他，莲叶何田田这个ID经常活跃在副本线上，认识和了解她实力的人实在是不少，反倒是纵剑南天一直默默无闻。何况眼前莲叶何田田又这样高调地挑战，更是增加了她的可信度。

【世界】莲叶何田田：怎么，穿着一身从我号上扒下来的极品装备，却是个连挑战都不敢应的孙子吗？真是为你脸红！

【世界】我为歌狂：哇！神转折啊这是！求围观，求激情！

【世界】魔怔兔子：纵剑南天，人家妹子开口约战了，应个声儿呗，别叫大家伙在这里干等啊！

【世界】久经沙场的汉子：纵剑南天，是个爷们儿就雄起一把！

【世界】骑着毛驴追飞机：话说，刚刚还在这里刷世界闹腾的那个什么玉宇仙儿呢？你男人不敢吭声，你总该应一嗓子吧。闹了半天，霸了一下午世界频道，却是个贼喊捉贼的孬种！

……

田小雅一石激起千层浪，世界频道瞬时如同滚沸的油锅。一时间嘲笑纵剑南天不是真汉子的，拐弯抹角骂玉宇仙儿的等各方乱七八糟的言论混在一起，推动着聊天频道飞速地翻滚，让坐在电脑屏幕前的田小雅一阵头晕。

就算是下个副本，也没这么累的！

田小雅揉了揉酸胀的太阳穴，一扭头才惊觉凤器还坐在她身边。虽然他一脸兴奋看得津津有味，可田小雅还是有些不好意思——在未来想要拜师的对象面前这样玩物丧志，总是有些失态。也不知道这样的自己被他看到了，他会不会被吓跑啊！她身边可有不少朋友对游戏深恶痛绝。

而且，她如今可是主人。哪里有主人自己坐在电脑前玩游戏，让客人在一旁傻坐着的道理？

"那个，我……"

想到这里，田小雅尴尬不安地在电脑椅上挪了挪。有些不好意思地偷偷瞟了一眼坐在一旁的凤器，见他没有生气的意思，她才稍稍松了口气，尽量用听起来显得平静无波的语调对他解释道："是游戏里的一点儿事情。"

"嗯，我看到了。"凤器点了点头，并没有太过关注田小雅的表情，而是又往田小雅身边凑了凑，抬手指着电脑屏幕上田小雅的角色轻声问道，"你能赢吗？"

男人的关注点通常都和战争输赢有关，即使是游戏领域。田小雅刚刚发出了挑战，所以他现在最关注的，就是这一场对决的输赢问题。

"我也玩《天涯》，这些基本的东西我还是明白的。"凤器伸

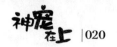

手拿过出小雅手里的鼠标，点开了屏幕上莲叶何田田的装备面板，"你的这身装备要应战，实在是太寒碜了吧？"

凤嚣用了寒碜这个词，应该是斟酌了许久才得出的含蓄的表达方式。

田小雅在心底苦笑，如果是那时花开这时候在她身边，一定会毫不客气地冲过来拧住她的耳朵，骂她是在找死吧！穿着一身商店出产的白板装备，去挑战她自己精心打造的八十级加星黄金套装，在谁眼里看来都是自取其辱。

田小雅脸上的笑容很自信。面对郭金泉，就算身上的装备只是一身白板，她一样可以将一身极品装备的他打得满地找牙。

"放心，对付他，就算我身上不穿装备，也一样有百分之百的胜算！"

田小雅拍着胸脯保证的同时，世界频道上千呼万唤始出来的纵剑南天终于吭声了。

【世界】纵剑南天：田田，你别闹了。有什么事情我们可以好好说啊，干什么非得要到世界上来折腾呢？

【世界】骑着毛驴追飞机：纵剑南天你真是个爷们儿！那个什么仙儿的在世界上闹腾了一下午，你怎么那会儿不出来吭声让她别闹了啊？

【世界】那时花开：纵剑南天，你脑子被驴踢了了吗？从头到尾都是你的那个仙儿污蔑人在先的好不好！好，你不想打也可以，那你就当着全服务器大伙儿的面，在世界上把这件事情说清楚，到底是谁偷了谁的装备？是谁在血口喷人，贼喊捉贼？

【世界】纵剑南天：田田，我们私下说，好不好？

田小雅愣愣地看着屏幕上聊天窗口内刷出的纵剑南天的哀求，还有其他人此起彼伏的挖苦、讽刺和怒骂，半晌没有反应。

他甚至连当众承认错误的勇气都没有吗？如果是这样，那这些年，她到底喜欢他什么。

砰！田小雅重重地一拳砸在键盘旁边，深吸了两口气，才再次将双手平稳地搁在键盘上，慢慢地敲出了一行字。

【世界】莲叶何田田：纵剑南天，以前，是我看错了你；今天，是我高看了你；以后，我不再认识你！

【世界】纵剑南天：田田，你什么意思？连你也要和他们一起来逼我吗？

【世界】莲叶何田田：少废话，是个男人的话，就过来应战！

【世界】纵剑南天：田田……

【世界】莲叶何田田：纵剑南天，别叫我瞧不起你！

【世界】那时花开：就是，纵剑南天，少磨叽，要是不敢就直接认输！

【世界】纵剑南天：好，我和你打！

纵剑南天应战的消息经世界频道一公布，整个主城竞技场一片沸腾。

田小雅所在的天涯九区算是个老区，一水儿满级的人物成天闲得发霉。如今有这样的热闹看，大半的人都不愿意放过，一窝蜂地往主城竞技场挤。

田小雅皱着眉，看着屏幕上弹出的"您已和服务器断开连接"十个大字无奈地摇头。

她的电脑买时配置就不是很高，放到如今更是成了早就该放进博物馆里的老古董。平时下个副本将游戏背景特效关了还勉强好点，可是如今在人海战术的肆虐围攻下，她那累得直喘气的电脑终于罢工了——直接被卡掉了线。

就算是不掉线，她的人物也无法在这样浩大的围观队伍中游刃

021

有余。

应该会被别人说是临阵脱逃吧……田小雅虽然着急，却也无可奈何。

"你给你在游戏里的朋友打个电话，让她帮你把决斗时间延后十分钟。"凤嚣抬腕看了一下手表，轻轻地拍了拍她的肩膀。

凤嚣的动作很轻，声音也不大，却让田小雅原本焦躁的心平静了下来。虽然她和凤嚣认识还不到一天，但是她却不由自主地会去信任他。

"你去哪儿？"田小雅正拿起手机翻找那时花开的号码，一抬头看到凤嚣已经走到了门口，一副似乎要离开的样子。

她这小区周围的环境她很清楚，没有电脑城，网吧也很少。而且这么晚了，他能想什么办法呢？

"等我。"凤嚣站定，回身冲着田小雅做了一个胜利的手势，便小跑着出门了。

凤嚣不是电脑奇才，何况就算是电脑奇才亲临，也没有办法在这么短的时间内让田小雅的那台"老爷车"恢复年轻啊！但不到十分钟，他就在田小雅的胡思乱想中捧着一台电脑回来了。

为了节省时间，凤嚣应该是在赶路时就已经开机了，他一见到田小雅便笑了："你今天的运气真是不错，我的电脑正好搁在车里。"

田小雅急忙点开图标登录游戏，凡事有始有终，她可不想在关键的时候被人再泼上一盆污水。

成功登录的田小雅是高兴了，但网线另一端的郭金泉却笑不出来了。

他很清楚田小雅电脑的情况。在这样玩家集体扎堆的情况下，她就算是不被卡掉线也会被卡得寸步难行，凭什么和他打？他在世界频道上说的那些话，无非是为了想要引起更多人的注意，好让整个竞技场再挤一挤罢了，看她田小雅还能怎样嚣张。

郭金泉清俊瘦削的脸上一片阴郁，要说之前对田小雅还有那么一点儿愧疚的话，这时也因为她在游戏里的行为而烟消云散了。一个不懂得大局的女人，真是鼠目寸光！

看到世界频道因为田小雅的消失而一片混乱，他忍不住笑了，凭着田小雅的电脑还想要和他斗，真是不自量力。

是的，他的游戏技术是不如田小雅，但是在游戏里要做一个强者，光有技术是远远不够的，还得用脑子。只要能够达到最终的目的，什么手段并不重要！

郭金泉看着坐在他身边小鸟依人般靠在他肩膀上的罗玉宇，忍不住又是一阵得意——老板的千金又如何，如今还不是被他治得服服帖帖的。

只是还没等郭金泉的这股得意劲儿过去，原本他对面空空的擂台上一道光亮闪过，一身普通装备的田小雅终于上线了。郭金泉皱了皱眉，隐约觉得有些不对，但是屏幕上已经弹出的决斗请求框让他腾不出时间想太多，条件反射地就点了同意。

背刺、连斩、破空……一系列招式一气呵成，郭金泉几乎还没有反应过来发生了什么事情，便倒在了擂台冰冷的地面上，而此时，田小雅甚至还是满血。

胜负已分！世界频道先是寂静了两秒，随即便再次炸了窝。

实力的差距太明显，事实的真相已经无需言明。但是获得胜利的田小雅没有说半句话，便又和刚刚一样，在众人眼前消失了。

"谢谢你的电脑。"田小雅退出游戏，很真诚地向凤器道谢。

如果没有他的帮忙，今天就算是她成功地顶在竞技场不掉线，怕也很难在那样卡的情况下赢过郭金泉。

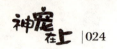

"很惊艳。"凤器却有些答非所问，他看着田小雅一脸认真地说，"能够看到一场这样精彩的表演，很值得。"

田小雅有些不好意思，她不安地抬手理了理鬓角的碎发，才低声说："让你见笑了。"

"怎么会呢？"

凤器看着田小雅递上来的电脑，并没有去接，而是说："先留在你这里吧，要是万一再遇着什么事情，你用这台电脑处理起来也快一些。"

田小雅这样匆匆忙忙地退出游戏，肯定不好善后。只是这个猜测凤器却并没有说明，而是抬手拿起了田小雅放在电脑桌边上的大门钥匙说："好了，这么晚了，你折腾了一天一定也很累了。我就先回去了，你早点休息吧。"

"那个钥匙……"

田小雅见凤器毫不客气地将钥匙装进了衣兜里，吓了一跳，却不想凤器依旧是一脸淡定："你脚上有伤，我明天一早过来自己拿钥匙开门进来就好了。"

"……"明天还来？田小雅瞪大双眼，还没等她从震惊中反应过来，便听到了客厅大门关闭的声音。

那是她的房门钥匙，就这样给一个才认识不到一天的陌生人，真的没事吗？

田小雅在心底暗暗下决心，明天不管怎么样，也得想办法从凤器那里把钥匙拿回来。

习惯了晚上玩游戏到十二点才睡觉的田小雅抬头看了一眼屋角的挂钟，现在才九点，离睡觉还有好几个小时呢。真是太无聊了，她挣扎了一小会儿之后，还是坐在她的"老爷车"前，再次将鼠标点到了《天涯》的图标上——装备的话，如果她愿意还是能够很快再刷齐的吧。

【世界】玉宇仙儿：你们都被骗了还那么高兴，刚刚分明是莲叶何田田请的代练。什么电脑陈旧老化，容易卡掉线，根本就是为了找代练争取时间的托词！

【世界】那时花开：玉宇仙儿你真是不知廉耻，输了就是输了，事实都摆在眼前了，你居然还能找出理由和借口不承认！不过，就你这脸皮的厚度，倒是和纵剑南天正好般配！

……

田小雅上线的时候，世界频道依旧是战火纷飞，硝烟四起。

虽然从群殴转成了单挑，可玉宇仙儿和那时花开也算是势均力敌。两人一个为了真爱，一个为了朋友，在田小雅到底是真人还是替身的问题上谁都不愿意退让，世界频道的刷屏速度也因此再上新高。

田小雅只扫了一眼聊天内容，就没法淡定了。虽然如今上世界指责她刚刚PK时换人的是玉宇仙儿，但她并不是傻子，如果没有郭金泉在背后怂恿和默许，玉宇仙儿又怎么会在现在发难？

其实郭金泉的性格她很清楚，就是那种标准的巨石压顶也不愿意低头的人。他在学校里就一直非常要强，凡事都要去争优秀。失败是他最不能容忍和接受的事情，哪怕只是游戏里的输赢，他也是一样计较。因为了解郭金泉这个输不起的毛病，所以田小雅才会强硬地在世界频道内公开向他挑战。

就像刚刚世界频道内劝和党说的那样——能够证明她清白的方法有很多种，又何必非要采用决斗这种让大家脸上都不好看的办法呢？

田小雅的目的就是要郭金泉难受，让他在眼前重视的玉宇仙儿

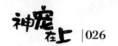

面前输得惨不忍睹，让他那实力强大到无所不能的谎言无法再自圆其说！

只是她没想到的是，郭金泉的报复会来得这么快，而且更让她没想到的是，玉宇仙儿会是这场报复的执行者。这同时也让田小雅很困惑，那个满口谎言的郭金泉到底有什么好，竟然让这姑娘被骗了都还死心塌地的？

【世界】玉宇仙儿：你说我血口喷人，那你就给大家解释清楚呀，明明在莲叶何田田下线的时候，你给大家解释的是她的电脑支持不了这样人多的地图，卡掉线了。那为什么转眼之间再上线就能速度那么快？

【世界】那时花开：我说的是电脑问题，又不是网络。卡的话，换一台电脑不就得了？至于田田的号刚刚是不是真人上的，你问问其他和田田组队下过副本的玩家。田田的技术可是有目共睹的，哪是你家那个什么都不会、只会吃软饭依靠女人的小白脸能比的？

……

知道了郭金泉对田小雅的背叛，那时花开再也没了半分客气，一有机会便会对郭金泉捅两刀。

而这时世界频道上玉宇仙儿也不知道是用了什么办法，竟然还真的找来了几个帮手，一边七嘴八舌地抹黑田小雅，一边骂那时花开。原本还算有秩序的世界频道，因为那几个帮手的逆袭，而变得再次混乱起来。

田小雅叹了口气，调出好友面板，给那时花开发了一条信息。

【私聊】莲叶何田田：花开，不要再和她吵了，已经够了。

【私聊】那时花开：我知道不要和猪打架的道理，但是老娘就是忍不住啊！

【私聊】莲叶何田田：行了，别气了。其实这会儿仔细想想，我觉得还蛮幸运的，毕竟我和他到现在还什么都没有发生，要是这一切发生在我们结婚之后，我真的是想想就觉得可怕。

【私聊】那时花开：这个倒也是，你能这么想我就放心了。不过想归想，我还是不想放过这个只会勾引别人男朋友的狐狸精！

【私聊】莲叶何田田：……

看着再次满血复活杀入战局的那时花开，田小雅很无奈。这女人明天不上班吗，哪里来的那么强悍的战斗力？

都是因为她的事情，那时花开才会和玉宇仙儿起冲突的，所以眼下见到那时花开被围攻，她自然不能坐视不理。但就在田小雅打算开口声援那时花开时，一个不可能在这种场合开口说话的人突然在世界频道上出声了。

【世界】黄泉：我证明，上莲叶何田田号的是本人。

……

黄泉的出现，让世界频道顿时沉默了半分钟。

作为本服务器的第一人，黄泉说的话有着绝对的权威。

可是黄泉为人很低调，上线除了下副本就是PK，别说上世界频道喊话，就连平时在帮派里都很少发言。而今天竟然会为了一个服务器中很普通的玩家上世界喊话，着实是闪瞎了一群人的眼。

偏偏黄泉还像不知道他带来的轰动效果一般，继续慢悠悠地又在这句话之后补了一句更为劲爆的后续——

【世界】黄泉：如果谁还不服气，还想继续在这件事情上讨论，折腾个没完的话，我不介意挪出点时间来给他说明一下。

……

这分明就是赤裸裸的祖护好不好！凭借黄泉的实力，谁吃了雄心豹子胆敢去挑衅他啊！

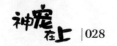

就在所有人都觉得这件事情已经就此完结之时，还真有不怕死的在世界频道上冒了出来。

【世界】纵剑南天：黄泉，就算你是我们服务器的第一人，也不能仗势欺人。

【世界】黄泉：哦，那你想要如何？

【世界】纵剑南天：这件事情是我们的私事，与你并没有什么直接的关系吧。

【世界】黄泉：那把龙跃剑是我买的，你说和我有没有关系。

坐在电脑前的郭金泉沉着脸，暗暗叫苦。

他原本只是想让罗玉宇上线以莲叶何田田不是本人为由，故意在世界频道把水搅浑。这样就算是日后说起来，他也可以说是输给了代练，被人阴了，不算丢人。

而就在他沾沾自喜以为计谋得逞的时候，黄泉却突然蹦了出来，还一副极其袒护莲叶何田田的态度。虽然他知道在这个服务器里黄泉不是自己可以挑衅的人，但他就是不甘心。

黄泉适时的提醒，成功地让纵剑南天闭上了嘴巴。

下午莲叶何田田在世界上高声指责黄泉盗装备的行为很多人都还记得。只是那时候莲叶何田田在世界上的吼声很突兀，而后就没了后文，这让许多闲得无聊等着听八卦的人很是意犹未尽。

而如今，黄泉却在这个时候旧事重提，很轻易地便勾起了世界上诸人的兴趣，已有熄灭之势的八卦之火再次熊熊地燃烧了起来。

要知道，黄泉的名誉问题，原本只是和盗号盗装备有关，而此时纵剑南天他们所争吵的焦点，却是莲叶何田田之前在决斗中是否为本人。这样在众人看起来是八竿子打不到一块儿的两件事情，黄泉却很隐晦地表示其实其中是有关联的，而且关联还很大。那就不得不让人浮想联翩了——盗了莲叶何田田的号并且卖了她装备的人，究竟是谁？

【世界】那时花开：纵剑南天，你是个男人就老实坦诚一点，田田的号是不是你盗的？

【世界】那时花开：怎么，有胆子做没胆子认吗？枉田田那么信任你，没想到你会这样对她！你为了玉宇仙儿这种不入流的小三儿背叛田田也就罢了，还要盗窃她号里的装备卖给黄泉。如今事发你竟然还反咬一口说是田田的错，你这人的脸，难道都被狗啃了吗？！

那时花开的一番话如同一颗炸弹在世界频道炸响。如果那时花开说的是真的，那么她给纵剑南天和玉宇仙儿扣上的那几顶帽子，已经足够他们没有任何悬念地滚出这个服务器了！

【世界】玉宇仙儿：那时花开，你血口喷人胡说八道！我家南天才不是你说的那样，我们是真心相爱的！都是莲叶何田田先骗我家南天的装备！

【世界】那时花开：玉宇仙儿，你这个人的智商真低！你当咱们服务器里的人都是白痴、傻蛋，任你诓骗的吗？你家南天穿着一身极品，连一身白装的田田都打不过，何况这世界上也不是没人作证，不信咱们现在就当着大家伙儿的面问一问，之前大家到底是看到你家南天下副本的次数多，还是田田下副本刷装备的次数多！

【世界】楼满堂：我作证，田田是我们99副本固定队的成员之一，几乎每天都要下一次的，她的技术摆在那里，所以顺便我也能保证，今天和那个纵剑南天单挑的是田田。

【世界】风月下关东：我也能证明，田田也会在我们的副本队里，她技术挺赞的，我们合作起来也很顺。

【世界】黄泉：我这里有当时卖装备给我的那个人留下的手机号。如果世界上有人知道纵剑南天的手机号，可以现在私聊我。是

不是纵剑南天卖了莲叶何田田的装备，当即便能真相大白。

【世界】纵剑南天：黄泉，你这是侵犯他人隐私！

【世界】黄泉：我这里的号码是卖家主动提供的，如果不是主动相告，想必这服务器里的其他人也不会知道他的手机号码。只是在私下里将原本大家都知道的信息做一下比对，又不是在世界上公布他的号码，你又何必这样激动？难道说，你心虚了？

令人心焦的等待之后，世界频道终于有人开了腔。

【世界】悍将化生：同在一个帮派这么久，看你也算是条汉子。但是这件事情，南天，你实在是太让我失望了。

纵剑南天所在帮派"风云阁"老大的一句话，宣布这场闹了一整天的闹剧就此尘埃落定。虽然接下来世界频道里刷屏骂纵剑南天不是东西的人此起彼伏，却再也见不到几位正主儿的身影了。

田小雅看着屏幕上一排排刷过去的痛骂，短暂的痛快之后，剩下的便只有深深的迷茫。

她和郭金泉之间，从认识到现在都没有发生过什么争执，不仅如此，他们的想法和目标都很合拍。

一直以来，她为了两个人的共同目标而努力着，但是越来越繁忙的工作已经耗尽了她所有的精力。而从那时候开始，她和郭金泉见面的次数也变得越来越少，即使见了面，能说的话题也寥寥无几。

可这却并不是他背叛她另寻新欢的理由，如果觉得不合适，他完全可以对她说。她并不是那种死缠烂打不讲道理的人。

她无法容忍的是，明明已经有了新欢，却还在和她说着不切实际的保证，还找她要存款！要不是她这几天没时间处理这件事，只怕现在她损失的就不仅仅是一套游戏装备那么简单了。

都说男人有钱就变坏，可是她现在的经历告诉她，其实男人没钱也是会变坏的。

【私聊】黄泉：在吗？

【私聊】黄泉：人呢？

【私聊】黄泉：我知道你在电脑前，说话！

……

等到田小雅停止神游天际回到现实中，首先就被屏幕上黄泉不间断的刷屏给吓了一跳。

大神居然会在这个时候找她，实在是让她有些受宠若惊。不过想到今天经历的一切，她又有些不好意思。下午她那样误会了他，他不仅没有生气，反而还在刚刚出面帮她解围。于情于理，她现在装不在都不大合适。

【私聊】莲叶何田田：对不起，那个，还有谢谢你。

【私聊】黄泉：你没事？

【私聊】莲叶何田田：啊，谢谢关心，我很好。刚刚去了趟厨房，所以没看到你的话，不好意思哦。

【私聊】黄泉：去厨房？算了，你没事就好。

【私聊】莲叶何田田：你找我有事吗？

【私聊】黄泉：有兴趣去新游戏吗？

【私聊】莲叶何田田：啊？

田小雅捧着咖啡的手一抖，滚烫的褐色汁液泼了一键盘。

大神的破坏力果然够强大！

她一边叹气，一边搁下咖啡手忙脚乱地收拾残局，一个不小心敲了一下回车键，一堆乱码便无可挽回地冲了出去，田小雅只扫了一眼乱码的内容，便当场石化。

【私聊】莲叶何田田：结婚斯密达哇卡伊啾啾马拉卡卡

【私聊】黄泉：？

【私聊】莲叶何田田：抱歉，我刚刚在收拾键盘，一时手误，手误！

【私聊】黄泉：如果这是你答应我请求的条件，那么我同意。

【私聊】莲叶何田田：啥？！

越描越黑的事实让田小雅很无奈，关键时刻她喝什么咖啡啊她！

【私聊】黄泉：结婚！

【私聊】莲叶何田田：……

让她死了吧！

田小雅挫败地一头栽倒在电脑前，脚下不小心正好绊到了主机电源线，哼哧哼哧卖力工作的主机箱终于得到了休息的机会。看着漆黑的电脑屏幕，田小雅嘴角抽搐，欲哭无泪。

她对这件事的解释好像欲盖弥彰了，要怎么收拾？

居然逃了！

凤嚣摸着下巴，看着屏幕上对方不在线的提示，勾起了唇角。嗯，真是越来越有趣了！

田小雅翻来覆去地在床上烙了一晚上煎饼，直到凌晨时分才勉强睡下，偏偏心里有事儿导致噩梦不断。开始是下副本时被BOSS追杀，怎么绕过弯之后变成了现实里的神墓大逃亡，她在前面跑，后头跟着的居然是面目狰狞的郭金泉，一边追一边大声咆哮着让她交出七颗龙珠便饶她不死……

眼看自己前方是悬崖，后方是怪兽，偏偏还找不到左转弯按钮，濒临绝境的她急得在原地团团转！

尖叫着满头冷汗地坐起身，床头的猫头鹰小闹钟指针正好停留在上午十点整。田小雅拿过床头柜上的杯子喝了两口水缓了缓神儿，才惊觉手里捧着的杯子有些不对头——又不是保温杯，放了一晚上怎么可能还是温热的？

厨房里哗啦哗啦的冲水声更是让田小雅一时没反应过来。与她同住的罗晓潇出外公干去了，这时候应该不可能在家呀，那么此时在厨房里的，难道是……

"早上好。"凤嚣听到卧室里的动静便走了过来，正好看到田小雅端坐在床头皱着眉冥思苦想，不觉一阵好笑。他抬手轻轻敲了敲门和她打招呼："早饭已经准备好了，你是现在吃呢，还是一会儿再……"

"凤，凤嚣？！"田小雅如同见到鬼一般看着站在门口一身休闲打扮的凤嚣，目瞪口呆。这，这家伙怎么会还在她的家里？

"你忘了，昨天你同意我拿走它的。"见到田小雅的表情，凤嚣就像是猜出了她心底所想一般，慢悠悠地从口袋里掏出一串田小雅无比熟悉的钥匙，在她面前晃了晃。

她一定是疯了！

田小雅将头埋进被子里懊恼地呻吟，不过马上她又似想起什么一般，犹如一只炸了毛的猫一样抬头瞪着凤嚣："那，那我床边的那杯水……"

"嗯，我来的时候看到你睡得正香，就没有叫醒你。"凤嚣点头，不见心虚，只有一脸的理所当然。

她那见光死的睡相……

田小雅再次没有形象地将头扎进了被子里。让她彻底死了吧！

顶着一双熊猫眼，田小雅看着一桌丰盛的早餐，不知道是该感谢他费心准备的辛苦呢，还是该说他私闯民宅行为的违法。不过在想到凤嚣进门的钥匙是她……她识趣地把抱怨吞了回去。

现熬的小米粥、金黄的鸡蛋煎饼、热气腾腾的小笼包、散发着

诱人香气的米团子……

田小雅有些心里发酸,离开家乡,独自留在异地这么多年,她已经有多久没有好好地吃一顿像样的早餐了。

"我也不知道你平时早餐都喜欢什么,所以就只好随便做了一些。小笼包是我顺路从六必斋带过来的,还有这个荷叶饺子,也是看着卖相不错,顺便就买了一笼,尝尝看?"凤嚣解了围裙,坐过来帮田小雅盛粥。

"谢谢。"田小雅吸了吸鼻子,"我平时都不大吃早饭的。"

她这里离上班的地方不算近,沿途要挤公交转地铁,时间本来就紧张,哪里还有心情去吃早饭。

"那怎么行?"凤嚣沉下脸,有些不悦地看了一眼瘦得只剩一把骨头的田小雅,颇为不满,"早饭要吃好,就算是工作再忙,也不能不顾健康!以后每天必须吃早饭。"

"嗯,我,我尽量。"田小雅想了想自己以后提着早点在沙丁鱼一般的公交车里摇晃的场景,就忍不住打了退堂鼓。要是早晨的油腻不小心弄花了妆容,弄脏了衣服,要怎么去见人?

"不是尽量,是必须!"凤嚣在他认定的事情上,有一种超乎常人的固执,"我以后会监督你的,不要拿工作忙当借口。这世界上忙得连早饭都没时间吃的工作,在我看来根本就不存在!"

"我知道了。"被凤嚣的霸气压得喘不过气来的田小雅识趣地垂下头,乖乖听训。

凤嚣就像是个合格的护工,全程监督着田小雅的休养生活。而让田小雅意外的是,这个看起来高高在上的男人,处理起各种家务来颇为得心应手,根本就不像他外表看上去那样不沾烟火。

看着在他手里焕然一新的蜗居,田小雅想泪奔——为什么她之前就没有考虑过换一个书桌床铺的朝向,会换来这样一室的春暖花开呢？

而且最重要的是，他藏在外套下被衬衫包裹的结实身躯，压根不像是一个上班族，而更像是一个职业健美教练，轻而易举就能将她曾经和郭金泉两个人才能勉强搬动的床铺移位。

"你怎么没上游戏？"忙了一圈回来，凤嚣有些奇怪田小雅只是坐在窗边发呆。按照她的习惯，这时候有空不是应该在副本里刷装备吗？

"我的号被洗白了。"田小雅轻咳一声，随便找了个借口来回复凤嚣。虽然装备被洗白确实是她此时不想上线的理由之一，但是更重要的原因还是她担心上线被大神抓包。

虽然她昨天踢掉电源线是个意外，但是在那种情况下发生的意外，实在是有些……

"这可不像是你的作风。"凤嚣走到她身边坐下，仔细地打量着脸上有些泛红的田小雅，"如果你愿意，装备并不是阻止你上线的主要原因吧？"

"我觉得最大的原因可能是我觉得腻了。"田小雅叹了口气，放下手里捧着的咖啡杯，"虽然我知道你一定会说，在哪里跌倒，就在哪里爬起来，这才是勇敢者的所为，但我还是做不到视而不见。"

一进到游戏，便会想起曾经的种种，越发提醒她的所作所为就像是个白痴一样。

"其实吧，你干吗不换个游戏重新开始？"凤嚣难得地没有劝田小雅改变主意，而是试探性地提议道，"我听说最近有一款新游戏叫《仙缘》。"

"没想到你对游戏也挺了解的。"田小雅有些意外，不过想到之前凤嚣电脑上安装好的《天涯》，也不觉得有什么了。在现实压

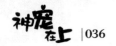

力这么大的情况下，谁都需要一些发泄渠道。

《仙缘》其实她也有关注过，在宣传力度和游戏设计上，都远远超过了如今她正在玩的《天涯》。只是想到身边这台老旧的电脑，她便不得不忍痛放弃，那样华丽的3D效果，那不是这种"老爷车"能带动的。

至于换电脑，眼前的"老爷车"虽然跑游戏很勉强，但是处理其他的事情还是没什么大问题的。所以只是为了玩游戏的需要就去花钱换新电脑，根本就是一种令人发指的浪费。

"《仙缘》的广告铺天盖地，想忽视都难。"凤嚣摊手，"不过话说回来，你要是真的有兴趣，我可以帮你去弄到限量版的不删档内测账号。"

"谢谢你，不过还是不用了。"田小雅笑了笑。

虽然那个限量版的账号诱惑很大，可凡事讲究量力而行，她的电脑支持不了，就算是要了那市面上价值上千的内测账号也是暴殄天物。

"你知道的，我的电脑连《天涯》跑起来都吃力无比，就更别提《仙缘》了。"

凤嚣是一个很好相处的人。

一个下午的聊天，无论是他熟悉的还是不熟悉的话题，他都能做到波澜不惊，认真地去聆听，并且还能适时地给予合理的回应，不会让人觉得尴尬不安，有的只是与老朋友相逢之后的惬意。

但是就因为这样，她忘了找凤嚣要回房门钥匙……

田小雅挫败地捶床，她这算是中了美男计吗？

时间还早，滚在床上翻来覆去睡不着的田小雅有些沮丧地再次从被窝里钻出来，盯着电脑死死地看了一会儿后，抱着大神也许这会儿正忙着PK、忙着刷装备、忙着泡妹子，没有时间理会她这种侥幸心理，田小雅小心地启动了电脑。

在经过漫长的进度条读取之后，莲叶何田田再次成功地站到了《天涯》主城最高的建筑博望塔之巅。

调整角度俯瞰，整个主城尽在眼底的畅快之感让她忍不住想感慨，只是还没来得及出声就被下方聊天窗口里弹出的一则消息给噎了回去。

田小雅瞪大双眼，有些不敢相信地看着自己再一次被刷屏的聊天窗口，大神你不带这样锲而不舍的吧，盯着她这样一个无名小卒，您该是有多闲啊！

【私聊】黄泉：来了？

【私聊】黄泉：既然来了的话，那么我们就继续昨天没有说完的话题吧！

【私聊】黄泉：你不说话是因为你忘了吗？如果是那样的话，我不介意现在重新提醒一下你。

【私聊】黄泉：？

……

【私聊】莲叶何田田：大神，真的，昨天晚上那真的只是手误……

田小雅有些无力地在键盘上敲下并没有什么说服力的解释。

【私聊】黄泉：你确定你真的是手误，而不是在调戏我？

满满的怀疑透过电脑屏幕上的聊天窗口倾泻而来，田小雅一点儿也不怀疑，如果这时候黄泉和她面对面，她一定会毫不留情的喷他一脸汽水。

【私聊】莲叶何田田：大神，你要相信我，你就是借我一百个胆子，我也不敢调戏你呀！

调戏大神，传出去会被大神的脑残粉碾成渣渣的好不好！

【私聊】黄泉：那么，就是你说的是真实有效且不更改的喽！

【私聊】黄泉：好了，不用解释了，那就这么定了。

【私聊】黄泉：5643ASW3321

【私聊】莲叶何田田：这是啥？

田小雅有些发蒙，但是看着这串数字和英文混合的代码，她有一种似曾相识的感觉，该不会是……

【私聊】黄泉：新游戏《仙缘》的不删档内测账号激活码。

【私聊】莲叶何田田：大神，我，我可以说我什么都没看到吗？

虽然她打心眼里喜欢这个游戏，但现实……要不要这么霸道！

【私聊】黄泉：你说呢？

【私聊】莲叶何田田：其实大神，我真的没什么利用价值。我电脑又老又旧，我本人又笨又呆，还有时间也不多，练级跟不上进度，会拖你整体团队实力后腿的。

【私聊】莲叶何田田：我知道这个内测号的价值，所以我保证绝对不会动它一下，大神你依旧可以收回去继续使用的。

【私聊】黄泉：我能说你这是在变相嘲讽我的识人能力吗？

田小雅嘴角抽搐，黄泉沉默了半天之后蹦出的这句话，让她好不容易升起的一丝希望又成了泡影。

【私聊】黄泉：我只是寻求一个合作者。我知道你在游戏里，大半时间都在副本刷材料、做装备、然后出售，虽然我不知道你在《天涯》的赚头如何，但是我保证只要你去《仙缘》，绝对是稳赚不赔。

【私聊】黄泉：至少你不用去费力地寻找卖家，而且也不用担心下副本找不到人。有固定团队的存在，对你来说是有百益而无一害的事情。

【私聊】黄泉：另外，我可以购买你现在的游戏账号。

【私聊】莲叶何田田：什么？

黄泉在说邀请她加入的条件时，田小雅的脑海里也在飞快地盘算这笔生意的可做性。

要说她在《天涯》里确实是赚了一笔，但是大部分钱却让某人给无耻地骗走了。想到这里，田小雅的心便一阵疼痛，虽然在很多人眼里，网络游戏就是在工作学习之余用来消遣的，里头的装备也不过是一组数据而已。但是自从田小雅接触到第一个网络游戏开始，她便发现这是一个可以供她业余敛财的门路。

那些在别人眼里不过是一件道具或装备，在她眼里那可就是名副其实的真金白银。

田小雅承认，她在金钱上斤斤计较，大概这也是后来与郭金泉越来越疏远的原因之一。她知道郭金泉有时候也想出去约个会，浪漫一下，但是一想到八字还没有一撇的房子，以及未来她和郭金泉结婚之后的各种开销，她便没了兴致。

她和郭金泉的家庭条件都很是普通。想要在如今他们所居住的城市里扎根安家，并不是一件容易的事情。所以一直以来都恨不得一分钱掰成两半儿花的田小雅，总是会下意识地在郭金泉消费欲望高涨的时候，泼他冷水。

算了，如今都已经是这样子了！

田小雅叹了口气，她并不是一个自怨自艾的人，确切地说，她根本就没有时间去自怨自艾。

郭金泉背叛她是很愤怒，可是愤怒之余更多的还是庆幸。至少，她没有被骗得那么彻底；至少，她还来得及纠正她曾经犯下的低级而又幼稚的错误。何况，就算是没了郭金泉，她的日子还是要

继续的，房子还是要买的，而这一切，统统都需要钱！

最主要的一点，《天涯》这一段时间玩家的流失量很大。

作为一个开了两年多的网游，《天涯》里的大半玩家都已经达到了满级，地图也都跑得差不多了，副本也都下腻了。就算是PK，长久的都是那几个人开战，也都腻了。可《天涯》一直没有实质性的后续内容推出，只是在商城里不停地放置一些用来敛财的时装、烟花等道具，这样后续乏力的局面也是很多人都预测《仙缘》会大火的原因。何况这两个游戏都是同一个设计团队做的，虽然两者的游戏背景一个是武侠一个是仙侠，但大体的中国风设定不变，而因为游戏代理公司一直宣传的是游戏制作团队全程介入开发，那么很显然，《仙缘》会更有发展空间，也更有竞争力。

【私聊】黄泉：怎么样，考虑得如何了？

等了一会儿，见田小雅还是没回话，黄泉又很耐心地再次发来了消息。

【私聊】莲叶何田田：大神你都要换游戏了，还买我这个号干什么啊？

能够将自己这个已经一贫如洗、残废得不能再残废的号卖出去，田小雅确实是心动了。但是她又有些怀疑，黄泉该不会是在和她开玩笑吧？一个已经确定要换游戏去开辟新天地的人，收购她这个废号做什么？

【私聊】黄泉：自然是有我的用处，这些你都不用考虑。我出价五千，你只需要告诉我，你愿意还是不愿意就好。

【私聊】莲叶何田田：大神，你……你这个玩笑一点也不好笑！

在她装备没有被郭金泉洗劫之前，她这个号确实是能够卖到四千到五千，但现在她已经是连最基本的传送费都没有的赤贫空号，就算是满级，顶破天也就只能卖个一千多块钱。可是大神一开口就是五千！

五千啊！大神你到底有多奢侈！

【私聊】黄泉：先钱后账号，银行卡号拿来。

连支付宝交易平台都不用，大神你可真是信任我。

田小雅本着反正给个银行卡号她又没损失的想法，熟练地在对话框里打出了一串数字。然后不到五分钟，手机便收到了五千块进账的短信提醒。

【私聊】黄泉：收到了吗？

【私聊】莲叶何田田：收到了。那个我给你账号密码。

好歹总算是挽回了一点损失。田小雅忍住内心的激动，很迅速地将有关的账号信息给黄泉发了过去。

【私聊】黄泉：嗯，有时间的话可以去看看《仙缘》的官网，明天晚上八点不删档内测开启，进二区寻仙。我给你安排的职业是医仙，有什么不明白的，进群2341××××，我下线了。

医仙？！

田小雅的脑子此时已经完全被黄泉给他安排的职业震撼了。凭她对类似古风游戏的了解，这种听起来神圣的职业，说白一点就是个没有什么攻击力的职业奶妈。与她如今的职业简直就是天差地别。不过话说回来，这种职业却是下副本必不可少的，既然有固定团队，那练级什么的，应该不用太愁才对。

伸了个大大的懒腰，按照黄泉的交代加了QQ群，和里面还在的人打了招呼之后，田小雅便关电脑睡觉了。鉴于如今钥匙还在凤器手里，她要是早上继续贪睡，也实在是不好看。

第二章
面向渣男下战书

"阳澄湖的大闸蟹，是不是很新鲜？"

田小雅睡眼惺忪，一脸迷糊地盯着离自己不到三公分耀武扬威的某横行生物。凤嚣你敢八点不到就杀过来！

再次赖床被抓包的田小雅有些郁闷，她单脚站在洗脸池旁刷牙，抬头就能从镜子里看到正在厨房里忙碌的凤嚣，突然有一种很奇怪的感觉。如果这种场景放到十年之后……

她到底在胡思乱想什么鬼东西啊，这一定是她睡眠不足带来的副作用！

田小雅红着脸把头埋进热毛巾里，努力让心情尽快平静下来，不要再被眼前从哪里看都透着不真实的场景所迷惑。

"你想洗头吗？"凤嚣拿着锅铲回头，正好看到田小雅垂首顶毛巾的囧样。

"……"

"如果想，我一会儿帮你，我洗头的技术可好了。"凤嚣笑得见牙不见眼，阳光明朗，活像邻家的大男孩儿。

"你会的东西好多。"田小雅有些惭愧，虽然她的家庭状况一般，但是爸妈从小都对她宠爱有加，很多东西她也是后来独自在外才学会的，所以有时候难免会手忙脚乱。由此可见，像凤器这样娴熟自然地处理着各种事情，绝对不是和她一样的一两年之功。

凤器正在煎鸡蛋饼，听到田小雅的话连头也没有回，只是顺口回道："小时候老爸做生意亏了，妈妈身体不好，所以很多事情我都得自己做。"

他说得轻描淡写，但听在田小雅耳中却完全不是那么回事。

"那时候，你一定很辛苦吧。"

何止是辛苦，家里生意的失败，带来的肯定是一系列变故。能够在那样的逆境里支撑下来，并且最终再获得成功的人，所需要的绝对不仅仅只有勇气那么简单。

"没事，都过去了。"凤器放下手里盛好的小米粥，转头走到田小雅身边，轻轻地拍了拍她的肩膀，"走吧，吃饭。"

田小雅没想到的是，凤器会真的要给她洗头。

凤器手上的力道正好，再配上繁琐的按摩手法，这技术简直媲美洗发沙龙里的优秀技师。但让一个才刚刚认识不到三天的男人给自己洗头，这样从未想过会发生在她身上的经历，让田小雅紧张得浑身紧绷。

"我只是在给你洗头，又不是在砍你的头。"凤器笑着逗田小雅，"放松点，我也经常给我妈妈洗头，技术勉强还是能保证的。"

田小雅洗头从来都是自然晾干，正好凤器要在厨房里准备蒸蟹，她便坐在一旁和他说话。

"买电脑？"凤器听到田小雅拜托他的事情，不觉有些奇怪地回头看了她一眼，"昨天你不还说你现在的电脑还能用，不用换新的吗？"

虽然有些不好意思，田小雅却也没瞒着凤器，便将这两天发生

在游戏里的事给凤嚣简单地陈述了一遍："其实我也知道，黄泉根本就不用买我的账号，他这样做大概也是猜到我现在的实际情况。人家这样有诚意，我再拒绝总是不大好。"

"这个不难，你给个大概的价格参数。"凤嚣眯了眯眼，没有让田小雅看到他脸上阴谋得逞的得意，"我正好有认识的人在电脑城那里开店，绝对可以担保物美价廉。"

有凤嚣愿意帮忙，田小雅所想的换电脑的种种麻烦事最终都没有发生，他一个电话对方便做到了送货上门，并且安装全包。

有认识人就是好办事啊！田小雅感慨，同时也有些反思她的生活，是不是活得太过自闭了。

虽然在这个城市里生活的时间也不短了，但是真正说得上话的朋友也就只有同住的罗晓潇，还有郭金泉。

一起共事的同事也就只是上班的时候打个招呼而已，为了节省开支，除了公司组织的团体活动之外，她几乎从来不去参加同事聚会。

无对比，无反思，无真相。如果郭金泉背叛的事情之后，她没有遇到凤嚣，或许还不会有这样多的时间去反思自己，但真的反思之后，她才清晰地看到，自己曾经生活中那些一直被忽视的不足之处。与成功者对比能够更容易发现自己的错误，找到前进的方向，这话果然是没错的。

"你说我这个人是不是很没趣？"

"还好。"凤嚣将蟹蒸上锅，又看了一下时间，才走过来挨着田小雅坐下，"只是，如果你拿你在游戏中的气势来面对生活，我觉得会更好，会更不一样。"

"啊？"田小雅愕然，随即想到那天自己在凤嚣面前的失态，不觉有些心虚。

"冷静、自信，那一刻的你很漂亮。"凤器摸着下巴，细细地又打量了一番田小雅，"虽然你平时这样子看起来也很可爱，但是如果面对工作和生活，还是需要你的那份冷静和自信的。"

田小雅正打算开口说什么，手机铃声却不合时宜地响了起来。

熟悉的手机号码让她脸色一沉，好不容易积攒起来的好心情被驱散一空，正犹豫接还是不接的时候，凤器在一旁开口了："接嘛，反正这一切又不是你的错。如果他求和好，你可以只当看戏，如果他指责你的行为过分，你大可以当发泄情绪的机会，毫不客气地骂回去。"

"田田，你这次做的真是太过分了！你知不知道，我现在连游戏都上不去了！这样任性对你我有什么好处？不就是一套装备吗，值得你这样小心眼儿？

"田田，我真是错看你了这么多年！我原以为你是一个识大体的女人，却不想你和那些世俗女人没什么不同，真是神经……"

面对电话一接通来自郭金泉的责问，田小雅深吸了一口气，淡定地挂了电话。

"其实我刚刚并不是因为害怕而不接电话。"看着凤器盯着她，田小雅摊了摊手，有些无奈，"和那种人去较劲儿根本就是一件极其浪费时间和精力的行为，而且就算你赢了，也不会有任何结果。"

"好吧，你是对的。"凤器见田小雅并没有因为郭金泉的骚扰电话而露出不愉快和沮丧，才松了口气，"咱们不和他计较，免得一会儿破坏吃午饭的好心情。"

不过，田小雅明显没有算到郭金泉的战斗力。

一直以来都顺风顺水的郭金泉什么时候受过这样的委屈？自从那天晚上一切被黄泉戳穿之后，他在服务器上就成了众矢之的。

在安全区是被人围着骂，出了安全区不仅被骂，还被人开红强制屠杀。

好不容易练起来的等级一掉再掉，偏偏现在游戏里的玩家又闲的无聊，有了这样一个消遣的机会怎么可能会放过？导致现在服务器屠杀他就像是一场狂欢，只要他出城就会被人迅速把坐标报上世界，然后不出两分钟，他所在的地图就会变得人山人海，水泄不通……甚至还有好事者把这件事情放上了论坛，玩家截图以杀死了他多少次为荣。而这一切在他看来，都是田小雅的小气和斤斤计较带给他的！

手机铃声再次锲而不舍地响了起来，根本没有半分放弃的意思。

"郭先生，希望你懂得什么叫适可而止！你盗窃田田游戏账号内的装备出售，证据确凿，已经是不争的事实，而且涉及金额已经达两万人民币。你知道这意味着什么吗？意味着如果田田报警，你会在某个地方待很长一段时间！"

"好了，我想应该能够清净一段时间了。"凤嚣挂了电话，一脸无辜地冲着目瞪口呆的田小雅点了点头，"我说的可是事实，这种事情之前可是有案例的。"

"我知道你说的是事实！"田小雅习惯性地抱头说道，"可是你是男人……"

她有不好的预感，郭金泉应该是不会打电话了，但是，他一定会亲自登门兴师问罪的！

"你怕他？"凤嚣歪着头，怎么看田小雅都不像是包子属性啊。

"不是怕他，是怕麻烦。"田小雅叹了口气，"如果我说对这件事情一点儿也不在乎，那是自欺欺人。但是时间能够冲淡一切。只要他不再出现，过一段时间我就会忘记这件事情带给我的影响，甚至更久以后，我会忘记他这个人的存在。可是……"

"可是就算是我不说出那些话，他就不会来找你吗？"凤嚣一副"你太天真了"的表情看着田小雅，"从一开始，好像都是那个家伙在纠缠你吧！虽然这样说也不一定对，但是田田，有的人就是欠骂！"

"忍让在有时候解决不了任何问题，反而会助纣为虐！"

凤嚣说得很霸道，不过很快他就发现有的人不仅欠骂，更欠揍！

郭金泉杀过来的速度很快，正好是螃蟹蒸好出锅的时候。因为之前电脑店也说了很快就会送货过来，所以凤嚣交代田小雅在厨房找醋之后，没有多想就过来开了门。但是凤嚣如何都没有想到，门外站着的是郭金泉，更重要的是，在他旁边还有一位挽着他的胳膊、样子亲密、趾高气扬的女子。

这世界逆天了吧！就算凤嚣再见多识广，他也真没见过这种场面，一时也有些发蒙。

"你是谁？田小雅呢，叫她出来！"看着刚刚从厨房出来，身上还系着围裙的凤嚣，打扮贵气的女子一脸嫌弃。虽然长得还不错，可是能够和田小雅那样的女人混在一起的，能是什么好货色？

"怎么，有胆子背着害人，就没胆子出来见人吗？什么盗窃账号判刑，你当我是被吓唬大的啊！不就是几件破装备，谁稀罕！"

女子松开挽着郭金泉的手，上前两步推开凤嚣就冲进了房门，正好在厨房门口与听到动静单脚蹦出来的田小雅撞了个正着。她正要张口开骂，却被田小雅更快地抢过了话头："滚出去！"

"你，你说什么？！"罗玉宇气得头顶冒烟。这个一文不名什么都没有的女人，居然敢让她滚？！

"我让你滚出去！"虽然田小雅现在单腿站着很吃力，但是气势丝毫不减。她瞪着面前张牙舞爪的女人，一字一句地开口道，"我刚刚已经报警，并且联系了报社的同学，如果罗小姐不想明天登上报社头条的话，还是听我一句劝，和你心爱的人从我家里滚出去！"

"你敢威胁我？"罗玉宇明显气势弱了下去，却仍旧不愿意服软。

"不是威胁，而是陈述事实。"田小雅看着罗玉宇微微一笑，"你也只是想和郭金泉在一起而已，并不想和游戏里一样，弄得满城风雨吧？"

"我以前没少听郭金泉提过，说罗总是一个很重视名誉的人。你是他的女儿，自然也懂得，这件事情如果闹大了，会有什么后果。对我来说，最坏的打算不过是在这里混不下去，回老家而已。可是罗小姐，如果你因为这件事情给他带来了不必要的麻烦，相比之下你觉得是我的损失大还是你的损失大？"

看着乘兴而来，败兴而归的两人，凤嚣一边关门，一边回头重新审视站在厨房门口的田小雅。她总是能在他想不到的时候，给他意外的惊喜。

"我以为你会继续忍的。"凤嚣忍不住嘀咕。刚刚那个满口不想惹麻烦，多一事不如少一事的软包子哪里去了？

"忍无可忍，无需再忍。"

"……"

新电脑的到来让田小雅很是激动了一番。不过也正因为这份激动，让她又忘记了找凤嚣谈钥匙归还的问题。

明天一定要记得！

田小雅一边注册激活《仙缘》的游戏账号，一边暗暗地在心底发誓。

电脑店的小哥很贴心，《仙缘》的客户端已经安装妥当，如今只需要更新一下，等到八点开服就能够顺利进入游戏了。只是让田小雅有些意外的是，开服在即，群里却很安静。

不过这也很正常，像《仙缘》这样热门的火爆游戏在开服时通常都是人满为患的。所以进服务器时候的抢线，就成了眼前需要关注的首要问题。

因为自己是医仙，所以田小雅趁着游戏还没有开服，又进了论坛去翻看内测资料，同时顺道对其他几个职业也作了一下简单的了解。

《仙缘》的职业系统很简单，剑君、天师、医仙、芒客。通俗一点说就是战士、法师、奶妈和弓箭手。

在研究了职业技能之后，田小雅很意外地发现，医仙虽然是奶妈，但是攻击技能也不少，很适合走她非常喜欢的暴医路线。但是前提条件是，你得熬过前期艰难的练级过程……

叹了口气，田小雅关了浏览器，开始全神贯注地等待开服那一刻的到来。

"进游戏之后将自己的角色名在群里发一下，方便加好友。十级以前自由活动，进入仙剑城之后再联系我。"

七点五十六分，黄泉终于在群里说话了。不过和田小雅一样，群里并没有人对黄泉的要求作出回应，不是没听到，而是没空。

原本就游戏经验丰富的田小雅如今换了电脑更是如有神助，终于赶在排队等待的提示框出现之前进入了游戏。八点零三分，一个

叫莲叶何田田的小医仙在《仙缘》二区寻仙服务器诞生了。

【私聊】黄泉：速度不慢嘛！

伴随人物降临而出现的光芒还未消失，屏幕下方的聊天框内黄泉的招呼便到了。

田小雅心底的得意感才冒了个头就枯萎了，大神你也太快了。

按照吩咐去群里报了名字，加了好友，田小雅开始奔向练级的第一线。

不出田小雅的预料，医仙新手村里此时的玩家并不多。不过即使如此，她也不敢迟疑，操控着人物开始根据系统提醒接受任务。

医仙要等到二十五级才能拥有自己的第一个攻击魔法，所以在前期，灭怪完全就是拿手杖敲。十次攻击九次MISS的低效率决定了医仙前期生存的艰难，不过好在还有任务。

医仙新手村的任务与其他几个职业相比，是最多的，再加上从五级之后就可以开始每天接五十次的日常任务，升到十级还是很快的。

因为人少，抢怪的现象不严重，所以田小雅升级倒也不慢。一个小时之后，换好十级套装的小医仙便站到了仙剑城传送点。

【私聊】黄泉：进组。

田小雅还没来得及给大神发消息，便看到邀请组队的提示框和大神的命令同时出现在了屏幕上。

【私聊】莲叶何田田：大神，你怎么知道我到仙剑城了？

她才刚刚落地，传送阵的光芒还没消失呢，大神你也太神了吧！

【私聊】黄泉：我就在你旁边站着，等你很久了。

【私聊】莲叶何田田：……

让大神久等的她真是罪大恶极啊！田小雅有些不好意思，连忙迈动小短腿跟上大神的脚步。

天师职业的大神一身黑衣，虽然只是最基本的十级新人装，却依旧穿出了大神独有的霸气。

【私聊】黄泉：对了，纵剑南天他们过来了。

啥？！大神的一句话让田小雅手上的动作一顿，连带着屏幕上的小人也停在了原地。她没听错吧？不对，这都不是重点，重点是纵剑南天他们过来的消息，大神是怎么知道的？

【私聊】莲叶何田田：你怎么知道的？

【私聊】黄泉：是我让他们来的。

【私聊】莲叶何田田：……

这个结果也太意外了吧……

【私聊】黄泉：激活码也是我卖给他们的，因为提到你也在这里，我一个激活码多卖了三百块。因为是你的功劳，所以我应该分你一半。

【私聊】莲叶何田田：不用了。

这种功劳她真的一点儿也不想要。

在剑仙城接完该接的任务，田小雅跟着黄泉出了城门。如果她没有猜错，黄泉应该是参加过内测的，不然也不会对路线这么熟悉。

两人从一片任务怪区到另一片任务怪区。虽然她的攻击力可以忽略不计，但是抢怪还是能派上用场的。

她先敲刷新出来的怪物，等黄泉接手之后再去敲下一只。这样配合着来做任务，速度倒是不慢。

天师十六级出第一个群攻法术，朝着一个方向发出一道火龙，能够烧到一条线上八格攻击范围内的怪物。虽然听起来攻击范围挺远，而且攻击力也不弱，不过却是个当之无愧的鸡肋技能。

因为怪物不可能乖乖地根据你技能的需要走成一条直线。如果想要使用这个技能，引怪就成了必不可少的硬性要求。

在这种时候，和大神组队的优势就显露出来了，田小雅只需要将散在周围的怪物引过来，然后大神自然有办法让他们排成一排来充实她飙升的经验条。

在《仙缘》里，从十九级开始就可以进副本了。每个玩家每天可以免费进入副本的次数是三次，之后如果还想进入，那每进入一次就得消耗一张游戏商城内的道具"副本通行令"，五元宝一张，童叟无欺。

追求练级速度的黄泉大神自然不会吝啬这点小钱，一满十九级，便直接吩咐田小雅准备进入十九级的副本"玲珑塔"。

在十九级的"玲珑塔""通天阁""堕仙窟"三个副本中，"玲珑塔"的地图相对最为简单，怪物也比较集中，所以对于练级初期的他们来说，是最好的练级刷装备地点。就在田小雅买完药往玲珑塔赶的时候，见到队伍里又进来三个成员。两个剑君、一个芒客，看名字都是和田小雅加过好友的群内成员。

【队伍】黄泉：进吧。

看到田小雅过来，黄泉甚至没有等后加入的成员赶来会合，便率先进入了副本外闪烁的传送阵。

【私聊】莲叶何田田：不等他们吗？

【私聊】黄泉：不用，清理小怪他们来只会分经验。

【私聊】莲叶何田田：……

大神你太务实了。

【队伍】黑暗魔神：咱们的医仙都十九级了啊！我也想要老大带升级。

【队伍】天灰灰心慌慌：你是医仙吗？

【队伍】黑暗魔神：……不是。

【队伍】流风：这么有自知之明还唠叨什么，还不快点进副本？

十九级的小医仙，除了能够给队内的成员加血之外，就只能扔个铁甲技能增加点防御了，所以基本上来说，田小雅现在下副本属于摆设。

从来没有做过米虫的田小雅看着欢快往上涨的经验，多少有些心虚，便拿着她唯一能用的技能，见到谁掉血就一阵猛加。

【队伍】黑暗魔神：田田妹子，再加，我的血槽要爆了……

【队伍】莲叶何田田：……

【队伍】黄泉：不用给他加，你只管我的血量就好。

【队伍】黑暗魔神：老大，你不顶怪不掉血的吧！

……

《仙缘》里的游戏装备全部靠副本刷。从二十级开始到满级的一百二十级，每十级一套装备，找对应的同等级三个副本里的BOSS要。至于要不要得到，全看本事和运气。

能够被黄泉拉进队伍的人自然都是身经百战的高手，所以前后不到一个小时，"玲珑塔"的老大便扔下装备箱，含恨而去了。

【队伍】黄泉：田田，去开装备。

【队伍】莲叶何田田：还是老大你去吧……

田小雅知道开箱子的任务艰巨，要是万一开出来是空箱子，她的罪过可就大了。

【队伍】黑暗魔神：还是田田妹子你去吧，老大的手是出了名的黑……

【队伍】流风：魔神你活腻味了，老大的黑历史你也敢爆！

【队伍】莲叶何田田：……

难道这不是变相的佐证吗？

所以在众人期待的目光中，田小雅颤巍巍地走到了装备箱旁边点了开启，短暂的等待之后，一把紫色的长杖出现在了众人面前——天师二十级套装的武器烈焰杖。

【队伍】黑暗魔神：妹子你的运气真是太好了，我们在内测的时候从十九刷到二十九啊，都没刷出一把天师武器来。这真是人比人得死，货比货得扔，对不，老大？

【队伍】黄泉：你还想继续刷吗？

【队伍】黑暗魔神：老大我错了。

连续又下了两次副本，得了一双剑君的鞋子、一对芒客的护手，唯有医仙的装备一件也没看到。不过看到自己等级已经二十二过半，田小雅也不觉得有多遗憾，因为对于前期的医仙来说，装备真的只是摆设，远远不如经验重要。

【队伍】莲叶何田田：那个，我要下了。

已经快一点了，她要再不睡觉，明天早上又得被抓包。

【队伍】黑暗魔神：田田妹子不刷了吗？还没出医仙的装备呢！

【队伍】黄泉：好，你去休息吧！

【私聊】黄泉：账号密码给我，我帮你挂跟随。

【私聊】莲叶何田田：麻烦你了。

田小雅倒没有去谦让什么，因为她很清楚黄泉要她加入团队的原因。医仙的等级跟不上，她的存在就没有了任何意义。

而事实证明，在一群练级狂人面前，医仙的升级也压根不是问题。这几天她的账号根本就没有下线，一直跟着混经验的结果就是在田小雅脚伤恢复去上班的时候，她的医仙号等级已经高高挂在全服等级排行榜第八的位置。

在一群剑君和天师中间，作为医仙的她就显得格外扎眼。

【私聊】莲叶何田田：明天我要上班了。

【私聊】黄泉：嗯，有我在，等级你不用操心。

【私聊】莲叶何田田：……

【私聊】黄泉：难道不该说声谢谢吗？

【私聊】莲叶何田田：谢谢。

【私聊】黄泉：还是来点实际的吧，比如以身相许什么的。

【私聊】莲叶何田田：大神，我下线了，拜拜。

游戏中可以压榨大神的劳动力来提升等级，现实里却没有这样的美事儿了。

田小雅回来上班第一天的遭遇，让罗晓潇一语成谶——

"刚报到还不满半个月你就请假，真是不被领导往死里喷都难。"

田小雅开完早会就被沉着脸的宋经理叫进了他的办公室，然后迎接她的，果然是一场暴风骤雨。

"你知不知道你这叫什么行为？我带过不少实习生、大学生，甚至连研究生我也管理过，可像你这样不务正业的我还真的第一次见到！来报到刚两个星期，你就给我请假一星期！

"你知不知道现在整个售楼部都忙得恨不得一个人劈成两个人用。和你一起过来的小张，还有小宋，都已经能开始接待客户了，唯有你到现在连接待程序都不知道，更别提那些该熟悉的应对话术了！你叫我说你什么好？！

"我不想听过程，我只管你要结果！你们这一批过来的人统一考核期是一个月，现在已经过去了二十三天。我只管考核期结束时，你们给我上交的答卷——一个人至少给我卖出去两套房子，要

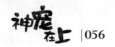

是完成不了，你们就给我统统卷铺盖滚蛋！

"我这里需要的是专业全面的售楼精英，不是过来混吃等死的米虫！"

……

被骂得晕头转向的田小雅灰溜溜地回到了售楼大厅。和她之前同在一个办公室张瑶一脸同情地迎上来，拉着她走到一旁的角落里低声安慰道："小雅，你别难过，宋经理就是这样的。上个星期你不在，我和小宋几乎每天都要被他骂上半个小时，习惯了就好了。"

"才到宋经理这里报到就请这么长时间的假，也确实是我的不对。"对自己的不足，田小雅向来不姑息。何况这次出车祸也并不全是意外，也是她自己遇人不淑、错识渣男的惩罚。

"哎呀，不管怎么样，出车祸也不是你自己愿意的。"张瑶四下看了看，见没人注意到她们，才小心地跑到一旁的文件柜里拿出个文件夹，递给田小雅，"给你，这是上个礼拜你没有来时我们学的一些东西，我帮你多打印了一份儿，现在客户还不多，你抓紧时间先看看吧。"

"谢谢。"田小雅冲张瑶做出胜利的手势，然后捧着文件夹到一旁没人的地方翻看起来。

仿佛是为了将田小雅请假这一个星期的时间给补回来一样，这一整天，宋经理对她的呼喝就没有停止过。

"小田，给客户倒水。"

"小田，去把到访客户资料整理一下！"

"小田，梁宽他们出去发传单做宣传，人手不够，你去顶上！"

"小田，把接待大厅的卫生做了！"

……

最终等累得半死不活地从售楼部出来挪到公交车站时，田小雅才极其郁闷地发现，因为她打扫完卫生已经八点多了，最后一趟去往地铁的公交车早已经开走了。

这一片是新开发的住宅新城，如今还处在销售初期，因为入住的住户少，相应的产业都还没有发展起来。所以这会儿别说是出租车，就连路过的私家车都极其少见。

难道她要再步行一个小时去地铁站？！想想都让人觉得是噩梦！

田小雅懊恼而沮丧地抱头蹲在公交车站牌下唉声叹气，以至于包里的电话响了半天才听到。

"嗨，漂亮的女士，有什么需要我帮忙的吗？"电话一接通，凤嚣温和而带着几分调侃的笑声便在电话那头响起。

"没有。"田小雅背着包，有气无力地回了一句。

她现在离市区可是有一段距离，就算是凤嚣愿意开车过来接她，等他到的时候她也早就走到地铁站了。

"真的没有？"电话那头凤嚣的笑意更浓了，"难道你真的打算步行去坐地铁？"

"你怎么……"

田小雅的疑问还未问出口，一辆奥迪便缓缓地靠过来停在她身边，凤嚣从车窗里探头冲她笑着挥了挥手："快过来上车吧！"

换车了？！

田小雅暗暗嘀咕了一句，也没多想便跑过去上了车。不管怎么样，她总算是不用走路去地铁站了。

"我下午正好有事过来看现场，所以顺路拐过来看看你。"凤嚣看了一眼身边坐下就不想动的田小雅，"见你加班打扫卫生，所

以我估计你肯定搭不上公交车。"

"谢谢。"田小雅长长地舒了口气，"我请假这么久，过来加班也是很正常的嘛。"

"今天上班还顺利吗？"凤嚣趁着等红灯的工夫帮田小雅把座椅后背往下放了放，好让她靠着更舒服些，"看你这样儿，累得够呛啊！"

"上班哪有不辛苦的，还好啦。"田小雅在工作安排上倒是很看得开，只是一想到宋经理早上安排的任务就有些头疼，"只是我现在还没摸清楚售楼的门道，要我在七天内卖两套房子，实在是压力巨大啊！"

"虽然压力很大，不过我看你也并不像是个轻易会被压力打倒的人，加油！"凤嚣笑眯眯地拍了拍田小雅的肩膀，"我给你绝对的鼓励和支持！"

"糟了！张瑶给我的文件夹忘拿了。"田小雅因为凤嚣的鼓励放松不到一分钟，又突然像受惊的兔子一样蹦起来，"完了完了，我还打算今天晚上突击一下多看看呢！"

"是那个什么售楼人员应对客户的专业话术吗？"凤嚣看着身边焦虑不安的田小雅，摇了摇头，这丫头不管什么时候心事都写在脸上，连猜都不用猜。

"咦，你也知道？"田小雅先是一愣，随即想到凤嚣之前说过他也是售楼的，故而像抓住救命稻草一般过来扯住凤嚣的衣袖，"你那里是不是有备份？"

"没有。"凤嚣摇头，看着田小雅失望地跌回座位又忍不住笑道，"但是我有比这个更有效的办法，你要不要？"

"要，当然要！"凤嚣的话仿佛是给田小雅打了一剂强心针。虽然她不知道凤嚣在哪家公司，但是只凭借他售楼的业绩能够奖励一辆玛莎拉蒂，就能猜测到这是多大的一尊神。

大神的经验，可比那些话术什么的有用多了。

"话术那东西，看看就行了，其实平时你只要有最基本的与人交往的礼貌素养，我觉得那玩意儿看不看都无所谓。"凤嚣说话间已经将车驶入了临街一家西餐厅的地下车库，"好吧，这事儿呢，不是一下两下就能给你解释清楚的，不如咱们先去吃饭，边吃饭边说如何？"

看着田小雅猛点头，凤嚣笑得如同拐带小山羊回家的灰太狼。

鱼儿已经动心了，离上钩还会远吗？

第三章
成长三十六计

"如果你是买房的客户，你最想从售楼员那里听到的是什么内容？"餐厅内坐定，点菜结束，凤嚣看着田小雅，问出了第一个问题。

虽然说她也是一位拥有买房梦想的人，但毕竟还没有真的去做过登门询问房产相关事宜的客户，所以凤嚣这突如其来的问题还是让她有些发蒙。

"嗯，物美价廉？"价格应该是每个买房者最为关注的问题

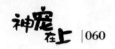

吧。

凤嚣摇了摇头："价格和质量其实是早就被固定在广告宣传页上公开呈报给客户的东西，客户既然会进来那么就一定是知道和信任的，所以这些东西完全不需要你再重复介绍一遍，再想想。"

不是价格啊，田小雅皱着眉又想了想："那……是小区的设施和优势？"

凤嚣看了田小雅一眼，继续摇头："我再说一次，广告单上已经呈现过的内容，完全不需要你再去跟客户介绍，在有限的接待时间内，你说这些话没有任何意义，只是在浪费时间。一个成功的销售人员要做到的是利用开场白勾起客户购买的欲望，然后让洽谈时间能够延长，以至于最后客户拍板决定购买。所以，再想！"

田小雅苦思了许久之后，很老实地举手缴械投降："想不到。"

"需求。"凤嚣抬手轻轻地在田小雅头上敲了一下，"设身处地地为客户着想的需求。"

"话术是死的，人却是活的。根据客户的需求，将你所知道的整个小区内所有房子的户型、楼层梳理一遍，将最适合他们要求的呈现给他们，才是留住客户的根本。

"打个比方说吧，一对年纪大的夫妇来看房，如果是给子女买的话，那么你可以挑户型小一些、温馨一些的，即使楼层高一点，靠路边近一些也可以。但如果是老人自己住的，那你就得考虑楼层，还有远离马路等这些因素。

"所以与其费力地去背那些条条框框的话术，倒不如花些精力在对客户的需求上琢磨更实际。"凤嚣看了一眼正在认真琢磨的田小雅，想了想又补充一句，"如果你真的想看点什么书的话，我建议你去修一修心理学。"

"啊？"田小雅有些不解。

"销售，无论是卖什么东西，讲究的都是个对人心的揣摩。"凤嚣说着，已经随手拿过桌边的便签纸，取出笔来在上面写了几本书的名字递给田小雅，"你可以去试试。"

吃完饭又买完书，等到家洗漱完毕已经快十一点了。田小雅犹豫再三，还是决定开电脑上线和黄泉打个招呼比较好。

根据之前的约定，田小雅先上了QQ，在群里先冒了个头。见到她上线，黑暗魔神便抢先哇哇大叫起来。

"田田啊，救星来了啊，快点上线推BOSS啊！"

田小雅还没来得及问怎么回事，便见到流风的信息也出来了。

"田田，号给你下了，你上吧。"

带着满心的问号，田小雅登录游戏。这两天没上线，她的人物居然已经五十九级了。看着左边任务栏的空血槽，田小雅叹了口气，这几个人应该是在下五十九级的副本才对。应着流风的邀请加入队伍，田小雅有些吃惊地发现，黄泉居然没有在队伍里。

这还真是少见，田小雅忍不住暗暗嘀咕。

【队伍】莲叶何田田：在哪儿？

【队伍】流风：五十九级堕仙窟。

【队伍】黑暗魔神：呜呜呜呜，我们已经连续扑街一晚上了，天灰灰压根不会玩医仙啊，俺从没见过一个医仙只打怪不加血加状态的！

【队伍】莲叶何田田：……

【队伍】天灰灰心慌慌：田田你有没有见过一个医仙跑得比谁都快冲上去拿杖敲BOSS的？

【队伍】莲叶何田田：……

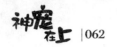

【队伍】流风：好了，你们俩就谁也别说谁了，我们先往里进，老大说马上就上线了。

田小雅听到流风这么安排，不敢迟疑，迅速在城里买好了药，便往副本所在地赶。

一路上，流风也对她简单地说了一下情况。差不多就是到下午的时候，她的号成功升到了五十九级，然后魔神两个按捺不住，要抢先下副本尝鲜。结果因操作习惯的限制，两个人无论谁操作医仙，都无法做到尽善尽美，于是躺尸便成了不可避免的结局。

【队伍】黑暗魔神：说真的，一直以为医仙就是加加血混混经验什么的，没想到真的下副本，操作起来这么考验技术。

有了田小雅的加入，各司其职的众人终于让队伍恢复了正常的战斗力。

终于可以畅快淋漓地享受杀怪快感的黑暗魔神忍不住感慨，再一次肯定了医仙在团队中的重要性。

到杀第一个BOSS的时候，黄泉终于上线了。

【队伍】流风：老大速度，已经到BOSS跟前了。

与十九级初入副本时比较，五十九级的田小雅此时在副本中起到的作用可以称得上是决定性的。

类似增加防御、增加魔御、提高血量上限等辅助技能自然不用说，重要的是医仙在五十九级学会的复活技能，才是避免副本来回跑尸浪费时间的杀器。

田小雅熟练地操控着电脑屏幕上的角色，照顾着团队里每个人的血量，解除负面状态，同时还能腾出手来对着BOSS甩几个攻击技能。

【私聊】黄泉：打完这一趟号给我，你去休息。

大神的消息内容永远是那么令人出乎意料。

田小雅愣了愣，想到之前自己对他说的今天第一天上班，感动之余也有些不好意思。毕竟自己是被他招入团队来帮忙的，现在看来她不仅没帮上忙，反而还成了团队里的负担。

【私聊】莲叶何田田：那个，我现在上班的话很忙，要不我把账号资料给你，你把这个号给你朋友玩吧！

【私聊】黄泉：这样就很好，你不要考虑其他的，该上班上班，该玩游戏就玩游戏。还是那句话，等级有我在，你不用操心！

……

第一个BOSS很慷慨，出了一件六十级的剑君衣服、一把六十级的医仙武器。

【队伍】黄泉：医仙的装备不用考虑，这件衣服怎么分，你们两个剑君自己看着办。

【队伍】黑暗魔神：给流风吧，我身上这件衣服打了石头，还能顶几天，反正每天刷副本的，不着急这一时半刻。

【队伍】黄泉：OK，那么继续吧！

堕仙窟里一共有四个BOSS，一趟平推下来已经过了十二点。也许是流风的分析很对，现在到五十九级的人不多，副本还没有被刷太狠的缘故，出的东西还算丰厚。除了先前第一个BOSS出的两件装备，后面只有一个BOSS放了空，这算是他们到《仙缘》开始下副本以来，收获最好的一次。

田小雅得到了两件六十级的装备，还有一本技能书，和大家打了个招呼便心满意足地下线了。她不知道游戏里黄泉此时却是相当生气，因为今天下午练级的时候，莲叶何田田居然在黑暗魔神他们的眼皮子底下被人杀了。而杀人的不是别人，正是和他们一起从《天涯》过来的纵剑南天。

和《天涯》相比，如今的纵剑南天算是鸟枪换炮，有些绝地大

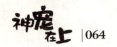

反攻的意思。不过对这样的变化，黄泉倒是一点儿也不意外。有玉宇仙儿这个强大的经济支柱在身后支持，他要还混不出来，那真是无药可救了。

练级的地方就那么多，等级接近的话，互相撞见是很正常的事情。不过他还真没料到，纵剑南天会这样的胆肥，上来一见面就动手！

【队伍】黑暗魔神：老大，我那会儿去引怪，等回来就看到他把田田的号杀了……

对此，黑暗魔神也很郁闷，那会儿和他一起占练级点刷怪升级的流风买药去了，而负责看场子的天灰灰也是挂在那里去睡觉了，所以他一个人难免有些顾不过来。

可是即便如此黄泉还是很烦躁。从来都只是他去灭别人的，打了一辈子鹰，结果今天却被鹰啄了眼睛，如何能让他不火大？

【队伍】流风：这事儿我也有责任，当时是我开的田田的号在旁边，如果我注意看一下的话，也不会掉那百分之五的经验。

【队伍】黄泉：从来只有千年做贼的，哪里有千年防贼的？这事情不怪你们。继续刷副本吧，既然在一个服务器，总有再见面的时候。

现在并不是浪费时间去报仇的时候。但是既然纵剑南天你敢先动手，那就别怪他黄泉以后心狠手辣了！

得了凤嚣的指导，接下来田小雅在上班的时间便更留意周围老同事与客户交谈时的情况。借着倒茶递资料的工夫，总能听到许多让她受益匪浅的东西，确实要比死记那些话术进步得快多了。

这样一直到星期五，公司周会宋经理要先走，而没了领导坐镇，大半同事都提前半个小时闪人了，只有被安排打扫卫生的田小雅和其他几个新人留了下来。

下班时，张瑶看着来接她的男朋友，有些不好意思地看着田小雅："田田，今天我不能帮你打扫卫生了。"

这几天张瑶都留下来给田小雅帮忙，两人的关系也是一日千里地突飞猛进，成了相处融洽的好姐妹。

"没事没事，你去吧。"正在擦桌子的田小雅冲张瑶挥了挥手，示意她赶紧走，"别让人等太久了。"

送走了张瑶，田小雅开始继续认真地打扫卫生。

宋经理说得好，一个售楼部就相当于是一个楼盘的脸面，如果连售楼部都显得邋遢，怎么能让客户放心地进来购房？所以在他的要求下，售楼部早晚都要进行打扫，一天也不能怠慢。

父亲从小就告诉她，做什么事情都得认真仔细，你若是敷衍别人，别人也会敷衍你。

当然，田小雅的这份认真宋经理是很满意的。至少张瑶就曾在私下偷偷告诉过她，说上个星期每天早上，宋经理过来都会将前天晚上打扫卫生的人训斥一遍，唯独到了她这里，宋经理还没有发过一次威。

这应该算是对她辛苦努力的一种认同吧！

拿着拖布准备拖地的田小雅很满意地扫了一遍售楼部的桌面，欣赏自己的劳动成果。

"请问，现在还能看房吗？"田小雅刚刚开始拖地，便听到门口传来一个有礼貌的声音。她有些疑惑地回头，看到一个五十来岁的阿姨领着一个年轻的男子站在售楼部的门口，看着她微笑。

"还能的，您先进来坐吧。"田小雅搁下手里的活儿，忙上前来招待客人进门。

"我也是顺路从这里经过，儿子说想买房子，所以我过来给他

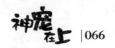

参谋一下。"阿姨看了一眼售楼部的情况，有些不好意思，"你们都下班了吧？"

"没事儿，阿姨您难得过来一趟，还是先看房吧。"田小雅将售楼部的灯打开，给客户倒了两杯热茶，才捧着资料坐到了他们的身边，"冒昧地问一下，您在购房选择上有什么特别的需求吗？"

"也没有什么特别的要求，只是儿子要结婚了。"阿姨想到高兴处，脸上的笑容也更浓了，"给他们小两口买套婚房。我们双方父母都在外地，他们小两口够住就好，还有朝向通风什么的能顾及就最好了。"

"要一个大一点儿的观景阳台，梅梅喜欢。"男孩子红着脸，有些腼腆地插了一句，"可以做一个家庭花房，然后在家里喝茶什么的很浪漫。"

"够住就行了，那么多花样子干什么？阳台不占面积啊！"

"妈，不就是个阳台嘛，能占多大的面积。"

"胡说，阳台大了，那室内面积必然就会小，你以为爹妈攒点钱容易啊。就算你想着你那没过门儿的媳妇儿，也该想想你爹妈承不承担得起。真是有了媳妇儿忘了娘！"

……

眼见母子俩为了房子的需求在自己面前旁若无人地开吵，田小雅有些头疼。

又要经济，又要大小合适，又要有大阳台，这样的房子……

"两位要不先看看这套吧。"田小雅想来想去还真让她找到了一套，"四号楼二十三层C座，建筑面积九十一平方米，两室两厅一厨一卫，就他们夫妻俩来说绝对够住了。阳台嘛，虽然不大，但是胜在朝向好，因为楼层高看夜景也是一种享受。不过呢，有一点不足就是这套住宅的卫生间是内置的，装修设计的时候要考虑安装排风换气装置。而且这房子目前处于月优惠阶段，如果两位有兴趣的话，我们现在可以去看看现房。"

四号楼为数不多的剩房之一，就是因为卫生间的通风问题，而被很多客给拒绝了。所以哪怕现在这些被拒率很高的现房采取一平方米降价一百块的做法来吸引顾客，还是成效不大。

因为经济条件的限制，眼前这位母亲更倾向物美价廉的实际效果，所以最能够打动她的，是房子实用度。而相对来说，这样的客户，对卫生间是不是有窗户这样的问题，虽然会留心，但毕竟不是重点。

"那咱们先去看看吧。"阿姨显然被田小雅最后补充的那句优惠给打动了，虽然是试探性地问儿子，但从她站起来冲田小雅点头的动作，其实已经作出了决定。

第一次接待客户就能够让他们同意去看房，田小雅强压住内心的兴奋，取了钥匙领着两个客户去看房，沿途还不忘介绍小区内的设施和绿化，连带着周边的环境也作了一下概括性的介绍。

"医院和学校离我们小区都不算太远，现在有私家车的话都很方便。"

等到介绍客户看完房送他们离开之后，饿得前胸贴后背的田小雅回售楼部送钥匙时有些惊讶地发现，凤嚣居然在这里等她，而且还不知道等了多久。

满脸抱歉的田小雅忙小跑过去和凤嚣打招呼："不好意思，刚刚突然来了一个客户。不过你来了干吗不给我打电话？"

"你陪客户去看房的时候我就到了，你在接待客户我怎么能打扰你。"凤嚣十分自然地抬手揉了揉田小雅的头顶，"好吧，说说看，今天的收获如何？"

"看客户的样子似乎是很满意，不过还是说要回去商量。"虽

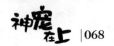

然母子俩并没有明确地给出意见，但田小雅还是很高兴的。至少她这一次的接待很自然，没有因为紧张而出差错。

"有时候哪怕是当场回绝了你的客户都还有回头的可能，就更别提是回家商量了。"田小雅的高兴也感染了凤嚣，他一边替她开车门，一边笑着给她鼓气，"加油，你离卖出第一套房子又进了一步。"

凤嚣就是这样一个人，无论在什么时候开口都只会给她鼓气，让她加油。

和他在一起，会有一种汽车驶入加油站的感觉，轻松之后更加信心百倍地上路，奔向下一个目标。这种感觉，是田小雅之前从没有过的。

信任，还有毫不拘束的自由自在。

"在想什么？"凤嚣上车，一眼扫过来，发现田小雅在发呆。

"没什么，在想我这周休息的事情。"售楼部的员工在周末采取轮班换休制，事实上在这方面，管理者宋经理是一个很开明的人，允许了在不影响正常工作的情况下，各自的休息时间可以通过协商的方式灵活调整。而像田小雅这样的新人，休息时间大半是根据老员工的时间来安排。

"然后？"凤嚣看着田小雅，莫名地多了几分期待。

"不然我请你吃饭吧？"田小雅想着这些天麻烦了凤嚣不少，不表示一下感谢，实在有些说不过去。

"只要不是我买单的话，我没意见。"凤嚣心情大好，笑得见牙不见眼，顺手指了指后座椅，"我来的时候顺路买了面包和点心，饿的话先垫一垫。"

因为打算请凤嚣吃饭，所以从早上上班起，田小雅就显得有些心神不宁。

这请客吃饭开口邀请是容易，但是等具体实施起来麻烦还真不小。

如果只是请一般的人吃饭，按照以往的习惯，去大排档或者是吃火锅什么的也就可以了，可偏偏她这次邀请的对象是凤嚣。

请一个穿手工西装、开豪华跑车的人去吃大排档，这种行为无异于焚琴煮鹤一般大煞风景。但是合适请凤嚣吃饭的地方她又不太了解，一来是价格，更重要的还是味道。

越想越头疼的田小雅长长地叹了口气，有些挫败地趴在桌子上，时间紧迫，她要怎么办才好？总不能现在打电话去问罗晓潇吧！那个嗅觉敏锐的家伙，一定会对她的动机和出发点刨根问底，并作出一系列不合时宜的联想……

"田田，那边来了一位阿姨，说是你的客户。"

正在田小雅想对策想得头昏脑涨之时，门口负责接待的王姐突然过来轻轻地推了推她，一脸喜色地低声说道："说是来签合同交首付的，你快点儿过去吧！"

"啊？！"田小雅有些发蒙，不是她昨天的接待就真的做成了吧！

顺着王姐的手势看过去，坐在门边沙发上的，不是昨天的那位阿姨又是谁？只不过这次在她身边除了昨天的那个男子以外，又多了一个女孩子。

见到田小雅，那位阿姨忙笑着站起来和她打招呼，但还是难掩脸上的歉意："我回去和儿子商量了一下，又打电话问了一下他爸爸，觉得你昨天给我们介绍的那套房子还不错。不过你也知道，这房子毕竟是他们小两口儿住，所以今儿还得麻烦你，带我们再去看一看。"

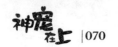

潜台词就是这房子最后买不买，还是得征求一下未来儿媳妇的意见。

田小雅没有犹豫，再次带着这未来的一家三口去看房。

相比较未来的婆婆和老公，这位准妻子的挑剔程度就显得要高多了。也不知道是不是一晚上商量之后讨论出来的问题，反正一路上，那个年轻的女孩子就一直没停过问题。

好在之前田小雅依据凤箐的指点对这个楼盘的相关资料非常了解，才让她在整个接待的过程中游刃有余，没有被客户刁钻的问题难倒。

"田田，你好厉害！"张瑶拽住送走客户回来的田小雅，藏不住她脸上的兴奋，"我们一起来的这几个人里，你可是第一个卖出房子的呢。"

"哪里，只是付了订金而已。"田小雅虽然也很兴奋，但毕竟现在还没有正式签合同，不好太过张扬。

"人家阿姨都说了，明天就来付全款签合同，你呀就别谦虚了，快点儿介绍介绍经验吧！"张瑶晃着田小雅的胳膊，甚至比她自己卖出了房子还要高兴。

"不过是运气好罢了，有什么了不起的。"开口的是和田小雅还有张瑶一起被调过来的宋琳琳。

相比原本就在一个办公室的田小雅和张瑶，宋琳琳明显要落单一些，再加上她的冷淡，不太好相处，所以这段时间和田小雅她们之间的距离就更远了。

不过她的业务能力却是很强，过来售楼部的这段时间，她接待的客户不少，有意向购房的也有，只是都还处在跟踪促成期。原本在别人眼中，她应该是这批新人中最早开单的人，却不想半路里杀出个程咬金，田小雅居然闷声不响地后来者居上，抢了这个头筹，这叫一心等着借机表现的宋琳琳怎么能咽下这口气？不过一切已成事实，虽然难再改变，但是在关键的时候，泼田小雅两盆凉水还是可以的。

"你这话什么意思？"张瑶性子大大咧咧的，和田小雅熟悉的罗晓潇很像，所以这两人才成了朋友。如今见到田小雅被宋琳琳挤兑，她的性子哪里忍得住，冲上来便要扯着宋琳琳问个究竟，"田田签成了客户，我们祝贺一下也是应该的，哪里碍着你了，要你在这里冷嘲热讽的！"

"我哪里冷嘲热讽了，难道我说她运气不错也有错？"宋琳琳也不示弱，瞪着张瑶冷笑，"难道非得像有些人，捧着去拍人马屁说好听的才顺你的意？"

"你……"

"小田，到我办公室来一趟！"

张瑶正要还说什么，宋经理突然推开门从办公室出来，严厉地扫了她们一眼，最终脸色一沉将目光对准了田小雅："现在是上班时间，该干什么不该干什么，还要我每天提醒一遍吗？！"

冲着田小雅吐了吐舌头，张瑶迅速溜到了宋经理看不到的死角。而田小雅不得不叹了口气，在一干人同情的目光中，迈着沉重的步子，朝着宋经理的办公室走去。

"你以为付下订金就是成功了吗？肤浅！幼稚！

"我告诉你，干咱们这一行，只要顾客一日不付款签合同，你就一刻都不能放松！甚至有的客户付完款还有后悔来退房的呢。不过就是收了个订金，你瞧瞧你那得意样儿！"

"对不起。"田小雅垂着头，很诚恳地接受宋经理的训斥。

这世上有人会在你前进的路上给予鼓励，也有的人会在你成功的时候给你鞭策，而宋经理很显然是属于后者。虽然有时候话不是

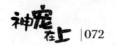

那么好听，但出发点都是为了她能够更好更快地进步。

虽然宋经理对下属从来都是以教训为主，但是田小雅却很清楚，他确确实实是一个很不错的领导。他会在中午大家吃便当的时候开车出去给大家伙捎回几个现炒的热菜；会在早上第一个赶到售楼部开门打扫卫生……

就是教训起人来六亲不认。

田小雅因为认错态度良好，宋经理倒也没有太为难她，简单呵斥了她几句之后，便吩咐她可以走了。不过就在田小雅开门准备往外走时，宋经理突然又喊住了她："小田，"他站在办公桌后，冲着田小雅竖起了大拇指，"加油！"

"谢谢！"方才的阴郁忐忑一扫而空，田小雅瞬间战斗值爆棚。

琢磨来琢磨去，田小雅最终还是决定请张瑶帮她支支招。

"请人吃饭？"张瑶支着下颌，看着一脸局促的田小雅眨眨眼，凑过来神秘兮兮地问道，"你这样慎重紧张，该不会是邀请你的暗恋对象吧？"

"咳咳咳，不，不是。"正在喝水的田小雅猝不及防，被张瑶这个话给呛了个半死。她一边剧烈地咳嗽一边慌慌张张地辩解道，"是那天，那天车祸送我去医院的人。"

"真是这样？"张瑶心中的八卦之火熊熊燃烧，田小雅越是拼命解释，她越是不相信，"好吧，你不承认我也不勉强你。不过，你问我这个问题还真算是问对人了，我昨天刚好和男朋友去了一家西餐厅，环境很好，味道不错价格也合适。对了，还能在网上团购到合适的套餐。"

"那太谢谢你了。"田小雅听到自己折腾了大半天的难题终于有了解决办法，比她卖出了一套房子还高兴，"等我感谢完他再回来感激你哟！"

"请人家吃完大餐回来请我吃大排档，咱们姐俩儿的感情真廉价！"张瑶哼了一声，抬手在田小雅头上敲了敲，"行啦，姐姐是过来人。告诉你，这世上好男人就像那三条腿的蛤蟆一样难找，你要是真看中了，就别扭扭捏捏的，直接扑上去拐回家才是正题。这年头暗恋什么的早就不时兴了。"

"但是……"

田小雅的解释才开了个口，就被张瑶蛮横地给挥手打断了，相比较接待客户，张瑶在感情咨询上要更在行："别但是了，要是你因为不好意思什么的错过了机会，以后有你后悔的。喜欢人家就勇敢说出来，你不说别人怎么知道你喜欢他呢？"

"可是我认识他还不到一个月……"田小雅的解释有些无力，而且还是和前男友分手的当天认识的，这种事情叫她怎么好说出口。

"那有什么，"张瑶一脸恨铁不成钢地戳了戳田小雅的额头，"要知道，时间什么的都不是问题。问题是感觉，要是感觉到位，别说是一个月，就是一天那都能成为永恒。"

"……"在张瑶的文艺腔面前，田小雅彻底阵亡了。

虽然田小雅平时也算是个开朗明快的女孩子，但在感情上她还是很内敛的，甚至还有些趋于保守。

大约是从小家教甚严的缘故，她一直都很固执地坚守着感情必然是得经住时间的锤炼考验，才能结出甜蜜的硕果，虽然不排除一见钟情的可能，但最终决定一切的还是时间。

没有经过考验的爱情是不稳定的，但是就算是经过了时间考验的爱情，同样也靠不住。难道张瑶说的真的是对的，爱情所看的并

不是长时间相处下的互相了解和磨合，而只是两人见面时的感觉？

如果是这样的话，那么凤翾……

一般遇到烦心事得不到解决的时候，田小雅就会想到游戏。和她预料的差不多，黄泉他们果然正在刷五十九级的副本。

一上线就打最后一个副本BOSS，让她明显有些跟不上节奏。好在黄泉还有黑暗魔神他们都是久经沙场的老手，在相互默契的配合下，总算是有惊无险地推倒了最后一个BOSS，可惜什么都没有出。

【队伍】黑暗魔神：啊啊，又是空气！

【队伍】黄泉：退出重组，继续。

【私聊】黄泉：你怎么了，有些不在状态啊，今天。

大神你真犀利，一语道破真相。

【私聊】莲叶何田田：没事，只是心里有点儿烦，一会儿就好啦。

【私聊】黄泉：心里有些烦？是工作遇到麻烦了？

【私聊】莲叶何田田：不是，工作很好。只是有点儿私事啦！

田小雅想了想，忽然觉得黄泉是个不错的倾诉对象。反正大家隔着电脑屏幕，你不认识我，我也不认识你，也许他给出的分析反而更加客观真实。

【私聊】黄泉：私事？

【私聊】莲叶何田田：嗯，大神你有女朋友了吧？

【私聊】黄泉：女朋友？算有吧！

【私聊】莲叶何田田：算有？

有就是有，没有就是没有，"算有"这是个什么说法？

【私聊】黄泉：嗯，就是有了既定目标，正在追求中。

【私聊】莲叶何田田：……

【私聊】黄泉：怎么，你和你男朋友吵架了？

【私聊】莲叶何田田：不是。是我身边有一个人，我才认识他不到一个月，觉得和他在一起很踏实也很自在，嗯，怎么说呢，就是和他在一起的时候……

【私聊】黄泉：？

【私聊】莲叶何田田：我也说不上来了……

【私聊】黄泉：……

【私聊】莲叶何田田：我觉得我好像是喜欢上他了，怎么办？

【私聊】黄泉：那就去对他说呗。

【私聊】莲叶何田田：开什么玩笑，我才认识他不到一个月好不好！

胡乱地和黄泉说了两句话，田小雅便慌忙地找了个借口下线了。

第四章

感情是双方面的努力

"真请我吃饭啊？"

虽然田小雅说过请他吃饭，但真的从电话这头听到既定的事实，凤罴还是有些意外。

虽然对田小雅的心思有所察觉，但如果田小雅所犹豫的对象不是他呢，岂不是空欢喜一场？

何况凤嚣办事向来稳妥，自然不会因为田小雅在游戏里的一通倾诉，而给还没有发生的事情下定论。直到这时候，田小雅给他打来电话，在犹犹豫豫地说了一大通有关天气，有关物价，甚至连国际局势都扯出来的开场白之后，道出了确实要请他吃饭的事实，才让他窃喜地放下心来。

想到田小雅的性格，凤嚣还是决定暂时按兵不动，顺着田小雅的小心思往下配合，生怕他的行为太过激进，反而吓跑了她。

不过凤嚣的这一系列想法，电话那头的田小雅却全然不知。她刚刚在张瑶的介绍下上网团购了票，这会儿还沉浸在找到合适餐厅的兴奋中呢。

"嗯，那个，这些天你帮我那么多，我觉得吧，不感谢你一下挺过意不去的。"田小雅轻咳一声，强作镇定说出早就想好的说辞，却换来坐在她对面的张瑶一通大白眼，也让电话这头的凤嚣差点没憋住笑出声来。

"那个，你来吗？"见凤嚣半天没回话，田小雅不禁有些忐忑，小心翼翼地试探着开口问道。

"来，你晚上下班的时候，我来接你。"凤嚣忍笑忍得辛苦，忙借口在忙，迅速地挂断了电话。

"你丢人不？"张瑶见田小雅挂断电话，忙鄙视她，"隔个电话都不敢把话说得明白点儿，还脸色通红。我说你今儿晚上请人吃饭还不得一直把头埋在桌子底下当鸵鸟呀！"

"你想多了，真的是我感谢人家这些天对我的帮忙。"张瑶不提还好，这一提田小雅脸上原本消下去的红晕如今再次不争气地浮了上来，显得欲盖弥彰。

"真的？"张瑶盯着田小雅的满脸绯红。还说只是一般的朋友，骗鬼呢吧！

"当然。"田小雅点头，努力让自己的反应看起来正经严肃，具有说服力。

"那你脸红什么？"张瑶继续鄙视。

"……那个刚刚张姐还要我帮着复印资料呢，我先去忙了哈！"田小雅如同泄了气的皮球，果断地选择了逃之夭夭。

"胆小鬼，看你还能逃多久！"毕竟是上班时间，周围的同事还都在，她也不好过分地打听，所以看着田小雅仓皇离去的背影，张瑶没有继续追上去刨根问底。

宋经理这几天的心情不知道为什么，一直处于阴郁之中。但凡不小心惹到他的人，无一不被骂得体无完肤，更有人还因为不识时务辩解了两句，而被扣了奖金。所以现在整个售楼部都是人人自危，生怕一个不小心被宋经理逮住机会。

田小雅是新人，更是不敢怠慢。只是即便如此，她在临近下班的前一个小时，还是遭到了宋经理的"召见"。

在一片同情和祝福的目光中，田小雅带着悲壮的神情走进了宋经理的办公室。

"小田啊，"见到是她进来，手里正在忙工作的宋经理只是腾出一只手来冲她简单地做了个手势，"你先坐一下，等我看完了手里的文件再说。"

坐下？

宋经理的态度和反应让田小雅一时间有些适应不过来，若不是门口高高悬挂的门牌和对面宋经理那标准的地中海发型，她一时间还真的有走错办公室的感觉。

田小雅一边胆战心惊地挨着椅子边儿坐下，一边胡思乱想，借此来减轻宋经理的这种和颜悦色给她带来的心理压力。

"宋经理，您找我是有什么事儿吗？"

看着宋经理收拾好文件抬起头，田小雅忙小心翼翼地开口问道。虽然她自己也觉得这个问题很多余，要是没事宋经理喊她来办公室干什么？

"小田，这些天在部门觉得能适应吗？"

宋经理却并没有回答田小雅的问题，而是语气温和地问她最近的工作状况，这让田小雅越发觉得心里不踏实。

按照宋经理的习惯，他是从来不会主动过问这些的，他找你询问工作，只有一种情况——那就是你犯了错。她思前想后，最近这几天她的客户情况都还算正常稳定啊，除了已经签下合同售出的那一套房子，还有三个客户也正在意向追踪状态。这种工作业绩，对她这样一个刚接触售楼的新人来说，已经算是不错了，难道宋经理还不满意？

这要求也太变态了吧！

"还可以，大家都蛮照顾和帮助我的，所以工作起来还挺顺畅的。"田小雅心底虽然已经腹诽开了，但脸上依旧保持着笑容。

"自从我到这个公司开始筹备售楼部之后，你算是我见过的比较有灵气的一个新人。"宋经理看了一眼田小雅，习惯性地掏出烟盒，犹豫了一下又收了回去，"聪明、能吃苦、肯学，假以时日，你必将能够成为这个部门不可缺少的骨干。"

宋经理难得表扬一个人，这一开口便是滔滔不绝，听在田小雅耳里却越发让她如坐针毡："经理，有什么话您就直说吧，我顶得住。"

这种如何听都像是发好人卡的潜台词让田小雅有些HOLD不

住。

她想着反正最坏的打算也不过就是离职走人，索性也不再听宋经理讲演，一脸诚恳和认真地开口央求道："宋经理，我自己的斤两我很清楚，所以您就不用再这样夸我了，直接说结果吧。"

宋经理却没有像往常那样因为田小雅打断他的话而生气，他笑了笑，说："小田啊，你这样聪明的一个小姑娘，去做什么第三者呢？"

"啥？！"

田小雅这下真的是傻眼了。

这话从哪里说起来的？

"你别装糊涂，那个郭金泉你认识吧？"宋经理见田小雅一副莫名其妙的惊诧模样并不像是装的。他想了想，还是将到口的教训又收了回去，好心地开口提醒道，"他是我们老总千金的男朋友，你怎么也去惹呢？"

现在的年轻人哪！宋经理摇了摇头，其实他今天被罗玉宇叫去也很奇怪，但是知道了这件事情之后，他更多的还是吃惊和不敢相信，还有一部分怒其不争的情绪在内。

要说这些日子，田小雅进部门之后的表现一直没有逃过他的眼睛。她确实是个好苗子，而他也有意想好好地栽培她成为他麾下的骨干精英。但是还没开始呢，却发生了这样的事情。

当然，他也不希望这一切是真的。但如果这件事情是真的，这丫头愿意改倒还罢了，可如果不愿意，那他是万万不敢再用了。

人的品行决定了这个人的发展前途和空间，哪怕田小雅在工作上再能干，但是生活作风上如果拎不清，极有可能在未来给自己惹上大麻烦。

他赌不起。

"宋经理，我不知道您这个消息是从何处得知，但是作为当事人，我想我有必要澄清一下。"

宋经理的提醒让田小雅心底的火气腾地一下便烧了起来。

好一出恶人先告状啊！

她早就知道她现在所处的售楼部是罗氏集团下属的分支机构，可是眼下工作并不太好找，而且最重要的是眼前的宋经理是业界公认的鬼才，被誉为售楼置业界的"校长"。

如今能够说得上名字的许多业界精英都曾经是宋经理的手下，由他亲自培养出来的。田小雅不想失去这个学习的机会，原本还认为这样的一个部门天高皇帝远，不会被罗玉宇注意到，而等她打好基础学习好技巧，就算是有什么麻烦，她再找工作也会相对容易一些。

只是没想到罗玉宇会这么快就找上门。

"我和郭金泉是在大学里认识的，一直到前几天，我才知道郭金泉和罗玉宇的事情。说了也不怕丢人，我的脚之所以会受伤，就是因为我去找郭金泉，撞破了他和罗玉宇在一起的事实，一时激动冲出去才被车撞倒的。

"他们现在和未来如何，其实对我来说已经不重要了，因为从那天起我便已经正式和郭金泉分手了。不过我没想到的是，罗玉宇小姐会这样对宋经理陈述这件往事。"田小雅有些无奈地摊手，苦笑道，"事实就是如此，要是您不相信，我也没有办法。"

"我信。"宋经理很肯定地点了点头，原本他心里就有些怀疑，如今听到田小雅所陈述的事实，他悬着的心也终于放了下来，"好了，没别的事情了，你出去干活儿吧！"

"啊？"

这就完了？田小雅有些愕然，她原本以为只有女人才八卦，却不想宋经理这个大老爷们儿也会对别人的私事感兴趣。

"对了，下个月咱们部门的上层会有一些人事方面的变动。你知道肖助理这个月底便要离职了。"宋经理站起身，走过来拍了拍田小雅的肩膀，"人在做天在看，虽然咱们不能堵住别人的嘴，但是至少能对得住自个儿的心。"

"谢谢您，我一定会努力的。"田小雅深深地冲宋经理鞠了一躬，然后匆匆地退出了他的办公室。

见到田小雅出来，早早就守在门口的张瑶急忙迎上来，拉着她走到一旁的休息区，压着声音问道："怎么了？'宋阎王'找你没什么事儿吧？我刚刚贴在他的办公室门外听了半天，没听到咆哮声，心里反而更慌了。"

"没事，宋经理是例行了解新人的工作状况。"原本还心中郁闷的田小雅听到张瑶这么一说，忍不住扑哧一声笑了出来。看来对宋经理和颜悦色不习惯的人，远远不止她一个。不过看到张瑶有些失望又有些不相信的模样，田小雅忍不住想逗逗她，便绷着脸一本正经地对她说道："对了，宋经理原本是打算现在让你进去谈话的，不过手上工作忙，他大概也就是这两天就会找你进去汇报工作了，你作一下准备哟。"

"……啊，不是吧！"张瑶忍不住惊叫道，"我这里只有一个意向客户，怎么办？怎么办？"

相比较田小雅的认真，张瑶虽然聪明，亲和力也强，接待客户也是热情周到，但就是太过浮躁，定不下心来。所以田小雅决定借这个机会戳戳她，让她加油也好。

大约是因为田小雅这番警告奏效的缘故，接下来的时间张瑶都很认真地待在接待区，恨不得赶紧有客户上门，她好谈成一个去向宋经理交差。

　　田小雅给自己倒了一杯水，坐在落地玻璃墙边看着外面的风景发呆。

　　原本以为，她和郭金泉之间的纠葛随着他们的分手应该已经是告一段落了，但没想到还是她太天真了。

　　以郭金泉的性子，如何会放过让他那般丢人的自己？很明显，宋经理后面的话对她是一个提醒，接任肖助理的人十有八九是他们两人之一。那么接下来的折腾，不用多言。

　　如果能够忍受，留下就是一种试炼；如果无法忍受，那么趁着这段时间肖助理还没有离职，她还是赶紧寻找后路吧！

　　是逃，还是坚持？这不仅是工作上的抉择，也是她人生道路的一次选择。

　　在这件事情上，她何错之有？就算是之后做出了种种过激行为，那也是他郭金泉罪有应得，凭什么就得她步步退让？还有这份工作，她努力这么久才有今天的进步，凭什么就因为郭金泉和罗玉宇一番颠倒黑白的谣言，她就得自动放弃、退避三舍？

　　她没有错，她绝不会认输！

　　"小田，我在售楼这一行勉强还有些人脉，如果你……"

　　到下班时间，正在打扫卫生的田小雅突然被走出办公室的宋经理招手叫了过去，却不想他话还没有说完，就被田小雅笑着给打断了："宋经理，我知道您是为了我好，但是我不想做逃兵。我知道如果留下来的话，未来可能会有很多麻烦在等着我。但是我想，人这一生总会要经历各种各样的事情，如果一遇到挫折和困难就逃避，那我这一生也不可能得到半点儿进步。所以我打算继续留下来，向您和大家学习这个行业里的知识，将这个挫折看成是我人生的一场修行。"

　　"你能够这样想就太好了。"宋经理显然没有想到田小雅会这样回复他，不过却也让他心里的一块石头落了地，笑呵呵地冲她摆了摆手，"好了，既然这样那我就不操心了，你早点打扫完卫生回家好好休息吧，今天可是周末呢！"

送走了宋经理没多久，凤嚣便上门了。

"怎么每天都是你打扫卫生？"

因为经常过来接田小雅下班，所以凤嚣对售楼部的卫生值日安排很熟悉，总之就没有见到田小雅早走过。就算是泥人也有三分火气，这种明显区别对待的做法，田小雅能忍得住，但凤嚣可有些不高兴。

"新人多干活是应该的。"

田小雅也知道，这种安排不公平。但是既然处在这个部门，很多东西就得慢慢去适应，谁不是从新人慢慢做起来的呢？

"你们这次一起过来的，不还有两个新人嘛。"田小雅的这个解释显然不能让凤嚣满意。同样都是新人，为什么活儿都得田小雅一个人干？

"张瑶今天晚上有事情，至于宋琳琳，算了，反正也就是打扫个卫生而已。多干点活儿当当锻炼身体了也不错。"平时张瑶也会留下来和田小雅一起干活，但宋琳琳一次也没有干过。

"你倒是好脾气。"凤嚣见田小雅是真的没往心里去，便也不再多说什么，"不过话说回来，我记得这周你是明天休假，有什么安排没？"

这个问题还真的把田小雅给问住了。既然是休假，那么在家好好休息玩玩游戏什么的，似乎也不错。何况自己的号一直都是由黄泉在帮忙打理，老是这样也着实让她很过意不去。

"别跟我说你想宅在家里玩游戏！"凤嚣看着田小雅愣愣的模样，对她心里的打算已经猜出了个大概，不由一脸不赞同地哼了

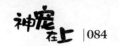

一声，"你上班一个礼拜全窝在办公区里，好不容易放个假还继续宅，对身体可不好，不如明天你听我的安排，如何？"

"去哪儿？"田小雅一愣，虽然凤嚣说得也有一定的道理，不过时间这么仓促，太远的地方怕也是去不了吧。

"到时候你就知道了。"凤嚣见田小雅已经拖完地，也不想再耽搁时间，从她手里拿过拖布放到一旁，拖着她便往外走，"不过现在咱们还是去吃晚饭吧！"

田小雅选定的餐厅在市区，这会儿正好是堵车的高峰期，虽然凤嚣已经绕过几个堵点，但还是被堵在了车流中进退不得。

"抱歉，都是我耽搁时间太久了。"田小雅有些不好意思，自己请凤嚣吃饭，要他接送不说，如今更是因为她的原因到八点多还被堵在马路上。别说吃饭了，连喝水都成问题。

凤嚣安慰她："没事，只当是好事多磨了。"

这样一磨便磨到了晚上九点多。田小雅还没有从堵车的郁闷中缓过神，便又因眼前的偶遇而彻底倒了胃口。都说冤家路窄果然是没错的，看着坐在他们隔壁桌的郭金泉和罗玉宇，她的脸瞬间黑成了锅底。

田小雅的脸色不好看，剩下几个当事人的脸色也好看不到哪里去。

凤嚣更是在第一时间反应过来，顺手叫住了身边走过的侍者："能不能麻烦给我们换个位置？"

为了能有个美好的就餐环境，凤嚣决定在此时做一下退步也不是件丢人的事情。但偏偏事有凑巧，侍者小声询问了一下前台之后，有些抱歉地看着凤嚣："不好意思，现在餐厅内的餐台已经坐满了，实在是换不了。"

如果是平时，再等一等也无所谓，可现在两个人都已经是饿得前胸贴后背，凤嚣也实在不想再折腾，拉着田小雅便在与郭金泉和罗玉宇仅隔一条过道的座位上坐了下来。

　　吃个饭而已，谁怕谁？！

　　"真是倒胃口。"罗玉宇一脸嫌恶地瞟了一眼田小雅，故作矜持地轻哼了一声，娇声向着她对面坐着的郭金泉撒娇道，"泉哥，我们不如换家店吃嘛。"

　　"可是我们菜都已经点了。"郭金泉有些为难。要知道今天可是他买单，这家餐厅的档次不低，味道也还不错，最重要的是能够在网上团到套餐票。如果这时候离开换到别的地方，按照对面大小姐的习惯，八成他一个月的工资就得玩儿完。

　　"那又怎么样，反正我不想在这里吃了，看着就恶心。"罗玉宇见郭金泉为难，索性闹起来，将手里的刀叉重重地摔在桌上，大有一副不离开誓不罢休之意，"哼，该不会是你吃着碗里的还想着锅里的，妄想和别人旧情复燃吧？"

　　罗玉宇向来说一不二惯了，如何肯咽得下眼前的气？见郭金泉不吭声，她越发觉得他是心里有鬼，干脆站起身来坐到了郭金泉身边去扯他的胳膊："我不管我不管，你现在必须得当面儿给我把话说清楚！"

　　"玉宇，别闹了，事情不是你想的那样。"郭金泉只觉得头大如斗，看着隔壁无动于衷喝水聊天顺便看戏的两人，他越发恨得牙根痒痒。在他看来，这根本就不是一场偶然，而是田小雅故意来找他麻烦的。

　　若不然怎么就会这么巧，他们竟然会同时选择来这里吃饭，还坐得这么近。

　　不过因为如此，他心里反倒还有那么几分得意——田小雅如

此，应该是对他还有情吧。俗话说爱之深恨之切，她这样一而再再而三地挑衅，十有八九是为了引起他的注意。

要说郭金泉和田小雅分手之后，他也很是后悔。以前和田小雅在一起的时候，利用游戏下副本还有其他一些办法，总能多一些收入来源。再加上平时在公司吃饭，又不怎么约会，日常用品等也都是田小雅在负责。原本在他看来不值一提的花费等到完全落到他身上，他才知道这真不是一笔小数目。

现在换了罗玉宇，为了不让她小看，他一日三餐都在外面解决。一天三顿下来，他实在是有些入不敷出。

虽然说罗玉宇家里有钱，但凡每次约会都靠她出钱的话，郭金泉又觉得面子上过不去。所以才会有了今天他难得兴起，趁着周末请罗玉宇吃饭的事。可偏偏不巧，会在这里碰上同样来吃饭的田小雅和凤嚣。

"那你说是哪样，是哪样嘛！"郭金泉越是解释，罗玉宇便越是生气。她的声音也越来越高，在这样的西餐厅越发显得格格不入。

看着前后不时回头打量他们的客人，郭金泉只觉得面皮儿似火烧，但又不能发作，只得低声哄着罗玉宇："乖，别闹，我回去再和你解释。你看别人都在看你呢，多不好。"

郭金泉没想到的是，他不哄还好，这样一哄越是让罗玉宇的怒气值径直往上蹿："好啊好啊，你现在嫌弃我了是吧，觉得我给你丢人了是吧。我就知道男人的话信不得，果然就是这样的！"

语毕，罗玉宇站起身就要往外走，却被郭金泉眼疾手快死命地拽了回去："你想想，你这要是一走，岂不成了你我心虚？"

罗玉宇被郭金泉的话说得一愣，虽然还是一脸的不高兴，但好歹停止了闹腾。但同样听到了郭金泉这番话的田小雅却淡定不下来了。

再联想到今天下午宋经理对她说的那些话，田小雅越发恨得牙根痒痒，心里一盘算，脸上已经笑开了："凤哥，你知道有人曾经对我说，他最喜欢什么样的女孩子吗？"

"什么样的？"收到田小雅的示意，凤嚣倒也配合。虽然和原本预料的浪漫晚餐有些出入，但是能看到某人出丑，也是一件大快人心的事。

"上得厅堂、下得厨房、温柔婉约、听话又善解人意的女孩子最入某人的眼了。某人曾经说过，他最讨厌那些无理取闹、不顾场合、不管事情轻重缓急的女人了，就像是没有教养的疯婆子。"

田小雅托着下巴笑眯眯地对凤嚣解释，就算她没有扭头去看旁边的两位，也能想象得到此时他们的脸色有多么难看。

"那就奇怪了，你说既然他最讨厌那样的女人，为什么还这样迁就地要和她在一起啊？"凤嚣只当旁边的两个人不在，自顾自地充当着推进话题的好奇宝宝。

"那谁知道呢，不过天下熙熙，皆为利来，好风凭借力，送他上青云什么的，大概也是有可能的吧。"田小雅懒洋洋地端起水杯喝了一口。

砰！郭金泉重重地一拳砸在桌上，面目狰狞地瞪着田小雅和凤嚣："你们两个说这些是什么意思？！"

"咦，我们说我们的话，和先生您有什么关系吗？"

郭金泉的这一拳头下去，比罗玉宇先前的闹腾还要有震撼力。别说是把周围的客人都吓了一大跳，甚至连店里的侍者们也不敢大意，已经有谨慎的开始联系保安了。

可偏偏田小雅却和没事儿人一般，极其无辜地看着已经站起身来、随时有可能扑过来的郭金泉。

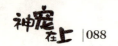

虽然田小雅刚刚的那番话确实是在说郭金泉无疑，但是她没有指名道姓，所以郭金泉这时候跳起来发脾气指责，根本就站不住脚。而且，他这样的态度不仅不会对他眼前的困境有所帮助，反而只会更糟——在明眼人看来，这分明就是极度心虚的象征。

要是心中没鬼，或者是他的所作所为与田小雅所说的事实契合度没有这么高，他如何会这样激动地在大庭广众之下不顾形象地跳脚？

郭金泉显然也发现了目前事情发展的方向对他越来越不利，可是如今自己已经跳出来了，想要再回去可就不容易了。他站在过道内，看着依旧笑容温和举止有礼的田小雅良久，才咬牙切齿地开口道："你，等着。"语毕也不管围观人群的窃窃私语，拉了一旁的罗玉宇，头也不回地离开了。

"啧，早点儿听那千金大小姐的话走了不就结了，非要闹得自己下不来台才闪人！"凤嚣看着郭金泉离去的背影哼了一声，颇有几分幸灾乐祸的意思。

"他又惹你了？"等这一场闹剧平息下来之后，凤嚣才看着对面明显有些走神的田小雅开口问道。

平时的田小雅虽然爱憎分明，却绝对不是一个不顾场合、不懂分寸的人。在这样的公众场合对郭金泉发难，其实后果往往是杀敌一千自损八百，如果今天郭金泉没有离开，而是硬撑着把事情闹到不可收拾，那么最后陪着他一起丢人的，肯定也有田小雅一个。

这样的蠢事，如果不是因为心底实在有火气压不住，田小雅是绝对不会做的。所以唯一合理的解释，就是在他不知道的时候，那个全身都写满了"渣"字的男人又对田小雅下手了。

想到这里，凤嚣便忍不住地往上冒火。

其实这几天凤嚣对郭金泉早就已经是忍无可忍了。原本他还觉得，田小雅这两天不上游戏是一件不错的事情，因为郭金泉在游戏里一直都没放弃折腾，时不时地在田小雅的号做任务练级的时候搞乱。

他本想等游戏里把郭金泉处理干净了再和田小雅说也不迟，但没想到那个混蛋在游戏里吃了亏便来现实中泄愤，实在是猥琐卑鄙之极！

"其实明面儿上也不算是他出头吧，是罗玉宇……"田小雅叹了口气，将今天下午公司里发生的种种，简明扼要地跟凤嚣讲了一遍，"听宋经理的意思，最迟下月初，他们之一，最有可能的是郭金泉应该就会来我们部门报到了。"

"你担心工作的问题？"凤嚣皱眉，如果是这样的话，那么如今田小雅所在的这个公司还真是不能久留了。看郭金泉那小心眼的模样，还不知道要怎么折腾人呢！

"担心什么？"田小雅咽下一口牛排，无所谓地笑了笑，"我还是该上班上班，该谈客户谈客户，只要我按照公司的规定办事，他还能够对我'莫须有'不成？"

虽然这话说出口田小雅自己听了都觉得心虚，但是她还是不想还没上战场就做了逃兵。就算是要撤退，好歹也得先恶心某人两回，赚回个利息吧！

"那如果他真的要对你'莫须有'呢？"凤嚣可没法像田小雅这般乐观，"上司想要折腾自己的员工，那可就是动动手指头的事情，你真的考虑清楚了？"

"嗯，我和公司有签合同的。"田小雅既然连决定都作了，自然早就将一切都盘算好了，"如果公司无故在合同期内解雇我，可以视同违约，我能够拿到一笔违约金的。"

"……"凤嚣张了张嘴，最终还是什么都没说，开始埋头吃东西。

　　虽然有遇到郭金泉这样不愉快的小插曲，但总体来说今天的晚餐还算是圆满美好。在送田小雅回家的路上，凤嚣很认真地再次提醒："现在时间也不早了，今天回去就别玩儿游戏了，好好休息明天还要早起呢。"

　　"到底去哪里啊，你总得给我点提示吧。"一路上问了半天都没问出结果，这让田小雅有些挫败，但她还是不死心，毕竟有些事情还是早些作准备好，"别的不说，我总要考虑穿什么衣服吧。"

　　"不需要那么复杂。"凤嚣看着田小雅笑了笑，"我们去的地方不需要什么精致的打扮，你按平时的打扮准备就好。"

　　凤嚣自始至终也没有透露明天要去干什么。

　　心里揣着事儿的田小雅很悲剧地失眠了。

第五章

算是提前见家长吗？

　　约定好的事情，凤嚣向来很准时。

　　比起精神十足的凤嚣，一夜无眠的田小雅就显得萎靡不振得多。

　　她呆呆地跟着早就准备好一切事情的凤嚣下楼，坐到副驾驶上就开始打盹。

田小雅的不给力让凤器很无奈，他摇了摇头，从后座上拿过自己的外套给田小雅盖上防止她着凉，忍不住嘀咕："不是说了让你回去之后早点睡嘛！"

一点都不听话！

"我失眠了。"对凤器的指责，田小雅也很委屈，"我心里装着事儿的时候，通常都睡不着觉。"

田小雅隐隐带着几分指责的小眼神儿让凤器先是一愣，随即哑然失笑："老天，我又不会把你卖了，你想那么多干什么？"

你当然觉得无所谓了，可是她心里放不下啊。

暗暗腹诽的田小雅很不客气地送了凤器一记大白眼："要是你万一把我卖了呢？"

其实说来说去还是张瑶那妮子惹的事。要不是她那天说那么多不着边际的推测，她如何会见了凤器就各种不自在？

分明就不是她说的那样嘛，她和凤器只是朋友，嗯，很好很好的朋友。

一定是这样，仅此而已。

凤器见田小雅睡过去了，也不再说话逗她，让她好好休息。而车在此时也驶出了市区，向着郊外飞驰而去。

等到田小雅小眯了一会儿睁开眼，不由得被车窗外的景色给惊到了，此时他们已经身处群山绿树环抱之中。如果她没有猜错，这应该是通往东郊木兰山的方向。虽然说那是个理想的登山踏青秋游之所，也是城市里居住腻了的人们呼吸新鲜空气的好地方，可是以她下午就要上班的时间紧迫度，今天并不适合去做这项放松活动啊！

"你在上大学的时候，应该来过这里吧。"车子在通往山林公

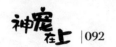

园的指示牌旁转了一个弯，却是向着另一条路上的疗养院而去。

不想田小雅却摇了摇头："不，我没有来过这里。我们去的都是孤儿院还有福利院那样的地方，说实话这里是高级的疗养院，并不需要我们的帮忙。"

木兰山疗养院的地理位置和环境设施从它建立之初便决定了它的与众不同。

曾经听人说过，住在这里的人非富即贵，要不然一年少则数万、多则数十万的开销，可不是普通人家负担得起的。自然，这里也不会需要志愿者。

"我妈妈也是去年才搬到这里来的。"凤嚣对这里的路况十分熟悉，虽然是盘山公路，但他的车却驾驶得十分稳当，"以前也是在市福利院，如果不是因为她年纪大了，身体变差需要好好休养的缘故，她应该还会一直在那个她熟悉的福利院住下去的。"

凤嚣的妈妈！田小雅心中一惊，有些不敢相信地看着一旁开车的凤嚣："你妈妈，怎么会住福利院呢？"

这里的环境是不用说，但是福利院田小雅是去过的，那里的环境很简陋，因为资金问题，许多老人平时还要自己干一些力所能及的活来补贴生活。

很难想象，凤嚣这样开得起名车的人，会将自己的妈妈安置在福利院那么久。

"我也是去年才找到我妈妈的。"凤嚣叹了口气，这大概是他第一次这样认真地对田小雅说有关于他自己的过往。

凤嚣其实以前也有一个幸福的家庭——能干的爸爸、身体不好但是却温柔贤惠的妈妈。

凤嚣的爸爸颇有商业头脑和才能，所以很早便步入商海，在那时候也算是个小有名气的成功商人了。

经济富足，家庭和睦，这样的生活应该是每个人的梦想。只是好景不长，凤器的爸爸生意失败，一家人从曾经幸福的云端跌入了地狱的深渊。

当然，经济的拮据还不是最难熬的，最难熬的是来自周围人的冷漠和残忍。他们幸灾乐祸地讲述着有关他们家的事情，并且随时不忘落井下石，给原本精神上就已经很脆弱的爸爸最残酷的打击。

"我爸爸最终没能挺过来，在那年的春节悬梁自尽了。"凤器说着有关于他的过往时很平静，就像这一切都和他无关，他只是这个故事的记录者。

但是田小雅却不由心一疼，虽然她并没有亲眼见到当年的种种，但只是现在听凤器简单的讲述，她也能想到那时候他们家所背负的压力和痛苦。

"我妈妈本来身体就不好，爸爸的离世对她的打击更是让病情雪上加霜，她得了严重的抑郁症。那时候我还要上学，又不敢把妈妈一个人放在家里，我害怕她寻短见。

"没有办法，我便去求左邻右舍。好在那时候我的学习成绩还算不错，便以给他们的孩子补习功课为交换，让他们平时在我上学的时候，帮我照看我的妈妈。其实我的要求并不高，不需要他们照顾她的生活，只是看着我妈妈不让她到处乱跑或者是做出什么没有办法挽回的举动就行。但即便是如此，最后还是没能留住她。

"那时候她的神智时而清楚，时而糊涂，就那样趁着邻居们不注意离开了我们所居住的小区。后来我想尽了一切办法，都没有有关妈妈下落的消息。

"后来还是一次偶然，我去参加福利院和孤儿院联合举办的一个活动，见到了坐在台下的妈妈。原来她一直都没有离开这个城市，一直与我近在咫尺，但我到那时才找到她。"

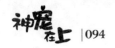

提到自己的妈妈，凤翦的悲伤想压都压不住："哪怕她神智依旧恍惚，却也能认出我是她的儿子。"

"能够找到阿姨就好，现在医学条件这么发达，一定有办法治好她的。"看着凤翦难过，田小雅的心里也不好受。

虽然说凤翦的爸爸在别人的口中是那样能干，但是在田小雅看来，他也只不过一个懦弱的失败者罢了，一个没有任何担当的懦夫！

这便是逃避的代价，不仅葬送了他自己，还害了自己最重要的亲人。

说话间，车已驶进了坐落在半山腰的木兰山疗养院。

凤翦大约是这里的常客，所以他一下车便有不少老人围过来和他打招呼。凤翦一一回应，又招呼跟着下车的田小雅帮他搬东西："因为市福利院要拆迁，所以原本住在那里的老人，目前有不少都被安排到这里来了。"

"是你牵的线吧？"田小雅从凤翦手里接过大包的水果，不用猜也能想得到福利院老人到这里来的原因。

没有足够的银子，木兰山疗养院可是不会接收的。毕竟这里是以盈利为目的的私人疗养院，而不是公益性质的慈善机构。

"出了一点钱，不过看着现在老人们有了生活的地方，也挺高兴的。"凤翦说得轻描淡写，他所关注的，自然不是钱的问题。

凤翦的妈妈住在四楼，大概是早就知道凤翦要来，她早早地便梳洗妥当坐在阳台上等他们了。岁月似乎格外优待怜惜这位命途多舛的母亲，并没有在她的脸上留下苍老的痕迹。田小雅才看了一眼，便确定凤翦的长相更像他妈妈，特别是那双明亮的凤眼。

见到凤翦，她并没有太大的反应，只是抬手冲他挥了挥，便又低下头去看手上的掌纹："阿嚣啊，我昨天晚上做梦又梦到你爸爸了，他拉着我的手，说等到天气晴了，就带咱们去踏青，你好好地帮我准备准备吧。"

"好，我回去就给您准备衣服和鞋子，对了，还有吃的。"对于妈妈的神志不清，凤嚣已经习惯了，他并没有半点犹豫，"不过听说这两天都会有雨，我这段时间都比较忙，不然咱们等过两个礼拜再一起去？"

"反正是玩儿，什么时候去都是一样的。不过阿嚣啊，你上次来不是说你要结婚了吗？"妈妈的话与其说是说给凤嚣听的，倒不如说是她自言自语。

"咱们家现在不比从前，能够不嫌弃你，看得中你的，都是不错的好姑娘。你呀，年纪也不小了，就不要再磨蹭了，赶紧领证要紧。阿嚣啊，你别担心钱，妈这些年一直都没忘了攒钱，你去把我那件灰外套拿过来。"

"是挂在柜子中间的那件吗？"凤嚣很自然地走到妈妈放衣服的地方，然后打开看了看，又扭头问道。

"对的，就是那件，你给我拿过来。"妈妈回头顺着他手指的方向看了看才点头道，"我怕把钱弄丢了，这些年我一直把钱都藏在这里头。有好多呢，够给你娶媳妇了。"妈妈一边从凤嚣手里接过外套，一边压着声音神秘兮兮地开口。

田小雅看到凤嚣的妈妈从外套的暗袋里掏出来的钱币，瞬间眼眶便湿润了——那是一沓破烂得不能再破烂的纸币，甚至还有市面上早就已经看不到流通痕迹的一分两分钱。

可偏偏是这样一沓子在现在甚至吃不了一顿饭的纸币，却是这位有严重精神疾病的妈妈，这么多年一点点积攒下来的。

那是一个妈妈对儿子的爱，虽然她现在已经分不清现实和想象，但是儿子是她无论什么时候都无法忘记的思恋和记忆。

"咦，阿嚣，这是谁？"凤嚣接过妈妈递过来的纸币，很小心认真地将它们收进了口袋里。趁着这点空隙，凤嚣的妈妈看到了站在门口的田小雅。

"阿姨您好，我是凤嚣的朋友。"田小雅见自己被发现，忙上前开口和凤嚣的妈妈打招呼。

"喔，好孩子，快坐吧。"凤嚣的妈妈一边招呼田小雅坐下，一边满脸笑容地回头去看凤嚣，"这就是上次你跟我说的那个姑娘？"

"嗯，是的。"凤嚣站在他妈妈的身后，所以冲着田小雅使眼色，老人家也看不到。

"这一晃啊，你也长大了，都要成家了。"

看着一脸羞涩垂下头的田小雅，凤嚣暗暗痛骂这个完全不争气的同伴。但同时也不忘顺着妈妈的话往下接："是啊，妈妈你也该享享清福了。"

"阿嚣，去柜子里把我的那个匣子拿过来。"凤嚣的妈妈不等凤嚣开口，便又抬手扯了扯他的衣服，"快去，我攒了这么些年，如今也到了该交出来的时候了。"

"来，快过来我给你戴上。"接过凤嚣手里的匣子，老夫人冲着田小雅招了招手。

田小雅看了一眼凤嚣，见他轻轻地点了点头，她犹豫了一下，最终还是听从了老夫人的安排，小心地走到了她的身边，却在老夫人打开匣子的那一刻傻了眼——一对满绿的翡翠手镯。

"不行，这个太贵重了。"

虽然田小雅并不懂得翡翠，但是只看这对手镯柔润细腻的光泽便能够猜测出，这绝对不是凡品。但凤嚣的妈妈却像是吃了秤砣铁了心一般，十分坚决地要求田小雅必须收下。

"不要紧不要紧，这个呀，是我婆婆在我和阿嚣他爸爸结婚的时候送给我的。听阿嚣说你们就要结婚了，这镯子给你正合适。"凤嚣的妈妈很明显对她的身份产生了误解。

田小雅想解释，但是看着凤嚣对她不停地做手势和使眼色，也知道这是老人家的一个心愿，见老人这般坚持，她也不好推脱，想着先收下，一会儿出去之后再还给凤嚣就是了。

说了好一会儿话，见妈妈有了倦意，凤嚣也不再久留，和田小雅站起身来和她告别，之后便一起从她房间内走了出来。

在下楼的路上，凤嚣并没有对田小雅多解释，只是叹了口气，颇有些感伤地低声说道："我无论什么时候过来，我妈妈都会把那沓钱取出来点一点，我想今天之后，她一定不会再这样担心了。"

母亲虽然神志不清，在很多事情上都很迷糊，但是她还是惦记着自己的儿子。在没有见到他的时候担心着他的温饱，在见到了之后又开始考虑儿子的其他事情，比如终身大事。

凤嚣的心情，田小雅也能理解，不过也正是因为他的提醒，坐上车的田小雅才想起她还拿在手里的翡翠镯子，忙伸手递给凤嚣："说起来，这个还给你。"

"这个是我妈妈送给你的，你就收下吧。"凤嚣并没有伸手去接田小雅递过来的翡翠镯子，而是笑着冲她摆了摆手。

"可是……"这么贵重的东西，这样处置也实在是太夸张了吧！而且听凤嚣妈妈的意思，这手镯是要送给凤嚣未来妻子的，这样给她算什么？

"没什么可担心的，我妈妈给你的东西你拿着就是了。"凤嚣拍了拍田小雅的肩膀，"你要是真的觉得无功不受禄，那每次我过来看妈妈的时候，你也陪我一起过来看看她好了。"

　　凤嚣的这个要求其实并不过分，而能够让他妈妈快乐一些，她也觉得多跑两趟没什么，可是如果就因为这么点举手之劳的小事就要收这贵重的镯子，实在是有些不合适。故而她还是摇了摇头，坚持把手上的镯子递了过去："我陪你去看你妈妈没问题，配合你哄她老人家开心也没事，可是这镯子我实在不能收。"

　　"为什么？"凤嚣不接田小雅递上来的镯子，只是抱着手看着她，"如果我说这是我的一点心意，感激你对我母亲的关心呢？"

　　"我说了，能够让你妈妈开心我也很高兴，配合你做这点小事真的不算什么。如果你连这么点小事都要讲心意和感谢，那你把我当什么人了？"

　　"好吧，我觉得你不收的原因大约是认为这对镯子是我们凤家祖传的，价值不菲，其实我跟你明说了吧，这对镯子是假的。"凤嚣盯着田小雅看了许久，见她确实没有半分妥协的意思，才叹了口气，"其实我们家真正的那一对镯子，早就被我爸爸拿去换了钱，还债了。"

　　在没有钱还债的时候，家里的一切都能够被拿来利用，那对凤家祖传的玉镯自然也不例外。

　　"我妈妈一直不觉得那对镯子没了，去年给她搬家的时候，她突然让我回老家去给她把这对镯子取回来。"凤嚣苦笑，"可是你知道的，我的老家别说是拿一对镯子，连房子如今都没了。所以没有办法，我只能去外面买了一对看起来类似的翡翠手镯回来给妈妈。"

　　最终田小雅还是收下了那对镯子。虽然凤嚣说那是假的，却是一个母亲对儿子最真挚的爱。如果她还健康的话，一定是一个很好的婆婆，那样温柔的一个人，却因为残酷的现实而被折磨成了那个样子。

田小雅一路上都没再说话，她只是在想一个问题，如果当时凤器的妈妈能有一份工作，拥有经济能力和独立思考的习惯，那么遇到那样的危机，是不是就能换一种结果呢？

现在去想那些往事已经没有什么意义了，但是田小雅却很自然地联想到了她自己。

以前曾经有一次她和郭金泉谈到了未来，郭金泉便说过等到结婚后便要她不再工作，专心照顾家里。那时候她还觉得那样也不错，看到郭金泉那样信誓旦旦的模样，她甚至还认为他很有责任感。可是在经历了这短短的不到一个月的变故之后，她忽然发现，其实在这世上，最终能够指望和倚靠的，只有自己。

凤器将田小雅送回市区，因为他突然有事而田小雅又想买两本书，所以他将田小雅送到书城门口便先离开了。

挑了几本书，又简单地吃了点午饭，田小雅坐地铁赶到了公司。

刚一进门，田小雅便看到气鼓鼓坐在桌边的张瑶，以及没事儿人一般在一旁接待区接待客户的宋琳琳，不觉有些奇怪地走到张瑶身边坐下，低声问道："怎么了？"

张瑶的性子虽然直爽，但还不至于在有客户的时候失了分寸。

她之所以会如此，八成是确实被惹得狠了。而看她时不时瞪向宋琳琳的表情，田小雅敏锐地感觉到她的这份不满和宋琳琳还有里面她正在接待的客户有关。

"田田，她，她实在是欺人太甚！"

见到田小雅，张瑶便如同见到了亲人一般拽着她的胳膊，一脸委屈地将田小雅还没到时发生的事情给她来了个竹筒倒豆子。

其实事情很简单，就是宋琳琳抢了张瑶的客户。

原本这个客户是张瑶一直在接待和追踪的，不过因为今天张瑶过来得晚了一些，等她一进门便看到宋琳琳已经在接待客户，并且开始签购房意向书了。当然，那个意向书上的署名是宋琳琳。

这种行为，在售楼部是被明令禁止的。但是虽然知道宋琳琳违规，可因为有客户在，张瑶也不好冲上去和她翻脸，故而只能坐在这里生闷气。

"怎么回事啊这是？"田小雅正安慰着张瑶，一旁刚刚来上班的杜姐也发现了事情的不对劲，有些奇怪地低头问张瑶，"这不是你的客户吗？怎么变成琳琳在接待了？"

杜姐这不说还好，一说更是戳中了张瑶的痛处，她再也忍不住了，站起来哭着跑了出去。

"这，田田，这怎么回事儿啊这？"杜姐被张瑶的举动吓了一跳，越发不解。

她也只是觉得奇怪，顺口问了一句，不至于这样大的反应吧。难道是因为她说错话惹张瑶生气了，或者是张瑶被客户挤兑了？

"张瑶过来的时候，琳琳已经在接待客户签购房意向书了，写的是她自己的名字。"田小雅觉得这事儿已经发生了，他们这个小组人人都知道，这客户是张瑶一直在追的，如今眼看着瓜熟蒂落，竟然被人抢先一步摘走了劳动成果，这换了谁都是没有办法忍受的。

所以从进入部门开始，宋经理还有在部门时间比较长的同事就不止一次地提醒他们，这种事情不允许做。就算是客户上门时曾经接待他们的置业顾问不在，那帮着接待的同事在谈成合同或者是签订购房意向书时，也应该签原有置业顾问的名字。这叫团队合作，属于团队成员之间理所当然的互相帮助；至于私下里如何感谢什么的，那就是别人自己的事情了。

"这也太过分了。"杜姐皱眉，看着里面和客户相谈正欢的宋琳琳，一脸的不赞同，甚至还带了几分不屑之意，"那么想要签客户，自己去找啊，这样抢别人的算什么本事？"

"我先去看看张瑶。"和处理这件事情的善后相比，田小雅更关心被半路截了胡的张瑶。

"你去吧，这里交给我就好。"杜姐点了点头。

"明明那是我的客户，明明就要签成了，她凭什么呀她！"张瑶倒在田小雅的怀里，委屈得像个孩子。

"只是签了购房意向而已，还没有正式签合同交房款呢。"田小雅轻轻地拍着张瑶的后背哄她，"好啦，先别难过了，这件事情宋琳琳站不住脚，咱们完全可以去找宋经理把这事情说清楚，请他给个公断，相信宋经理一定会秉公处理的。你可别还没上战场呢，就先自个儿趴下了。"

依着这段时间对宋经理的了解，宋琳琳今天的所作所为肯定不会被容忍，搞不好这次她就是搬了石头砸自己的脚。

只是田小雅和张瑶都没想到，她们还没有等到去宋经理那里寻说法呢，杜姐和宋琳琳就先争起来了。还没进门，她们便听到了宋琳琳高八度的尖叫："什么，把名字改成张瑶？凭什么，这客户可是我谈下来的，她张瑶不过是给客户端了几回水，倒了几杯茶，算什么接待追踪？"

"宋琳琳，你说这话不心虚吗？！"张瑶听到这里再也忍不住了，几步冲进售楼部，指着宋琳琳吼道，"我有没有接待这个客户，咱们售楼部里也不是只有我们这几个人，别人都看在眼里的。你今天这样不吭气儿地签了购房意向书，如果不是我来得巧，你只怕连说都不会说一声就把这客户给抢了吧。"

"行了张瑶，我知道你在售楼部里上蹿下跳的人缘好，犯不着

拿这个来激我。"宋琳琳哼了一声，双手环抱靠在椅背上，一副你能把我如何的表情看着张瑶，"好啊，你说这客户是你接待的，还追踪了很长时间，可是这么长时间你怎么也没签成呢，偏偏等到今天我一接待客户签了购房意向书，你就来抱怨哭诉这是你的客户，真是好笑。"

张瑶被宋琳琳颠倒黑白的一番话气得浑身发抖，什么话也说不出来。

"买房子对谁家来说都不是一件小事，你今天之所以能签得这么顺利，反而更能说明这段时间张瑶在这个客户身上所下的功夫很足。"田小雅实在是看不过去了，她先扶着张瑶到旁边的椅子上坐着休息，才回头看着宋琳琳说，"我们不想和你吵，也不想否认今天这个客户愿意签购房意向书有你的努力，但是我们更想你能够尊重事实。"

"事实？我刚刚说的都是事实，可你们为什么不尊重？"宋琳琳不在乎地横了一眼田小雅，满脸不屑，"喔，只有你们说的才是事实，别人说的都是伪造和歪曲是吧？"

"宋琳琳，你够了！"杜姐有些恼火地沉下脸，"既然你认为你自己有道理，那我们也不想和你多费口舌了，反正该劝的我们也劝了，你不愿意接受，那我们就只能去宋经理那里说个究竟了。"

"你这是在威胁我？"杜姐的话让宋琳琳的脸色瞬间沉了下来，不过转而她又笑了，"你认为，我会害怕宋经理？"

宋琳琳有恃无恐的态度别说是久在部门的杜姐，就连坐在一旁劝张瑶的田小雅也有些出乎意料，这之外更多的却是愤怒——表面看这件事情是她和张瑶之间的矛盾，与他们无关，可事实却关系到整个部门的利益。

试想一下，今天她抢的是张瑶的客户，那改天如果她继续抢别人的呢？还有旁人如果看到她这样的行为得不到惩罚而争相效仿，那整个部门还不乱了套？

　　"凡事讲究个规矩方圆，你真认为会惩罚你的是宋经理？"田小雅冷笑，"你这个先例一开，表面上你今天是占了天大的便宜，可是往后呢？要是人人都学你，你以为就凭你的那点手段，能抢得过咱们部门的谁？"

　　这番话在打击宋琳琳的同时也不着痕迹地奉承了杜姐，自然很容易引起了杜姐的共鸣："是啊，要说今天也是人家张瑶大意，而且也是个新人，如果真的是在这行当里待过两年的，你那点手段够干什么？"

　　杜姐的话让宋琳琳的嚣张有一刹那的收敛，不过大概是碍于面子，她并没有示弱的打算，而是将手里的文件夹重重地摔在桌上："哼，随你们怎么说吧，我就不信了，到了手的鸭子还有飞的时候。"

　　说完也不管其他人的反应，扭头便大步走出了售楼大厅。

　　"该不会她和宋经理真的有……"

　　见宋琳琳这般模样，张瑶有些担心地看了一眼田小雅，毕竟，这两人都姓宋呢。

　　"管她有什么，宋经理向来是对事不对人的。小瑶，一会儿宋经理来了你就去和他实话实说，如果他真的有什么偏袒，那咱们以后也去抢她的客户，看看到底谁能抢得过谁！"

　　杜姐抬手拍了拍张瑶的肩膀给她打气，毕竟这件事情的当事人还是张瑶，如果她不自己出面争取，就算是她和田小雅想帮忙，也是名不正言不顺。

　　"好。"张瑶犹豫了一下，最终还是豁出去一般点了点头，"我去！"

知道了这件事情的宋经理脸色很难看，一来是因为宋琳琳的态度；二来更是因为自从宋琳琳离开了售楼部之后，直到下班时间都没有再回来过，这种摆明了就是旷工的行为，让宋经理的脸直接黑成了锅底。自从他开始带团队以来，像这样的新人，他还真是第一次见到。而且更要命的是，这种同姓的巧合还给他带来了瓜田李下的嫌疑。所以在下班前，他很难得地出现在了售楼部的接待区域，对在场的团队成员认真地作了解释："关于宋琳琳今天的行为，明天我会给大家一个合理的说法和交代。虽然我们都姓宋，但我以人格担保，我跟她没有任何关系。"

"宋经理都那样说了，你干吗还这样闷闷不乐的？"等到同事离开，留下来打扫卫生的田小雅看着兴致不高的张瑶有些不明白，"何况这件事情也不是你的错，怎么你的表现反而比她还底气不足啊？"

"不知道为什么，我总觉得这事儿没这么简单。"张瑶叹了口气，懒懒地擦了两下桌子，才站起身走到拖地的田小雅身边，神神秘秘地凑在她耳边低声道，"我总觉得，这个宋琳琳的来历不简单。"

"就因为她今天的态度？"田小雅有些恨其不争地瞪了一眼长他人志气灭自己威风的张瑶，"要是她今天不过是虚张声势呢，那你就眼睁睁地看着快到手的鸭子飞到她的锅里？"

"不是，我是上次下班回家的时候，看到她上了一辆超级拉风的车。"张瑶说到这里越发小心起来，"说不定她下午就是搬救兵去了。"

"要是真的和你说的那样，她还这样累死累活地来上班干什么？"田小雅明白张瑶的意思，虽然也不排除有这种可能，但这绝对不是眼下自己先泄气的理由，"而且如果真的是这样，她就更不该抢你的客户了，要知道咱们可是靠这点业绩吃饭的。"

"不管了，反正明天兵来将挡水来土掩，大不了姐不干了！"

深吸了一口气，张瑶重重地将抹布拍在桌面上。

　　最近一段时间，凤器都很准时地过来接田小雅下班。田小雅将今天发生在售楼部里的纷争对凤器说了一遍，末了忍不住有些感慨："虽然说张瑶的经济条件并不差，也不缺这一点提成，不过这么长时间的心血和努力，就这样明目张胆地被人抢走，她心里总是很难受的。"

　　"你是不是担心，有一天这种事情会发生在你自己身上？"田小雅的想法，凤器如今也能猜到几分。她并不是一个多愁善感的人，能够有这样的感慨，多半是因为她从这件事情上看到了未来可能会发生在她身上的危机："放心吧，这种事情绝对不会发生在你身上。"

　　"为什么？"田小雅有些奇怪，这种事情连她这个当事人都没法保证，何况还是身为旁听者的凤器。

　　就算是为了安慰她，可是听他的口气却又是这样的笃定。

　　"因为你的性格是天生不服输的，如果今天这件事情发生在你身上，大概你马上就能找到对策去处理了吧！"凤器回头看着田小雅笑笑，"田田，性格决定命运，这句话是没有错的。"

　　是啊，如果今天宋琳琳抢的是她的客户，那么，她肯定在一开始就不会任由这件事情这样发展下去。至少她可以很自然地加入到与客户的洽谈中，并且用感激宋琳琳帮她接待客户的说辞，将原本属于自己的客户夺回来，而不是像张瑶那样站在旁边干生气。

　　"不过你放心，依我看就算那个宋什么的有后台，也一定不会太硬。"凤器见田小雅闷着不说话，还以为她仍然在为她的朋友担心，便又开口安慰道，"你想啊，如果那个开着拉风跑车的人真的对她不错，她大概也不需要来你们的售楼部上班了。就算是她觉得一个人闲在家里太寂寞，要来上班图个热闹，那她又何必这样卖力

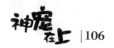

地为了业绩去抢同事的客户？大可以让那位冤大头给买一套送给她不就什么事情都解决了？"

"我们小区最便宜的房子也得一百多万呢。"田小雅惊呼。买一套送给宋琳琳，这话说得未免也太轻巧了吧！

"那又如何？"凤嚣一副"你真是OUT了"的表情看了一眼田小雅，颇有些轻描淡写地开口道，"钱财到了一定的数量也就只是一个数字而已，如果你的那个同事真的有本事，哄一套房子又算得了什么？"

"真的那么能赚？"田小雅瞪大双眸，依旧不敢相信有的人会这样挥金如土，只为了博得美人一笑。

"你该不会是动心了吧？"凤嚣有些意外田小雅的反应，这种双眼放光的表情实在是让他的心里感觉很微妙。

"当然动心啊，一套房子呢！"田小雅眨眨眼，不等凤嚣发作便又很自然地摇了摇头，"不过也就是动心而已，我可没那本事去哄到一套房子，所以只能脚踏实地地靠自己努力去赚钱买喽。"

第六章
奇葩得从根上讲

《仙缘》过了八十级以后升级便成了一个很坑人的过程，练级地毕竟有限，但需要练级的人却处于爆棚状态。所以像田小雅这样有着固定队并有着固定练级点的玩家，就成了被众人羡慕妒忌恨的对象。

霸占一块刷新快的升级点并不容易，于是抢地盘PK什么的就成了常有的事情。

黑暗魔神和天灰灰他们的配合可算是天衣无缝，时间长了也在服务器里闯出了名气，来武力PK砸场子的少了，但世界上的口水战却没有停过。不过对于那种口水横飞却没有什么实质性伤害的咒骂，田小雅和黄泉等人都很自然地选择了屏蔽——要是吵架有用的话，还需要打怪升级做什么？

对他们进行锲而不舍狙杀和捣乱的，却也不是没有。比如纵剑南天。

当去倒了杯水回来看到自己屏幕上的人物倒在地上惨死当场时，田小雅并没有太吃惊，扫了一眼杀人凶手的名字便淡定地点了复活，骑上自己的狮王飞速地往事发地赶。

纵剑南天你这个只会偷袭的混蛋！

要说比起曾经在《天涯》的时候，纵剑南天现在可要风光多了。有了玉宇仙儿雄厚的经济支持，他不仅建立起了可以与黄泉的玄天门对立的第二大行会纵剑阁，还在等级上一跃成为排行榜上直逼黄泉的第二名。

剑君的攻击力本身就是像田小雅这样医仙的噩梦，如果处于静止状态的话，凭现在纵剑南天的装备，杀田小雅也就两刀。

【帮派】黑暗魔神：流风过来协助我一下，纵剑南天那个孙子又回来了！

【帮派】天灰灰心慌慌：还有一个芒客一个天师，偷袭了田田。

【帮派】那时花开：田田，你在哪儿？

看着帮派里兴奋嚷嚷着要开帮战的众人，忙着跑路的田小雅没空打字，却让一起跟过来玩《仙缘》的罗晓潇担了心。没过两分钟，手边的电话便非常给力地颤动起来。

"你个死丫头跑到哪里去了？"

电话一接通，田小雅便被对面那时花开的怒吼吓了一跳，不由叹了口气："我在跑路啊大姐！"

她现在要去报仇，哪里有时间聊天。

"我是说你刚刚，要不然你怎么会被纵剑南天那个垃圾钻了空子？"那时花开显然不是来安慰田小雅的，她分明就是来问责的，"凭你的技术，怎么也不该被他这样轻易地斩杀吧！"

"别跟姐提装备，以前你装备差他一条街的时候，不也一样弄死他没商量吗？"

"我去倒水喝了。"田小雅实话实说，毕竟她现在是在玩《仙缘》，她目前所玩的职业又被剑君克得死死的，医仙不到一百级技能学完之前不可能出头。她现在才八十九级，和九十多级的纵剑南天PK，自然讨不到便宜。而且，她因为工作的缘故，这一段时间几乎很少玩游戏，操作上自然有些手生，和以前当然是没得比。

"管你，赶紧去弄死他，敢给姐丢人，姐回来弄死你！"罗晓潇哼了一声，恶狠狠地扔下一句便挂了电话。

田小雅摇了摇头，正要操控着屏幕上的小人进传送阵时，屏幕下方的聊天窗口收到了一则消息。

【私聊】黄泉：田田，你去流风他们那边一组继续练级。

【私聊】莲叶何田田：啊？！

【私聊】黄泉：别啊了，想要报仇的话以后有的是时间，现在先给我冲到一百级学技能！

田小雅愣了愣，随即便明白了黄泉的意思，也不再多说什么，很干脆地退了组，马上便被流风所在的组长小小就是我拖进了组里。然后组里的一干人继续杀怪练级，就像旁边不远处战火纷飞的PK和他们无关一样。

玄天门里不少人都是以前就在一起跟着黄泉的，所以像这样的固定队有很多。

要说这段时间，玄天门的行事很低调，除了争夺练级点和别人起冲突之外，大半的时间都是沉默不语的。所以现在等级排行榜上的前一百名有大半都是玄天门的成员。

要是前期没有等级，后期靠什么PK？这是黄泉曾经在帮派里说过的一句话。

【队伍】丫丫猫：唉，我觉得医仙练级根本就是比乌龟还慢。

医仙最彪悍的几个攻击技能都在九十级以后出现，最厉害的群攻技能万象归一则是在一百级。所以眼前同处在一组的两个医仙除了引怪给负责主攻的剑君和芒客之外，大半的时间只能在一旁加血，或者是用魔法对空血的怪进行补刀。

如果没有这样的队伍存在，医仙练级可真得就成了乌龟。

【队伍】小小就是我：有我们带着还慢呀，不然你自个儿出去混混看？

【队伍】丫丫猫：小小，你欺负人！

【队伍】大大不是你：他欺负你，你就伸爪子挠他，我在精神上支持你。

【队伍】小小就是我：老婆，你……

【队伍】丫丫猫：对了，老大那边打架没有一个医仙在真的可以吗？

丫丫猫这一提醒才让田小雅想起来，如今行会里等级最高的两

个医仙都在队伍里练级了，那PK没有医仙加辅助状态怎么办？

【队伍】大大不是你：就算没有状态，彪悍的老大一样力克群丑。

【队伍】小小就是我：老婆说得没错，老大是无敌的。

【队伍】大大不是你：拍马屁之前麻烦先把你身边的怪清了，谢谢。

【队伍】小小就是我：……

这一场PK遭遇战并没有持续太久，便以纵剑南天所带领的队伍全线溃败而宣布结束。战局再一次从真刀真枪变成了世界口水战。

【世界】黄泉：纵剑南天，你有本事就拿口水淹死我。没这本事的话，下次我仍然是见你一次收拾你一次！

【世界】纵剑南天：黄泉，你不要太嚣张。大家都看得到，眼前的练级点都被你们玄天门的霸占着，俗话说众怒不可犯，你们也别欺人太甚！

【世界】黑暗魔神：你那样不服气的话，来咬我呀？！

纵剑南天当然不能来咬黑暗魔神，但是却能鼓动更多的人参与骂架。一时间，世界上口水横飞，正义之士纷纷登场，对练级练得正兴奋的一群人口诛笔伐，大占便宜。

【帮派】杜蕾斯：老大，就让他们这么在世界骂啊？

显然世界上的口水并不是没人注意的，谁被这样铺天盖地的指责都会有些坐不住，所以杜蕾斯在帮派里一开口，立马换来了一群人的响应。

黄泉让帮派里的人该练级的练级，该下副本的下副本，不要去参与世界的骂架，所以纵使心里都憋着一口气，却也没人真的扑上世界频道去反攻。

这一点让田小雅颇为感慨。以前在别的帮派也曾出现过这样的状况，但像黄泉这样，一开口全帮派人都乖乖照办的，却还真是头一次。

【帮派】流风：你已经把人家打回安全区不敢出来了，还不让人过过嘴瘾啊？别废话了，该干吗干吗去，不要和一群只会吐唾沫的家伙浪费时间。

【私聊】黄泉：下副本？

【私聊】莲叶何田田：好，去一次我正好睡觉了。

黄泉没有问，田小雅也没有多说什么，关于今天帮派战的起因，两人就像什么都不知道一般，继续着每天例行的下副本活动。

【私聊】莲叶何田田：这不是第一次了吧？

虽然这是她第一次遇到，但从帮派里众人的反应能够看出来，这种冲突绝对已经不是首例了。而因为纵剑南天和她之间的关系，他大约也不是第一次干这种偷袭的事情了，可是黄泉一直都没有告诉她。

【私聊】黄泉：为了争夺练级地点起冲突，本来就不是什么稀奇事，你不用往心里去。

对田小雅的询问，黄泉回答得很有艺术性。虽然没有否认，但是却把矛盾的中心给转移了。

田小雅本来还想说什么，可眼见第一个BOSS在即，她也不好再去和黄泉说话。而且就像黄泉所说的，这原本就是意料之中的事情，又何必去多计较和在意？所以想开了她也就释然了，专心投入到了下副本的战斗之中。

每个星期一的早上都是很难熬的，因为这是每周开例行晨会的时间，说通俗一点，就是宋经理的训话时间。

上个星期的业绩并不太理想，再加上昨天宋琳琳的事情一闹

腾，此时站在众人面前的宋经理更是面色黑如锅底。

在将上个星期发生的一些事情挨个做了点名之后，他的目光投向了站在后排的宋琳琳："宋琳琳，你现在有什么话要说吗？"

大概是没想到宋经理会这样当众点她的名，宋琳琳先是愣了一下，随即狠狠地瞪了一眼站在她身边的张瑶，才颇有些不服气地开口："没有。"

"没有？"宋经理语调上扬，冷哼了一声，"违反部门的规定，被人指出之后强词夺理拒不悔改也就算了，还无故旷工一下午，这些你就没有一句要解释的？"

"我不明白，我哪里违反部门规定了。"面对宋经理的指责，宋琳琳却依旧强势，她不顾周围同事的窃窃私语，往前走了两步站到宋经理面前，胸有成竹地开口道，"既然部门规定的第一条就是竞争是发展的硬道理，那么我通过竞争获得客户，有什么不对？再说我下午也不是旷工，而是出去发展客户去了，宋经理你总不能因为别人的一面之词，就来定我的罪名吧。"

"好，好一个通过竞争获得客户。"宋经理点头，笑道，"你倒是会说话，那么按照你的意思就是，以后只要别人有本事，抢你的客户，你也能像现在这样平静对待喽？"

"张瑶她接待客户不利，我不过是看不过去才出面的。她接待了那么久也没有谈成的客户，我只这一次便让客户签订了购房意向书，难道这还不能说明问题吗？"宋琳琳颇有些不屑地将站在她身后的张瑶又拖出来羞辱了一番，"当然，我也不是说我有多厉害，而只是说明某人实在是太无能罢了。"

"宋经理，难道你不觉得那样的人留下来只会扯我们这个团队的后腿吗？"宋琳琳说上劲儿了，越发慷慨陈词，"我觉得我们现在就该竞争，唯有强者才能继续在咱们这个部门生存下去，也只有这样，才能让整个部门的业绩提升到一个新的高度。"

"不错，你说得很有道理。"宋经理点头，但马上话锋一转，"既然你说到竞争和能力这个问题，那我也想看看你宋小姐的真实实力。这样吧，今天的第一个客户你来接待，请你务必用上你的真实水平，做到第一次会面便让客户签下购房意向书，也好让我们这些庸才学习学习，好好提高一下自身的业务水平，不再给部门的业绩拖后腿。"

宋经理这话一出口，宋琳琳的脸瞬间绿了。几声细不可闻的轻笑从人群中响起，虽然在宋经理锐利的目光下马上又消失无形，不过只看大家大半都憋红的脸庞，也知道宋琳琳现在的处境。

有句话说得好，叫没有实践就没有发言权，而宋琳琳刚刚的那番话，就正是没有实践而草率得出的结果。虽然话说得好听，但没有任何实际意义。

"宋琳琳，你和张瑶还有田小雅是同一批来到我这个部门的新人。但是平心而论，你自己的作为哪一样能比得过她们两个？我盼咐新人每天下班打扫卫生，你什么时候主动留下来过？新人参与发传单宣传楼盘，你又什么时候参加过？我虽然不说，但我却不是瞎子！"宋经理见宋琳琳不开口，语气逐渐转为严厉，毫不留情地训斥道，"你说张瑶无能，但是张瑶在这个客户身上所耗费的精力和努力却是我们这么多人有目共睹的。如果没有她前期的努力，就凭你只见面和客户说上两句话人家就会签意向书？你那是在做梦！"

"实话跟你说吧，昨天在听到张瑶的反映后，我亲自打电话问过客户的情况，你知道客户说什么吗？"宋经理顿了顿，看着宋琳琳的表情越发轻蔑和不屑，"客户说，不管昨天你接待不接待，他们就是要过来签购房意向书的。到现在事实都在眼前，你还要说这个客户的签成是因为你的功劳吗？"

宋经理的不留情面让宋琳琳接下来的辩驳都成了自取其辱，她咬着下唇低着头，却依旧不愿意认错。

"这个单子签成还是不签成，都是张瑶的业绩。宋琳琳，我希望你引以为戒，将那点儿小聪明用在正道上！"

宋经理的处理结果相当的干脆果断，虽然没有立刻判了宋琳琳的死刑，但她在这件事情上的做法，很显然已经将自己从整个部门的成员中孤立了出来。这样发展下去，她离开部门也是迟早的事情。

虽然拿回了属于自己的东西，张瑶却还懂得低调做人，并没有大张旗鼓地炫耀，而是很老实地和田小雅按要求对客户名单进行了重新梳理，看能不能一鼓作气再拿到几个单子。

田小雅手上已经有两个客户签了购房意向书，只是还没有正式交房款总是不能放心，她又细心地打去电话做了回访，等到手上的事情处理完，已经接近中午。

"小雅，我请你吃饭。"张瑶见田小雅忙完，才快步走过来挨着她坐下，小声在她耳边道，"我知道旁边新开了一家火锅店，味道挺正的。"

"我有带便当的。"田小雅四下看了看，还是觉得这时候出去吃饭并不太妥当，"而且我不是看你也带了午饭吗？"

"不是想着今天那什么嘛……"张瑶小心地瞟了一眼坐在门口的宋琳琳，压不住内心的喜悦和兴奋，"好嘛，陪我去庆祝一下啦！"

"等你单子正式签了咱们再庆祝吧。"田小雅叹了口气。她就知道张瑶是这个想法，不管是谁的错，张瑶这个单子都引起了全部门人的关注。要是能签成自然皆大欢喜，可若是中间万一出点状况，那今天张瑶的提前庆祝难免会落人口实，甚至成为笑柄。何况，能够促成这件单子最终归张瑶所有的也不是她一个人，张瑶如今庆祝却只喊了她，又是在这样敏感的时候，总是不太妥当的。

"好像也是。"田小雅的顾虑虽然没有明说，但是从她的表情，张瑶也警觉到了她此时这番决定的不妥。她冲着田小雅做了个鬼脸，有些不好意思地挠了挠头："好吧，为了感谢你，我帮你去热午饭。"语毕，也不管田小雅愿意不愿意，径直拿了她的饭盒跑进了里间去帮她热饭。

张瑶的行动让田小雅哑然失笑，一边收拾桌面上的文件给一会儿即将拿回来的午饭腾空间，一边在脑子里过着下午的工作安排，却不想电话在这时候响了起来。

"小雅，我是金泉的妈妈。"

看着来电提醒上陌生的号码，田小雅的第一反应还以为是某个她接待过的客户，只是接通后还来不及开口问候，便因对面的自报家门而愣在了那里。

她和郭金泉的妈妈曾经有过数面之缘，但那时候还是在大学里，郭金泉的妈妈过来看儿子，因为郭金泉的请求，她也在郭妈妈面前露了几次脸。其实说实话，田小雅对郭妈妈的印象并不太坏，但是眼前她和郭金泉的关系已经到了水火不容的地步，这时接到郭妈妈的电话，多少让她有些不知所措。

"您好。"不管怎么说，该有的礼貌问好还是应该有的，何况这也是打破眼前尴尬气氛能用的最好的开场白。

"我是今天早上到的，在你上班的时候打扰你真的很不好意思。"郭妈妈的声音很温和，她犹豫了一下，才开口道，"不知道你晚上有没有时间，我想，请你吃个饭。"

"这个……"田小雅下意识地想开口对郭妈妈说她和郭金泉已经分手了，没等她开口解释，郭妈妈又开口扔出了一颗重磅炸弹，

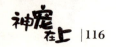

"你们的事情，金泉已经对我说了。但是，这并不妨碍我请你吃饭，对吗？"

既然已经知道了她现在和郭金泉的关系，那为什么还要请她吃晚饭？

田小雅觉得这事儿不像听起来的这么简单，但是一个并没有什么过节甚至平时还对她有些照顾的长辈出面邀请她，她也不太好意思去拒绝。犹豫了一下，田小雅最终同意了郭妈妈的邀请："那好吧，晚上在哪里见面？"

"你答应了的话，我让金泉晚上去接你。"田小雅的点头让郭妈妈很高兴，"那就这么说定了，有什么事情我们见面再谈。"

郭金泉，你到底又在搞什么花样？！

捏着电话，田小雅的面色有些发沉。如果这真的只是郭妈妈的个人行为倒也罢了，可如果是郭金泉那个家伙的盘算……

田小雅咬牙，连自己的亲娘都能拿来利用，郭金泉你真是越发的添本事了！

"什么，你要去和郭金泉吃晚饭？"

没有人可以商量的田小雅下意识地拨通了罗晓潇的电话，忙得昏天黑地的罗晓潇先是停顿了数秒，才如田小雅意料中的一样咆哮出声："你脑子是不是进水了啊你！"

"不是说知己知彼百战不殆嘛，我也是想看看郭金泉又在耍什么花样罢了。"田小雅的耳朵被震得嗡嗡作响，却还得赔着笑小心地解释，"而且，郭妈妈对我也没有什么不妥之处，我直接拒绝也不太好不是。"

"不是我戴着有色眼镜看人，能把郭金泉调教成那样子的妈妈，肯定也不是盏省油的灯。"罗晓潇在那边嗤之以鼻，"再说，现在他郭金泉还没有把罗玉宇弄到呢，要我是他妈，也不赞成郭金泉这样干脆地就和你分手。没鱼虾也好啊，总得给她儿子留条后路不是？"

"而且你又不是不知道郭金泉那一个月的工资，如今大概还不如你呢。又要开支吃饭，又要在罗玉宇那样的千金小姐面前打肿脸充门面，他的经济压力可想而知，要不然他大概也不会将手伸到你的账号上去。"罗晓潇见田小雅不说话，忙又在那边进一步地分析道，"后来你不也开口让郭金泉还钱吗，可郭金泉呢，总是支支吾吾地说不到正题上去，八成那钱早就被他给花光了。你呀还是留个心眼儿吧，免得被人哄去做了冤大头还要感恩戴德。"

"我会小心的，反正不管现在怎么说，我和郭金泉都是不可能的了。"罗晓潇是一片好心，田小雅自然明白，"而且说一千道一万，不管郭妈妈多好，我未来也不是和她过日子，所以这点利害关系我还是懂的。"

"你明白就好，我就怕你过去，被那母子俩迷魂汤一灌又失了分寸，乖乖地送上门去让人占便宜。"听到田小雅的保证，罗晓潇总算是松了口气，"好啦，你再坚持一段时间我就回来了，到时候要是郭金泉那小子还不死心，我帮你去收拾他！"

挂了电话，罗晓潇还是有些不放心，想了想最终还是从通讯录里翻出了一个号码，毫不犹豫地拨了过去，也不等对方开口她便大声冲着话筒那边吼道："今天晚上你提早去守着田田，不然你未来的老婆极有可能就要被人骗走了！"

其实早在《天涯》田小雅被盗号的时候，罗晓潇就知道了黄泉的存在。

因为不放心，所以她在后来亲自联系过一次黄泉，再后来因为田小雅与黄泉走得近，她为了自个儿的朋友，索性直接表明了自己就是田小雅的好友罗晓潇的真实身份。

　　而让她意外的是，黄泉竟然没有去遮掩，一句"田田的朋友就是我的朋友"之后便将他是凤器的现实身份对罗晓潇毫无保留的说明了。

　　这份坦然让当时还在外地的罗晓潇终于放下心来。

　　对于罗晓潇的动作田小雅并不知道，她依旧是有条不紊地忙着她的工作。

　　说实话，有时候想起来她还挺感激郭金泉的。要不是他及时将她从对美好未来的幻想中拖回现实，她也不会真切体会到"靠谁都不如靠自己"这句话的正确性。

　　唯有自己有，才是真的有。

　　"晚上要来接你吗？"快下班的时候，凤器给她打了个电话。只是一向都是直接来接她从来不会打电话先问情况的凤器问了这个问题，多少让她有些犯嘀咕。

　　不过田小雅倒也没打算瞒凤器，将中午郭妈妈来电话的事对凤器简单地说了一遍，当然也没忘了说晚上郭妈妈要请她吃饭这个事实。

　　"那么晚上你吃完饭回到家之后，记得给我来个电话。"凤器听完田小雅的解释之后并没有多问，而是给了个交代便挂了电话。

　　田小雅的坦然，让他悬着的一颗心顿时松了下来，但即便是如此……

　　凤器手里的签字笔在指甲挽了个花，为了避免夜长梦多，有件事情他还是得抓紧了。似乎先结婚后恋爱什么的，也是可以的吧？

　　郭金泉来得很准时，但是他没料到田小雅还要打扫卫生。

　　"你每天都是这样吗？"

　　看着田小雅忙前忙后，没有半点帮忙想法的郭金泉有些不耐烦，他觉得田小雅是在故意拖时间。

"是的。"田小雅懒得和他多说话。反正她已经作好了晚上回去煮泡面的准备，有这家伙在，就算是山珍海味在眼前只怕也会倒胃口："你要是等不及可以先走。"

"你！"郭金泉气结，不过想到来之前妈妈的交代，他不得不又耐着性子等，"好，我等你。不过也请你稍微快一点，你知道我妈妈还在酒店里等着你呢。"

"我想你也看到了，打扫卫生也是我眼前工作的一部分。"田小雅很反感郭金泉在这个时候把郭妈妈拿出来说事儿，皱眉反驳道，"我还指望着眼前的工作来糊口，不比你郭大少爷本事大，不用上班也一样能够吃香喝辣的。"

"小雅，我不想和你吵。"田小雅摆明了的挖苦让郭金泉憋得脸色酱紫却又不敢发火，只得一脸挫败地揉了揉眉心，颇有些疲惫地开口，"而且，我觉得我们之间一直有些误会，我和罗玉宇并不是像你想的那样，你应该好好听我给你解释。"

"解释等于掩饰的道理，你郭大少爷不会不知道吧？"田小雅将手上的清洁工具归位，才回头似笑非笑地看着郭金泉，"所以你还是省省力气吧。"

"不错，就消费来说，她确实比我强多了。"坐在郭金泉新买的大众里，田小雅眼底的笑意更浓了，"跟着我连温饱都顾不上呢，换了个人立马鸟枪换炮一跃进入资本主义社会了，不过你这样邀请我吃晚饭，就不怕惹毛了你的金主，最后人财两空？"

郭金泉索性闭上了嘴，一门心思地开车不再搭腔。

让田小雅意外的是，郭妈妈请她吃饭的地方，居然是她请凤器吃饭的那家西餐厅。

"你不是也来过嘛，我怕别的地方不合你胃口。"被田小雅盯

得有些不好意思的郭金泉轻咳一声强装镇定。

"好吧，就算是团购价，也不便宜了。"田小雅点了点头，却还是不忘踹他的心窝一脚。

郭妈妈的打扮和她记忆中的并没有什么出入，透着一股矜持的优雅。

她看着田小雅笑了笑，伸手拉着她到自己的身边坐下："这么久不见，小雅你又漂亮了，还精神干练了不少。你和金泉的事情，他也都和我说了。你生气也是应该的，这都是金泉做得不好，我也说了他，他呀，现在也后悔得很。"不等田小雅开口，郭妈妈便已经絮絮叨叨地说开了，"要不是他几次在电话里求我，我也不会过来找你。"

"小雅啊，你和金泉也不是一天两天了，要不是因为房子的缘故，你们如今只怕连婚都结了。哪里会生出这么多枝节来？

"我们家的条件，你也知道，那样家庭的女孩儿哪里会看上我们家金泉？小雅啊，你只怕真的是误会了什么，你也知道，那些孩子家世好，在外头胡闹玩的也不是没有。金泉是真的喜欢你，你这孩子老实温和又能干，我也中意，这才厚着老脸过来给我们金泉做说客，你就看在我的面子上，原谅他这一次吧。你放心，以后阿姨啊，帮你一起盯着他，要是他再犯这样的错误，阿姨第一个就饶不了他。"

这算是闹哪一出？！

田小雅不动声色地将手从郭妈妈的手里抽了回来，淡笑道："阿姨，这不是担保和做说客就能解决的问题。我和金泉已经结束了，固然那件被称为误会的事情是一个方面，但更多的借着这件事情，我也看清楚了我们之间不合适，所以阿姨，强扭的瓜不甜，就这样结束对金泉和我都好，还请您能够理解。"

"小雅，我知道你还在生气，这事儿是金泉的错，我这个做妈妈的也是心里有愧。"郭妈妈叹了口气，情到深处甚至还用纸巾来拭泪，"但你们毕竟是这么多年的感情了，就为了这么点小事儿说分手就分手，难道不觉得可惜吗？"

　　"你知道吗，我和金泉的爸爸也一直为了你们的事儿操心着。这不，眼下咱们家老房子正好赶上拆迁改造，咱们家房子本身的面积再补一些钱就能换一套三室两厅的大房子。到时候你和金泉也不要在外头漂着了，一起回去，凭着你们的阅历干点儿什么不行，和和美美地过小日子，不比什么都强？"

　　拆迁，补钱换大面积的房子。这一系列的字眼让田小雅下意识地警觉起来。

　　她看着郭妈妈，好一会儿才试探着开口："那需要补多少钱？"

　　"我和金泉的爸爸商量了，我们家老房子现在的面积是八十多平，再添也就是三四十个面积的钱，也就四五十万吧，加上装修什么的费用，也就是六十多万。"郭妈妈见田小雅发问，还以为是她动了心，忙开口解释道，"你看，现在随便一套房子算下来都得百十来万，这是因为要拆迁的缘故，这才有这个价呢。"

　　"阿姨您的意思是，如果要买房子，这钱得我家出？"田小雅算是回过味儿了，不由得心里一阵腻歪。但还是耐着性子，继续将话问清楚。

　　"是啊，当时不是也说好，你们要买房子的话，是咱们两家一家一半吗？"郭妈妈一脸理所当然地点了点头，随即又是一副田家占了天大的便宜一般的口气说道，"小雅，你想想，现在谁家结婚买房，不是出个百十来万才把事儿办成的？"

　　"可是阿姨，您要是把现在的老房子补给我们买了新房，您和

121

叔叔住哪里去呀？"田小雅仍旧不动声色，"还有，这房子的户主又该怎么写？"

"这房子涉及拆迁的问题，自然暂时是写你叔叔的名字。不过你放心，以后咱们就是一家人了，那房子迟早还不是你和金泉的？"郭妈妈一副我绝不会亏待你的模样对着田小雅保证道，"而且咱们住在一起，我和你叔叔还能帮你们带孩子收拾房子不是？你们也好安安心心地干工作发展事业呀！"

真是好盘算！

田小雅深吸一口气，强压住骂粗口的冲动缓缓地站起身，看了看郭妈妈，又回头看了一眼郭金泉，才轻声开口道："阿姨，实在抱歉，我虽然也很动心，但实在是没有当傻子的天赋，您还是换人吧。"

要她出几十万帮别人买房子，这种奇葩的想法，她实在是搞不懂郭家人究竟是怎么想出来的。就算是写郭金泉的名字都还好说一点，至少婚后财产一人一半，可房产证写公公的名字，算是个怎么回事？到时候有个万一，郭家来个一推二五六，她这钱不就打了水漂？

保证，口头的保证谁不会说？要是保证管用的话，他郭金泉也不会背着她另结新欢了。

无视郭家母子的瞠目结舌，田小雅拿着自己的包，头也不回地离开了西餐厅。

夜风很凉，她掏出手机来看了看时间，正打算到就近的地铁站坐车回家时，一辆熟悉的奥迪滑到了她的身边。凤嚣笑眯眯地从车窗里探出头冲她挥了挥手："田田，上车！"

"你怎么会在这里？"田小雅一边上车，一边有些疑惑地问仿佛是无处不在的凤器。就算凤器知道她和郭金泉出来吃饭，她却并没有告诉他是在这里啊！

"有什么奇怪的，本大神未卜先知。"凤器心情甚好地发动车子，还有空和身边的田小雅开玩笑，"知道你今天诸事不顺，必然到现在还饿着肚子。我知道有一家的私房菜不错，带你去打牙祭吧！"

"你该不会是一路跟着郭金泉的车吧？"田小雅才不信凤器说的什么未卜先知呢，十有八九是这家伙采用了什么非常手段。

凤器倒也不隐瞒，很老实地点了点头："唉，就知道瞒不住你。"

"那刚刚在餐厅里的对话……"田小雅有些不好的预感。

"我全听到了，要不是跟着你一起闪得快，我可真的要笑场了。"凤器想到刚刚郭妈妈说的那些话，便忍不住大笑起来，"田田，你说我是该说那位母亲聪明呢，还是笨呢？"

"管他呢，反正经过了这次之后，我想她应该不会再想来找我麻烦了。"田小雅想到她下午还在罗晓潇面前帮这位妈妈说好话，她就觉得憋屈。

"你不是说，她对你还有着很深的感情，不想放弃你的吗？"此时同样感到憋屈的还有待在西餐厅里的郭妈妈，她正沉着脸，没好气地责问坐在她面前的儿子，"怎么我看她今儿却连看都没看你一眼呢，你自己说说，你到底对妈说的哪句话是真的？"

"妈，你一开口就是六十万，她家不过也是个工薪阶层，吓都吓死了，哪里会不警觉？"面对母亲的指责，郭金泉也是一肚子委屈和不满。

"你知道什么，现在谁家结婚不都是几十万的嫁妆？"郭妈妈一脸的不屑，儿子小心翼翼的态度更是让她气不打一处来，"我跟你说，别和妈说什么爱情，妈是过来人，现在这是什么社会，没有钱你能干什么？你可给我眼睛放亮点，她要是家里真的穷到连这点钱都拿不出，那你还是早断早好！要不然以后只会是你的累赘。"

"那既然是这样，为什么您又不同意我和玉宇呢？"郭妈妈这么说，郭金泉反倒是越发糊涂了。

"傻儿子，罗家那是什么家庭，你和罗玉宇结婚是娶老婆呢还是娶祖宗啊？"郭妈妈哼了一声，"你放心，要是那姑娘真的喜欢你，你就由着她来求你。她那样的大小姐，什么东西是得不到的？你越是吊着她，她才越会对你死心塌地！"

第七章

为了比赛结婚

对于自己妈妈的话，郭金泉向来都是言听计从的。但唯独在处理田小雅的事情上，和郭妈妈起了分歧。

郭妈妈的意思是，从此大路朝天各走一边，既然已经决定不再有什么瓜葛，那么未来再不往来是最好："你要知道，做人留一线的道理。这事儿说开了终究是你不占理，如今既然已经断了，那就断个干干净净好了。你要把注意力放到重点上去，别为了点小事误了你的大事。"

"妈，你说的我都知道，可我就是不甘心。"

他怎么能甘心？在游戏里被当众羞辱，在大庭广众之下又被那样对待，让他在罗玉宇面前始终觉得低一头，这都是她田小雅的错。偏偏那个女人转过脸就换了个男人还带去家里，八成也是早就有了新欢，却还有脸来指责他！

"不甘心的事情多了去了，你每件事情都去计较你还活不活了？"郭妈妈抬手揉了揉太阳穴，有些无奈地看了面容因为愤怒显得有些扭曲的儿子，"你的当务之急还是工作，稳定好你的工作，等你出人头地了，你想怎么整那个丫头还不是你说了算？何况，等到那时候你回来看她过得苦巴巴的，说不定还会想着可怜她呢。"

"儿子，妈是过来人，这种事情看得多了。"郭妈妈继续苦口婆心地劝道，"你现在去逼她，要是万一她来个鱼死网破，把她和你的事情闹破了，被罗玉宇的家人知道，你以后要怎么行事？"

"我知道了。"虽然不甘心，但想着妈妈说得也有道理。郭金泉只得有些憋屈地拿起刀叉，找自己面前的牛排泄愤。

同样拿吃食泄愤的还有田小雅。等她大快朵颐了半天之后才发现，坐在她对面的凤嚣居然只是支着下颌看着她。除了中途帮她夹了两筷子菜之外，他就再没动过筷子。

"你，怎么不吃啊？"田小雅被凤嚣盯得有些不好意思。一来是因为人一生气食欲就好，这二来也是因为她实在是饿坏了，加上这里的菜又真的很好吃，所以就算是没有镜子，她也能知道自己的吃相有多夸张。

"我吃过了。"凤嚣笑眯眯地抬腕指了指腕表上的时间，"瞧，这都快赶上吃夜宵了。"

"谢谢你。"知道凤嚣是专门带她来吃饭，田小雅越发的不安了。她犹豫了一下，轻轻地放下了手里的筷子："其实，我坐车回

家就好了，家里还有面条什么的。"

"面条有这菜好吃吗？"凤器哼了一声，抬手捏着筷子继续给田小雅夹菜，"来，尝尝这个剁椒鱼头，可是这里的招牌菜。"

"你总是这么帮我，我却什么都帮不了你不说，还老是给你添麻烦。"田小雅垂着头，搁在桌面下的双手用力地绞在一起，"我，我……"

田小雅有些词穷。

对凤器，她的感情很复杂。一开始只是感激，到佩服，再到依赖，还有种她说不出来的感觉，就像是站在他身边就能一切都放心下来，而这种安全感，却是之前和郭金泉一起时从未有过的。也许，真的如张瑶所说，她大概是喜欢上这个人了吧。

可正因为如此，她才不知道接下来的话该怎么说，正犹豫为难之时，凤器很善解人意地开口给她解了围："其实眼前，我倒还真有一件为难的事情想请你帮忙。"

"拍，拍婚纱照？！"

虽然一门心思想要为凤器做点什么的田小雅已经作好了准备，但真的听到凤器的要求还是让她愣在了当场，一脸不敢相信地瞪着坐在她对面的男人，他没开玩笑吧？！

"嗯，你知道我妈妈眼下的状况，最近医生说她的病情有反复的迹象，所以我想趁着她还能够保持清醒的时候，让她高兴高兴。"凤器点头，很认真地开口道，"也算是了全她一个心愿吧。"

"你要是不愿意我也不勉强，我可以再去想别的……"

"我愿意。"田小雅点头，很肯定地答复道，"你安排好时间告诉我，我看能不能挪得出假期。"

就算不是为了回报凤器，只为了那个老人最后也是最简单的心愿，田小雅觉得她也没办法狠下心来拒绝。

何况是和凤嚣拍婚纱照……

也许这一世她都不可能和他有往下的交集，但只要有这一次，她也算是成全她自己的一个心愿吧。

游戏里黄泉并没有在线，但田小雅却逮住了夜猫子罗晓潇。《仙缘》开测的时候，罗晓潇正好在外地。不过罗晓潇却有她的办法，硬是找了代理练级，一直保持着等级的提升没掉队。

在简单地将今天发生的事情对她说了一遍之后，田小雅并没有等到罗晓潇的回话。但她可以想象，此时电脑那边的某人一定是笑得在床上滚来滚去，起不来才对。

【私聊】莲叶何田田：笑够了吧？

【私聊】那时花开：啊哈哈，我就说我是先知来着，果然被我料中了！蛇鼠一窝就是蛇鼠一窝啊！田田啊，你现在难道就不该反思一下自己的眼光吗？

【私聊】莲叶何田田：你当年也说郭金泉是好男人来着。

田小雅嘴角抽搐，当年这妮子可没少往郭金泉的脸上贴金。如今竟然还敢倒打一耙，将之前的种种抹得一干二净。

【私聊】那时花开：行了，过去的事情就让它过去好了，你也别多想了，还是好好想想怎么用一段新的感情来刷新过去吧。

【私聊】莲叶何田田：……

【私聊】那时花开：我说的可是真的。你啊，现在当务之急是找到一个比郭金泉更优秀的，气死他！

【私聊】莲叶何田田：我明天还要早起上班，睡觉去了。

【私聊】那时花开：喂，一说到正事儿你就想溜，话说你要是身边暂时没有合适的，姐姐给你介绍一个如何？

进售楼部大门，便看到郭金泉正坐在那里和早到的宋经理说着些什么。见到她进门，宋经理忙抬手冲她招了招："小田，你过来一下。"

田小雅满腹疑团，却还是迅速地放下了自己的东西，快步走过去报到。

"这是新来的郭助理，我上午还要回公司去开一个会，你替我向他介绍一下我们部门的情况。"宋经理站起身，拍了拍田小雅的肩膀，"加油！"

虽然不清楚宋经理为什么会选她来介绍情况，不过看郭金泉一副看好戏的模样，还有宋经理临走时那意有所指的一声加油，她用脚指头也猜得出来这是谁在从中作梗。不过工作就是工作，料想郭金泉也不会真的在众目睽睽之下做出什么刻意刁难她的事情来。

"郭助理你好，请问您想先了解我们部门的哪一块工作呢？"送走了宋经理，再次坐回到郭金泉身边的田小雅脸上挂着完美的笑容，冲着郭金泉礼貌地开口说道。

"我今天也是第一次来你们部门，当然得靠田小姐你来帮我了解喽。"郭金泉明显没打算配合，他懒洋洋地靠在椅背上，带着几分挑衅地看着田小雅，"怎么田小姐不开口介绍，反而还来问我呢？"

"郭助理您误会了，所谓麻雀虽小，五脏俱全。我们部门虽然不大，但是涉及的范围还是挺广的。我当然得从您想了解的侧重点开始说起。不过听郭助理的意思，您似乎对您即将工作的部门，并不太认真啊？"

面对郭金泉的挑衅，田小雅依旧冷静应对。

郭金泉之前的工作和售楼并没有任何的关系，他之所以能够现在调到这个部门来，大半是因为罗玉宇的关系。所以田小雅并不担

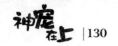

心自己如今掌握的业务能力压不住郭金泉。

不，应该说她从来都不觉得，她自己的能力会比郭金泉差。

"那就，先从销售业绩方面来说吧。我听说你们部门上个月的业绩下滑得很厉害啊！"郭金泉显然是有备而来，只是这个"备"没有备到地方而已。

"二号楼延期交房的事情，郭助理没有听说吗？"面对郭金泉的不屑，田小雅慢悠悠地抬手给她自己倒了一杯水，才再开口道，"您也知道，我们是售楼部，如果没有楼可售，那业绩自然也就无从说起了。"

现在正是整个售楼部的空闲期，郭金泉的身份大家也都有所耳闻，所以对田小雅和他的对话也就显得格外关注。而这几问几答也更是突出了郭金泉的不靠谱，窃窃的笑声让郭金泉的脸色有些难看，接连几个问题都被田小雅轻描淡写地顶了回来，他的面子明显已经挂不住了："那么还要麻烦田小姐一下，将最近一段时间的部门会议记录拿来给我，我希望在正式加入你们之前，能够更多地了解一下部门里的事。"

言下之意是，我自己来看就行了，不用麻烦你田小雅了。可偏偏田小雅不买账，她并没有起身去拿记录的意思，而是用看外星人一般的目光盯着郭金泉看了好一会儿才说道："难道郭助理不知道，这种类似于部门档案的东西，没有经理的批准是不能随便拿出来给人阅览的吗？"

"那么我回头自己去找经理要吧，今天真的是麻烦田小姐了。"郭金泉气呼呼地站起身，不理会身边同事埋头的闷笑，独自走进了经理室。

田小雅，这笔账他记下了！

第一回合的胜利让田小雅出了口恶气，自然一天的心情也是相当愉快。

不过对于她的这种行为，来接她下班的凤器却很不合时宜地泼她冷水："毕竟他也算是你未来的上司，如果他想公报私仇，对付你可是轻而易举的事情。何况宁可得罪君子不可开罪小人，你这样逞了一时口舌之快是没错，但对未来却是非常不利。"

"我知道。"面对凤器的提醒，田小雅很坦然，这一切她其实早在知道郭金泉要来部门上班时她就想到了，"可就算是我对郭金泉毕恭毕敬，他就会放过我吗？"

"不会。他的性格绝对不是那种见好就收的人，反正横竖都是被折腾，我忍和不忍又有什么区别呢？"田小雅有些无奈地摊手，"所以与其窝窝囊囊地委曲求全，倒不如像现在这样痛痛快快地过一场。"

"这倒是没错。"凤器先是一愣，随即笑了。他原本还有些担心田小雅在这件事情上只是一时冲动，不过看她已经想透其中的关节，他也就放心了。

更主要的是，他也压根不希望田小雅受委屈。她能这样发泄出来，他打心眼儿里是求之不得的。

"走吧，为了庆祝我们的女英雄凯旋，今天我请了！"凤器一拍方向盘，不等田小雅反应过来，便已经将车拐向了另外一条通往饭店的路。

"这样不太好吧。"田小雅想到昨天才被凤器拉着去吃了一顿，她总不能老占凤器的便宜呀。

"嗯，你要真觉得不好意思的话，我请客你付账也是可以的。"凤器摸了摸下巴，思考了片刻之后回头，一本正经地对坐在身边的田小雅说道，"我一点也不介意。"

"……"

可是我介意！田小雅无语望天，她这个月工资还没发呢！

"大不了等你发工资了再请我呗，我今天带你去喝汤，我也是才跟朋友去过一次，想着那个味道你肯定喜欢。"凤器趁着等红灯的工夫抬手摸了摸田小雅的头，"别想太多了，咱们俩谁跟谁呀！"

【私聊】那时花开：话说，你最近总是很晚上线啊！老实交代你干什么呢？！

田小雅刚一上线，罗晓潇的私聊便出现在了聊天对话框内。

一股浓浓的八卦气息迎面而来。

【私聊】莲叶何田田：我现在上班的地方比较远，又加班。

田小雅觉得她的这个回答很中规中矩，应该能够杜绝某些人捕风捉影的臆测。

并不是她想瞒着罗晓潇，而是以罗晓潇的性子，她要是知道有凤器这个人的存在，还不知道会炮制出多少奇思妙想呢！真是想想都觉得有些不寒而栗。

【私聊】那时花开：呵呵！

【私聊】莲叶何田田：你要去练级吗？

田小雅被罗晓潇的反应弄得心里有些发毛，越发有些心虚地想要抓紧岔开话题。

【私聊】那时花开：田小雅，坦白从宽抗拒从宽的道理，需要我给你重新说明一番吗？

【私聊】莲叶何田田：我真的是因为加班，我还没跟你说，郭金泉现在到我们部门任经理助理去了，我的顶头上司呢！

【私聊】那时花开：！！！

【私聊】那时花开：我说什么来着，真爱啊，这才是真爱啊！

【私聊】莲叶何田田：……

【私聊】那时花开：你要相信，这才是真爱之间的相爱相杀啊！

【私聊】莲叶何田田：我不和你扯了，我要去下副本了。

虽然抛出郭金泉成功地转移了罗晓潇的注意力，不过她也知道如果不抓住眼前的机会全身而退的话，等罗晓潇感慨完毕，保不齐又会转回来。而且黄泉也确实在这个时候发来了组队的邀请。

【私聊】黄泉：去一趟九十九副本。

【私聊】莲叶何田田：好。

黄泉的队伍是固定队，不过今天让田小雅有些跌眼镜的是，那时花开居然也在里头。

【私聊】那时花开：嘿嘿，想不到吧！

【私聊】那时花开：想这样轻易就甩掉姐才没那么容易！

【私聊】那时花开：田小雅，你有权保持沉默，不过你也得想好以沉默表示对抗，会给你带来的后果！

【私聊】莲叶何田田：姐，我错了，你饶了我吧！

田小雅唉声叹气，罗晓潇这妮子还真是铁了心了。

和高手下副本是一件很享受的活动，特别还是配合久了早有默契的高手。虽然那时花开是新加入的成员，但是她的技术向来不错，所以在经过了短暂的磨合之后，她也成功地融入了整个队伍的清怪节奏和习惯中。

好在下副本比较紧张，罗晓潇并没有再来逼问田小雅问题。一行人因为有罗晓潇这个剑君的加入而提升了不少的攻击力，推进的速度自然也比平时快了不少。

【队伍】黑暗魔神：花开妹子的剑君玩得好啊，让我老自卑了。

【队伍】那时花开：只是一时超常发挥而已，要说剑君玩得好的，还是咱们的副帮啊！

【队伍】天灰灰心慌慌：唉，流风君，你又一次被妹子表扬了，有什么感想没有？

【队伍】流风：你们再站在一旁聊天不过来帮忙我就要躺尸了！

【队伍】莲叶何田田：……

【队伍】那时花开：……

【队伍】黑暗魔神：……

俗话说不怕熊一样的对手就怕猪一样的队友。在黄泉和田小雅他们下副本下得轻松惬意时，郭金泉却已经连续第四次横尸在九十九级副本里了。

要说他的技术虽然也有不足，但毕竟剑君在对付BOSS的时候并不需要太多的操作，只需要使用技能拉住仇恨便好了。可偏偏身后负责治疗的医仙玉宇仙儿不给力，加血加不上这种事对于主力拉仇恨顶怪的剑君来说，根本就是噩梦一样的遭遇。

要是面对别人，郭金泉早就开骂轰人了，可眼前这个技术烂成渣的人却是玉宇仙儿。

他虽然被气得肝疼，却还得耐着性子哄坐在一旁因为自己的错误导致灭团，却还要撒娇闹情绪的罗玉宇。

【公众】玉宇仙儿：真是讨厌，人家不想玩这个职业了，被怪一碰就死掉了，又不能杀怪，真是好没意思呀！我也要和你一样玩剑君。

【公众】纵剑南天：可以，没问题，只要你高兴玩什么都可以。

听到罗玉宇终于有了换职业的想法，郭金泉总算是松了口气。

剑君好啊，剑君只需要砍怪，最坏的后果也就是自己灭掉，不至于全团跟着一起完蛋啊！

【公众】黑暗魔神：哟，这不是一本七次躺的纵剑老大嘛，真是巧啊。

纵剑南天之所以会得到"一本七次躺"这个称呼，完全是因为《仙缘》与众不同的副本设定。

玩家在进入副本时会全服提示，然后杀死其中的BOSS之后也会有庆祝公告，类似于像"在英勇无比的队长某某某的带领下，某某某、某某某和某某某一起灭掉副本内的BOSS，为民除害，大家一起为英雄的胜利欢呼吧"这样的内容公告，当然随之而来的还有获得的装备奖励提示。

当然，如果你不幸被BOSS推翻，那么也会被全服通告。而郭金泉下副本因为灭团的次数太多，上公告也就成了家常便饭，所以时间长了也就让黑暗魔神他们送了这样一个嘲讽意味十足的称号。

郭金泉没有理会黑暗魔神刻意的挑衅，等自己的队伍人齐之后，便头也不回地走上了副本传送阵。

事实没法改变，他也知道就这个问题在这里和黑暗魔神起争执，最终的结果只会让人看笑话。反正这一次玉宇仙儿不跟着他们一起下副本，他自然会用事实来推翻这些人的挖苦和轻视。

有什么比事实更具有说服力呢？

不过一般来说，梦想有多丰满，现实就有多骨感。郭金泉的想法是好的，但是结果却是残酷的——在换了医仙之后，他再一次光荣地躺尸了。

【世界】黑暗魔神：纵剑老大，温柔乡虽好，可也要注意身体啊！

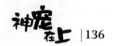

他们现在下的副本是九十九级的桃花源。

里面从BOSS到小怪都是清一色的花妖美人儿，特别是其中的BOSS人面桃花，更是一等一的风姿妖娆，所以见到纵剑南天再一次躺尸，黑暗魔神忍不住便在世界上大声嘲讽起来。

【队伍】纵剑南天：医仙你不加血在干什么？

郭金泉索性关了世界频道，生气地在队伍频道内责问刚刚加入的医仙。

一个玉宇仙儿也就够了，怎么一个两个全是这样的不靠谱！放眼整个帮派，竟找不到一个操作好等级高的医仙，这算是个怎么回事？

郭金泉并不清楚，因为医仙的升级实在太痛苦，这个服务器几乎全部在榜的医仙都是有固定队带着冲级的。这样类似于国宝一般的存在，自然也不缺下副本队伍，所以像他这样临时想找质量高的医仙，自然是不可能。

【队伍】面包苦酒：老大，你站的位置我点不上你呀！

【队伍】纵剑南天：……

郭金泉眼下在部门的职位是经理助理。和之前才离职的助理相比，他的身份背景要暧昧敏感得多，自然他的事儿相比较前任来说也要多上许多。

在一个多星期的适应期之后，他便有些按捺不住地插手起部门的事务来。

"真烦人，你说以前咱们的肖助理怎么就没那么多事儿啊？"张瑶趴在桌子上，累得有些有气无力。

原本出现了一个能够挑战宋经理权威的人，张瑶等人还乐得看笑话，不过时间一长这些人便有些郁闷地发现，这位根本就不是来解围的，反而是来添乱的。

部门例行会议他要插嘴，原定的部门相关规定他要改革，甚至就在他们与客户交谈的时候，他也会按捺不住地过来说上两句。时间一长，别说是这些新人，就连之前的老人也有些招架不住了。

"新官上任三把火，过了这段就好了。"田小雅不动声色。其实这些天郭金泉的作为她都看在眼里，却并没有多说多议论什么，因为这是郭金泉的习惯。

他对他自己的实力向来自信，甚至已经到了自负的地步。当然不得不说，他在部门里拿出来的一些想法和提议很有建设性，但问题是，改革这种事情从来都不是一件简单的事情，毕竟一种习惯已经养成突然要改变是很难的。

而郭金泉却十分心急。这种急功近利的做法，很大程度上换来的不是支持，而是一致的反对。

他或许并没有把宋经理放在眼里，但是对于部门的每个成员来说，宋经理却是绝对权威。所以郭金泉便在这样的意气风发之下，不知不觉地便将整个部门给统统开罪了。

既然有这么多只枪已经瞄准了他，她又何必多此一举呢？

部门里隐隐浮现出来的针对郭金泉的情绪他并不是没有察觉，他的第一反应便是田小雅在其中作梗。所以这天晚上下班，有些忍不住的郭金泉便在半路上拦住了往回走的田小雅："小雅，我觉得我们有必要谈谈。"

作为她的直属上司，他用上这样商量的口吻，已经算是很有诚意了。

"抱歉，郭助理。"对于郭金泉的要求，田小雅却并不买账，"如果是公务，现在已经下班了。如果是私事儿，那我觉得我们之间更没什么可谈的。"

"鼓动部门的人针对我这招，你可真是出手狠毒啊！"郭金泉哼了一声，加快脚步又拦在了田小雅面前，"难道你就不担心最终你的嘴脸在同事面前暴露，成为笑柄吗？"

"郭助理，我想你是误会了。"田小雅听了郭金泉的指责先是一愣，随即便笑出了声，"不管你信不信，我并没有对部门的人说半句和您有关的事情。就像你说的，我也实在是丢不起这个人。"

"你什么意思？"郭金泉沉下脸。田小雅这样的态度，他实在是怎么看怎么不爽。

"字面上的意思。"田小雅绕过郭金泉的阻拦，继续往前走，"郭助理与其花时间这样怀疑琢磨我，倒不如好好考虑一下眼前您自己的行为吧，虽说是好心，但办的是不是好事儿，您难道不会自己斟酌吗？"

郭金泉还想追上去，一辆奥迪却在此时斜刺里插出来，稳稳地停到了田小雅身边。凤器从车窗探头出来，先是招呼田小雅上车，才有些不耐烦地扭头看了郭金泉一眼："凡事适可而止！"

郭金泉垂在身侧的双手握拳，面露狰狞地看着绝尘而去的汽车，原来她田小雅居然早就攀高枝儿了！

可既然如此，为什么还要处处跟他作对？她有什么资格来指责他？

这两天游戏里格外热闹。

一来走在前面的一批高手等级大半已经突破了一百级，到了练级几天不动一级的瓶颈期；二来是因为《仙缘》即将开始的第一行会争夺战以及一并举行的PK大赛。

有关PK赛，这次分为单人组和夫妻组的角逐。

先是在本服内摆擂台，然后全服第一晋级进入跨服比拼，最终角逐出《仙缘》里的第一名。本服第一名可以获得游戏官方提供的独一无二胜者装备一套，而全服第一名除了装备之外，还能获得见面会啊，等等一系列额外的奖励。

不过对于游戏玩家来说，装备永远是游戏内的第一追求。单人组的装备也就罢了，特别是那套"凤凰于飞"的夫妻套装，不看那强大的属性，只看那外观就已经让不少妹子们垂涎不已了。

新开放的婚姻系统算是《仙缘》一个重要的吸金利器。

先不说要结婚必须购买商城内的婚姻道具，还有接下来的一系列附属产品，比如花轿啊、烟花啊、红包啊，等等。就算是你在游戏里办一个最低调的婚礼，也得花费人民币两百以上。

有些人为了彰显身份，举办一次奢华的婚宴，动辄几千那都是小意思。所以也难怪这次游戏开发商会这样在PK大赛中专门开辟出一个夫妻比赛项目，甚至奖励的套装属性比单人比赛得到的装备属性还要好，大概就是为了起到一个刺激作用吧。

不过不管怎么说，这两天游戏里结婚的人数猛增，月老也因此成了整个《仙缘》最为忙碌的NPC（非玩家控制的角色）。

【队伍】黑暗魔神：嗷嗷，田田你终于一百级啦！

【帮派】黑暗魔神：恭喜咱们的大医仙田田一百级啦！

【帮派】丫丫猫：恭喜恭喜呀，田田我马上来追你，你要等等我哟！

【帮派】流风：求加满级状态不收费。

【帮派】小小就是我：副帮你真是丢人啊……

【帮派】流风：你懂什么，聚沙成塔，这年头干什么不花钱啊，不节省点连买药的钱都要不够了。

【帮派】莲叶何田田：谢谢。：）（聊天中的笑脸）

一时间帮派里祝福声不断，田小雅也很高兴地首先跑去仓库，将放了许久的技能书取出来点了学习，又换上早就准备好的一百级医仙套装，身边便已经有早就按捺不住的黑暗魔神冲她发出了决斗申请。

【公众】黑暗魔神：来来来，让我感受一下医仙终极法术的威力。

得了消息的帮众大半都跑到了仓库旁围观，田小雅不负众望，虽然黑暗魔神全力抵抗，但最终还是被田小雅耗尽了血量，一招终极必杀将他拍废在地。

【帮派】天灰灰心慌慌：喷喷，死得真难看。

【帮派】黑暗魔神：你来试试，这医仙的攻击太变态了！定身、下毒、混乱什么的也就罢了，这个最后大招还是三连杀啊！

【帮派】流风：刚刚什么状况？

【帮派】丫丫猫：副帮你刚刚不是也在旁边观战的吗？

【帮派】流风：技能效果太华丽，直接定机了。

【帮派】黑暗魔神：……

……

【队伍】黑暗魔神：话说，你们有打算参加比赛吗？

【队伍】莲叶何田田：什么比赛？

正在往副本赶的田小雅有些奇怪。她平时玩游戏的时间并不多，要想参加比赛首先需要大量的空闲时间去练习PK技巧和准备装备等等，很明显她的条件并不符合。而且这样由游戏开发商牵头举办的奖励丰厚的比赛，其竞争的激烈程度可想而知。何况她们这个服务器有那么多高手在，就算她参加了最终也会被刷下来，所以也就一直没有考虑过这个事情。

【队伍】天灰灰心慌慌：PK大赛啊！

【队伍】莲叶何田田：大神都报名了，咱们去不去报名又有什么区别呢?

【队伍】黄泉:我没有去报名。

【队伍】莲叶何田田:为什么?

这下轮到田小雅不解了,以黄泉的技术,参加比赛绝对是没问题的啊,为什么到手的鸭子他却一点也不在乎呢?

【队伍】黄泉:要的话,我就要最好的。

单人胜者的装备"龙潜"和"凤舞"的属性没有"凤凰于飞"好,这是公认的事实。

【私聊】黄泉:田田我们去结婚吧!

【私聊】莲叶何田田:啥?!

田小雅傻眼了,一时手一抖,鼠标一动将加血锁定从正在顶怪的流风身上挪到了一边,正在专心打BOSS的流风没来得及喝药,两三招便被BOSS砍翻在地。黑暗魔神眼疾手快迅速补上拉住仇恨,田小雅慌忙给黑暗魔神补血,同时抽空将躺在地上的流风拖了起来,两三下给补好了状态,局面总算是转危为安。

田小雅松了口气,不过黄泉刚刚说的要求却让她脑子里一片混乱,

【私聊】黄泉:我想要那套"凤凰于飞"。

果然是为了比赛。不过田小雅还是有些担心,要说这次比赛的强手不少,而黄泉身边也不乏操作娴熟的高手,可他干吗就找到了她呢?

【私聊】莲叶何田田:但是我的技术怕不靠谱。

【私聊】黄泉:对你自己有点信心,何况PK这个东西可以熟能生巧,极容易通过练习而得到实质性的提升,所以你不用担心那么多。

【私聊】莲叶何田田:好。

田小雅想了想，也不忘在后面再补充上一句嘱咐。

【私聊】莲叶何田田：只是为了比赛。

【私聊】黄泉：好，只是为了比赛。

和预想中的婚礼现场不同，黄泉和莲叶何田田的婚礼显得极其低调，只是在下副本回城的空当儿去了一趟月老庙，然后世界下方一行"恭祝黄泉和莲叶何田田喜结连理，永结同心"的公告闪出，便算是礼成了。

这一切发生得太快，甚至还没等人反应过来，这则消息便被淹没在了此起彼伏的求购信息中。

【队伍】黑暗魔神：老大，我刚刚是不是看花眼了？

【队伍】天灰灰心慌慌：是啊，你和田田结婚了？！

【队伍】莲叶何田田：只是为了去参加比赛。

【队伍】莲叶何田田：真的，大神说他想要那套"凤凰于飞"。

似乎是为了更确定一下这个解释的真实性，田小雅不等黑暗魔神他们开口就又重复了一遍。

【队伍】流风：别解释了，真的。

【队伍】莲叶何田田：啊？

【队伍】流风：事实在眼前，怎么描都是黑的。

【队伍】莲叶何田田：……

【队伍】流风：所以一切靠自觉，红包什么的都交出来吧！

《仙缘》的婚姻系统很丰富。除了每天能够做夫妻日常任务之外，最贴心的设计是结婚戒指自带传送功能。

在结婚之时，夫妻双方可以提供一个自己中意的佩饰作为结婚戒指拿来交换，而这个结婚戒指一旦交换便属于绑定物品，不可摘取，死亡也不能掉落。

只要在公众地图内，双击结婚戒指便能够自动传送到自己的配偶身边。

而自从田小雅和黄泉结婚，从此以后练级时回城买药的光荣任务就交到了夫妻俩的身上。这样做最显著的结果便是向来心疼药费的流风比婚姻的当事人还要为这个传送系统拍手叫好，并不止一次地在队伍里感慨，他应该早日促成莲叶何田田和黄泉婚事。

【队伍】黑暗魔神：人家结婚关你什么事啊！

【队伍】流风：当然有关，他们要是早点结婚，从刚刚练级那会儿开始，咱们不就不用买药了吗？那样算起来可以节省多少药钱啊！

【队伍】黑暗魔神：……

第八章
根本没处躲

预料之中的事情，在田小雅和黄泉报名之后，纵剑南天和玉宇仙儿也随后报名参加了PK赛。

只是相比较黄泉和田小雅的低调，纵剑南天和玉宇仙儿的婚礼可谓奢华到了极致。据说仅红包就发了将近一万，就更别提烟花之类充门面的东西了，作为服务器最为豪华气派的婚礼，纵剑南天算

是狠狠地长了一回脸。

对此，黄泉和田小雅的态度都很淡定，连着下了两回九十九级副本之后，田小雅便下线睡觉了。

这两天郭金泉也不知道发了什么疯，把考勤看得比什么都严格，所以为了不被他抓住把柄，田小雅不得不每天早起半个小时去搭公交，坐地铁，就这样还是有两次差点迟到。

堵车实在是剿灭全勤奖的最大杀器。坐在地铁上又没有吃早饭的田小雅，摸着咕咕作响的肚子叹了口气，实在不行一会儿到站了，买个面包暂时先垫一垫吧。

"凤嚣，你怎么会在这里？"一出地铁站，田小雅被站在她面前的人吓了一跳。这么早，而且还是在离市区有点距离的新城区。

凤嚣沉着脸，将手里还冒着热气的牛奶和面包递给田小雅："你自己说说，你已经连续多久没有按时吃早饭了？"

要不是昨天晚上那时花开告诉他，他还不知道这些天田小雅过着这样饥一顿饱一顿的日子。没错，工作是重要，但是为了工作却连自己的身体都不顾了，这是凤嚣最不能容忍的行为。

他拽着还没从震惊中回神的田小雅，不由分说地往一旁的停车场走："从明天开始，每天我来接你上下班！"

"我真的只是今天才……"田小雅本来还想解释，却在挨了凤嚣一记眼刀子之后识趣地闭上了嘴。不过想到刚刚凤嚣所说的，以后每天接送她上下班，她又忍不住问道："那个，你也挺忙的，我保证以后按时吃饭，你就不用那么麻烦了吧？"

"这事儿没得商量，就这么定了。"凤嚣强势起来完全不会给人辩驳和反对的机会。他发动车子，将田小雅往售楼部送，"我最近的工作重心也在新城，所以你不用担心我多跑冤枉路。"

因为凤嚣的专车相送，田小雅破天荒地提前十分钟到达售楼部，这让早早等在门口的郭金泉大跌眼镜。他愣愣地看了田小雅良久，才将自己显得有些扭曲的面部表情给正过来。

郭金泉连续一个多礼拜的蹲守，总算是有了收获。他终于逮住了一个迟到的，甚至还是迟到半个小时的员工——宋琳琳。

在一干等着看好戏的员工的关注下，郭金泉的脸色更臭了。

要说他在这个部门，真的是谁都可以得罪，但是宋琳琳却是一个例外。倒不是说郭金泉和宋琳琳有什么关系，而是因为郭金泉和宋琳琳的后台认识。

郭金泉是一个聪明人，这么多年在职场打拼让他很少轻易去相信一个人。而也正是危机意识和怀疑心理作祟，他在和罗玉宇保持着男女朋友关系的同时，却也没有忘记跟其他公司的人打好关系。

宋琳琳的情人是如今市里风头正盛的万邦房地产的万总，而郭金泉和万总也算略有交集，至少一起钓过鱼，一起打过球，一起吃过饭，一起……

总之在知道郭金泉来宋经理这个部门之后，万总便为了自己的新宠打电话给郭金泉，让他多多关照宋琳琳。

但也不知道是郭金泉运气不好呢，还是宋琳琳的点儿背，最初宋琳琳在和张瑶的纷争中失利那会儿郭金泉还没有来部门报到。可如今他来部门报到了，偏偏第一次严打时她宋琳琳又撞到了枪口上。

罚，必然会得罪宋琳琳，而得罪宋琳琳之后，他必然在万总那里不好解释。可若是不罚，众目睽睽之下，他要是什么都不做，就等于是当众给了自己两耳光，那他以后在部门里真的就别想混了。

"一个月全勤奖，外带这个月剩下日子的卫生工作你也一并负责了。"郭金泉在心底权衡利弊，最终还是决定先罚了再说。

宋琳琳说得好听，眼前是万总心尖上的人，可时间一长呢？不过是个玩物，总不会当真的。

"郭……"宋琳琳听到郭金泉的处罚先是一愣，随即便恶狠狠地瞪了他一眼，踩着高跟鞋头也不回地走到了一旁的休息区，找了个位置坐下。只见她不假思索地从包里掏出了电话，动作娴熟地拨了一个号码之后，便嘤嘤地对着电话那头哭了起来。

张瑶看了全过程，忍不住靠近田小雅，在桌面下偷偷地扯了扯她的衣袖，小声道："唉，田田，我怎么发现咱们的郭助理和那个女人的关系不一般呀？"

郭金泉走的是宋经理的路线，但凡部门里的员工，无论新老他差不多都训话过，唯独这个宋琳琳，只是轻轻地点了点，而后更是很多次都将宋琳琳挂在嘴边当正面教材。偏偏宋琳琳对郭金泉却并没有预想中的毕恭毕敬，甚至都很少搭理他。可即便如此，还是经常能看到郭金泉主动找她说话的身影，态度还特别的谦卑。

没错，在田小雅看来，郭金泉和宋琳琳说话时给她的就是这种感觉。

"不是说，郭助理是咱们董事长千金的男朋友吗？"张瑶依旧在田小雅的耳边说着，"这还是一个公司里呢，他就不怕东窗事发，被董事长千金扫地出门？"

一个是家境一般的外地女子，一个是豪门千金，这两个人的身份根本就没得比嘛。

"对了，田田，你说会不会这宋琳琳是郭助理之前的女朋友，而郭助理为了权力和金钱，抛弃了她找了现在的富家小姐，可又心里有愧，所以才对宋琳琳这样的照顾有加呢？"

知晓真相的田小雅默默转头，要说张瑶的猜测还真是准，不过只是说错了对象而已。

田小雅和张瑶说话的工夫，郭金泉那边又有了新情况。

先是宋琳琳打完电话，一脸挑衅地瞪着这边的郭金泉，随后不到一分钟，郭金泉的电话就响了。

看郭金泉的态度，对方似乎也不是个好应付的主儿，不过好歹郭金泉站在售楼部的玻璃墙外哄了差不多十来分钟，才算是解决了这场麻烦，神色平静地走进了售楼部。

田小雅忽然觉得和郭金泉一个部门也还不错，至少能够了解到郭金泉以前不为她所知的一面。

不过这种悠闲的日子没有过几天，随着二号楼的交付，田小雅所在的部门又进入了忙碌期。

策划新一期的活动，联系客户，还有各种促销政策等等，一波接一波的事情让田小雅这个正在像老人过渡的新人颇有些吃不消。

大约是有一部分故意在里头，郭金泉在文案等这类磨人的工作上通常都喜欢找田小雅，还是不容拒绝的命令口吻。一个案子他又能找出各种理由百般挑剔，甚至对先前的要求反口不承认，他这样做只是为了让田小雅不停地加班加班再加班。田小雅现在别说是玩游戏了，连睡觉的时间都得被挤出来改那些已经修改了数十遍的文案。

"你到底是哪里得罪郭助理了啊？"对于田小雅的遭遇，张瑶除了同情还是同情。不过官大一级压死人，她也没有什么别的好办法来帮忙。

"不知道，大概是郭助理对我太过青睐吧。"这本来就是意料之中的折腾，田小雅倒没想过解释，也没想过去反驳。毕竟郭金泉是这个案子的负责人，他的要求在目前有着绝对的权威，而他这样一而再再而三地折腾她，目的也不过就是想看她发毛。一旦她动气

147

发火，那么他郭金泉一定能够找出一大堆部门的规章制度来压她。

虽然是刁难，但她却可以将其看成是她个人成长路上的一场修行。至少现在她修改一份甚至是重写一份文案所花的时间，已经不到以前的一半了。而且更重要的是，郭金泉能够找的茬也是越来越少。

"如果我未来真的能够在售楼这个行业发展下去，在我成功的那一天，我一定会给郭金泉送一面锦旗。"累倒在副驾上的田小雅把握着这难得的放松，对一旁开车的凤嚣开玩笑，"感谢他带给我的磨砺。"

"不错，能够这么想，你又进步了。"凤嚣看着田小雅瘦削的脸庞有些心疼，这段时间她是真的累坏了。

"明天就是二期开盘的日子，等过了这几天，我差不多就不用像眼前这样忙了。"田小雅大大地伸了个懒腰，"我和张瑶约好了，这次我们一定要加倍努力，不能让某些人给看扁了。"

"加油！"凤嚣腾出手拍了拍田小雅的肩膀，"我等着你拿了提成请我吃大餐。"

因为知道第二天一早是开盘的大日子，所以田小雅回家简单地吃了点晚饭后，就早早地睡下了。

第二天一大早提前半个小时赶到部门的田小雅还没进售楼部，便觉得今天部门的气氛有些不对。特别是在场同事看她的目光，都透着几分怪异。

那是一种混合了失望的愤怒，带着几分鄙夷和轻蔑，让田小雅的心一下沉到了谷底，到底发生了什么事情？

"小田，你到我办公室来一趟。"见到田小雅进售楼部，站在经理办公室门口和杜姐她们说话的宋经理迅速终止了谈话，冲她招了招手。

"经理，到底发生了什么事情？"田小雅一进门也顾不得其他，直接就问了她的不解。

为什么现在全部门的员工，包括之前和她关系挺不错的杜姐都用那种看仇人一样的目光看着她呢？

"你先坐下。"宋经理叹了口气，有些疲惫地抬手揉了揉眉心，"小田，就在我们旁边的'左岸华府'今天也开盘了，他们的价格比我们的不多不少，正好每平方米少了一百块，而活动力度几乎和我们完全相同，甚至连广告文案也是用了相同的创意。而且更重要的是，我们的客户资料不知道为什么会流失到了他们的售楼员手里。对我们圈中的客户，他们给出了更高的优惠条件，结果……"

"经理，您该不会怀疑是我将这些资料透露出去的吧？"宋经理的话让田小雅如遭雷击，不过很快她就反应过来，甚至不等宋经理把情况介绍完便开口道，"宋经理，您知道我刚入这一行没有多久，我在其他公司并没有任何人脉，我这样做对我有什么好处呢？"

"郭助理说，你是咱们部门唯一一个全面接触过这些资料的人。"宋经理看着田小雅，"而且，郭金泉说他曾经不止一次看到你和一个开着奥迪车的神秘人有接触。小田，现在情况对你很不利。"

"宋经理，在这个部门，除了我之外，还有一个人同样也阅读过这些资料。"

郭金泉，居然是郭金泉！

这些天，他找尽各种借口和理由，让她汇总整理客户资料，让她草拟文案，让她总结策划方案。等等，她还以为是郭金泉借此来

增加她的工作量，却不想最终的目的是为了栽赃嫁祸。

"而且，宋经理，如果我真的是这些资料的泄密人，那么我应该是想尽各种办法去主动整理这些资料才对，但事实是什么，您比我更清楚。这些都是郭助理的工作安排，而这些事情，以前并不是由我来做的。至于他说的我和那个开着奥迪车的神秘人有关系，想必您也清楚，我只是一个刚来部门不到两个月的新人，他们买通我，能得到什么呢？"

"小田，其实我也相信你在这件事情上是无辜的。"宋经理站起身走到田小雅身边，有些遗憾地拍了拍她的肩膀，"但是明枪易躲，暗箭难防，你知道我是从什么地方知道这件事情的吗？"

"是昨天晚上，从罗总的口里。"

"也就是说，在万邦的'左岸华府'还没有正式开盘之前，便已经有人将状告到了公司罗总那里。小田，你输得不算冤枉。别说是你，连我都被蒙在鼓里呢。"

"我明白了。"田小雅点了点头，话已经说到这个份上，她已经不再需要任何多余的解释了。

这一局，她是输了。

走出经理室，田小雅有些意外地看到罗玉宇不知道什么时候已经到了售楼部，见到她出来，罗玉宇犹如一只高傲的孔雀，冲她轻蔑地哼道："真是没想到，宋经理这样能干的领导麾下，也会出现像你这样吃里爬外的东西。"

田小雅暗暗攥紧了拳头，对罗玉宇目标明确的嘲讽只当是视而不见，她默默地走到了一旁收拾属于自己的东西。可偏偏罗玉宇却并不打算放过她，而是紧跟过来站在她身后说道："怎么，有脸做出那样的事情，却没脸承认吗？你知道不知道，因为你的这种行为，害得咱们售楼部这么多员工的心血都付诸东流了？"

"罗小姐，凡事都要讲证据的。"田小雅回头，看着罗玉宇，"没错，我现在是整个部门最有嫌疑的人，但是你别忘了，并不只有我一个人看过全部的资料，郭助理同样也看过。"

"而且，如果我真的有心要将公司的这些资料泄露出去，为什么从头到尾我都只是被动地接受郭助理的工作安排呢？"田小雅抬手制止了罗玉宇的咆哮，轻巧地笑道，"罗小姐，您先别着急替人辩驳。作为一个过来人，我只是想提醒你擦亮眼睛，有的人背叛可是会上瘾的。"

"你少混淆视听，可不止一个人看到你最近总是车接车送的。田小雅，自个儿做了便是做了，别想着别人都和你一样的卑鄙无耻，阴险狡诈。"

罗玉宇原本高傲的脸色先是一变，随即便又强撑着挖苦道："泉哥的为人我清楚，他是绝对不会做出这种背叛公司的事情的。而且凭他现在的身份，背叛公司对他有什么好处？"

"这我就不知道了，不过不管你信或者不信，这件事情我没有做过就是没有。如果罗小姐真的气不过，可以现在就报警。"田小雅收拾妥当，冲着罗玉宇坦然一笑。

"我不知道接送我的女朋友上下班，也会成为指责污蔑她的理由和证据。"

田小雅还没走到门口，售楼部的门却"砰"的一声被人从外面往里给推开了。凤嚣沉着脸大踏步地从外面进来，先是一脸不屑地扫了一眼站在一旁的郭金泉，随后才几步走到田小雅身边将她护到自己身后，正视还站在那里神色嚣张的罗玉宇："罗小姐，就罗氏的这几个楼盘，我凤嚣还真看不上半个！"

"田田，我们走。"不等罗玉宇反应过来，凤嚣已经拉着同样被惊在当场的田小雅往外走，没走两步他又似想起什么一般停住脚

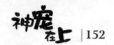

步，回头看着还愣在那里的罗玉宇，"哦，对了，罗小姐，凡事都要讲证据，如果你再在事实没有确定之前开口污蔑我的女朋友，我会让律师和你联系。"

"凤器，他居然是凤器！"直到凤器拉着田小雅走出售楼部，罗玉宇才喃喃地跌坐到一旁的位子上。

虽然她一直没有参与公司的运作，但是有关于一些企业的消息她还是清楚的。特别是这两年市内房地产业的龙头凤氏集团。还有那位逆境翻身，将自己家族已经破产的公司重新盘活，并且一跃成为国内知名集团的强势人物——凤器。

凤氏集团虽然高调，但凤器的为人却极为低调。他从来不接受媒体的采访，也很少出现在公众场合。外界关于他的消息知道的并不多，只知道他是一位年轻有为、杀伐果断的青年才俊，但是没想到，他会在这个时候，以田小雅的男朋友这种身份出现。

这实在是太荒唐和不可思议了！

那样一个高高在上的人物，怎么会看上田小雅这样一文不名的黄毛丫头？

和罗玉宇一样没法从震惊中回神的还有呆在一旁的郭金泉，原来他就是凤器。

什么时候，田小雅居然攀上了这样的一棵大树？

在震惊之后剩下的只有疯狂的妒忌和怨恨——她怎能可能会过得比他好，怎么能？！

被凤器强制带出售楼部并不由分说塞进车内的田小雅也处于一种七荤八素的状态。

她虽然和凤器相处了这么久，但是却从没有一次将他和凤氏集团联系起来。她不是不知道凤氏集团的总裁叫凤器，但是她实在不敢相信一直待在自己身边的这个凤嚣，和凤氏集团的凤嚣是同一个人！

这太……太可怕了！

"那个，凤总……"

犹豫了许久，田小雅才小心翼翼地开口，想让凤嚣停车。却不想她刚开口还没来得及说要求，便让凤嚣一回眸的杀气吓得闭上了嘴："你叫我什么？"

突如其来的急刹车让田小雅猝不及防，若不是身边的凤嚣反应快，抬手将她牢牢地拦在座位上，她非冲出去和前面的挡风玻璃来个亲密接触不可。

"我，我……"田小雅动了动嘴唇，却没胆把到了嘴边的称呼给吐出声。她怯怯地抬起头，看着一脸怒气的凤嚣："对不起，我一直都不知道你是……"

"知道又如何，不知道又如何，这有什么分别吗？"凤嚣索性将车拐到一旁的江堤上，靠边停下然后打开两边的窗户。凉爽的江风驱散了原本弥漫在两人之间的焦躁和烦闷，不仅让凤嚣冷静了许多，也让田小雅恢复了思考能力。

这区别可大了去了。田小雅心里很郁闷，面上却不敢多说，生怕让这尊好不容易平静下来的大神再度　毛："总是有所区别的吧！"她干笑了两声，顺着附和道。

要是早知道他是凤氏集团的老总，她打死也不会让他带走房门钥匙，还让他接送她上下班这么久，甚至还答应和他一起去拍婚纱照……

老天，希望他已经将那可怕的承诺给忘记了才好。

"你是不是想对我说，我们之间的身份有着天壤之别？"凤嚣却没有放弃田小雅想终止这段对话的打算，他用力扳过田小雅的

153

身体，让她和他对视，"你是不是在想，之前我和你不过是一场游戏，我是因为日子太过悠闲无聊而在你身上找乐子？"

这个虽然有些严重，但也差不离吧？至少身份那回事本来就是天壤之别好不好！

田小雅默默叹气，在发现躲避无望之后，才只得硬着头皮点了点头："那个，你想多了啦！"

"我没谈过恋爱，在你之前，一次都没有。"凤嚣松开对田小雅的钳制，他有些疲惫地靠回椅背，闭上眼缓缓地开口，"我之前也对你说过一些我小时候的事。"

"爸爸生意失败，欠了一屁股债然后自杀身亡，妈妈因受不了刺激精神失常离家出走。我都忘了我那时候是怎么活过来的。"

"我每天除了要面对上门要债人的辱骂，还要面对曾经的亲戚朋友的讥讽和嘲笑。不过时间长了，也就麻木了。而且大概你想不到，我爸爸之前的那些故交是怎样对我的。"

"田田，在我踏入商海，将我爸爸之前失去的东西重新拿回来的时候，那些我爸爸曾经的故交、知己、亲戚都来了，而那些曾经见了我就捂着鼻子往旁边跑的女孩子，也对我改变了态度。"

"这么多年，真的东西我见过，假的东西我也见过。"凤嚣转过身，看着坐在副驾上若有所思的田小雅，"我只是想找一个真正的人，一起走完人生剩下的日子。其实我并没有想过要瞒你，只是……只是我真的不想你因为我的身份而疏远我。"

看着凤嚣真诚的目光，田小雅心底一软，下意识地冲口而出："不会的，我绝对不会疏远你。"

"真的？"

"真的。"田小雅肯定地点头。

"那么，正好你现在不需要去工作了，在你重新找到新工作之前，我们去把婚纱照拍了吧？"

被折腾了一天，拍完了婚纱照的田小雅总觉得，整个事情的发展有些超乎她想象的诡异。之前明明是在说凤器的身份来着，怎么转回头就变成去拍婚纱照了呢？

"对了，你怎么知道今天售楼部里事情的？"

累得半死不活瘫在座位上被凤器开车送回家的田小雅，有气无力地开口问凤器。

想到白天不知实情的摄影师为了拍出亲密感而让她和凤器做出的那些亲昵姿势，田小雅就禁不住一阵脸红。

"秘密。"凤器有些得意地看了田小雅一眼，"等时机到了我自然会告诉你，不过现在最重要的是先送你回家。然后你什么都不要想，好好地睡一觉，休息休息。"

没有上班迟到这种事情的困扰，田小雅这一觉睡得格外香甜。

等到她被手机铃声吵醒，已经是次日的中午十二点多了。睡眼惺忪的她也没留心看是谁的来电，便按下了接听键："喂，您好。"

"小雅，你行啊，真看不出短短的时间你竟然也懂得攀高枝儿了。"

郭金泉酸溜溜的语气让田小雅瞬间睡意全无，下意识地便想挂电话不再去理会这个阴魂不散的神经病。却不想郭金泉并不打算闭嘴，而是赶在田小雅挂电话之前迅速又补充道："嘿嘿，你该不会真的以为凤器会把你这样的女人当宝吧？像他那样的男人，什么样优秀的女人没见过？会选上你也不过是因为一时新鲜罢了！嘿，我以为你是多么高洁无瑕呢，没想到也不过是个……"

"你说够了没有？"田小雅忍无可忍，她冷冷地打断了郭金泉

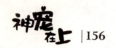

在电话那头越说越离谱的言语，"不管如何，我现在已经和你没有半毛钱的关系。不过郭金泉，人在做天在看，你会遭报应的。"

立刻挂掉了电话，田小雅再无半点睡意。

她坐在床头认真地思考了半天之后，便飞快地从床上爬起来，等到下午凤嚣开完了公司的例行会议拿出手机想联系田小雅出来吃饭时，才看到那条让他瞬间炸毛的短信——

"抱歉，我实在不知道该怎么去面对身为凤氏老总的凤嚣。我回家了，勿念。"

田小雅你个没胆的逃兵！

凤嚣一拳砸在办公桌上，扭头便对着听到动静开门查看的秘书大声吼道："给我定前往芮城的车票，马上！立刻！"

就算你逃到天涯海角，我也要把你给挖出来！

对于没有任何招呼就出现在自己面前的女儿，田爸爸和田妈妈在短暂的诧异之后便只剩下了见到女儿的狂喜，一边张罗田小雅最喜欢吃的菜肴，一边推着才下火车的她回房休息。

躺在自己熟悉的小床上，闻着棉被里暖暖的太阳的味道，田小雅心满意足地闭上了眼睛。只有在这一刻，所有的委屈、不安、焦躁，才会统统离她远去，在这里她只感受到温暖，还有一种久违的宁静。

这便是真正的属于家的味道吧！

"你还年轻，工作的事情可以慢慢来。"吃晚饭的时候，田爸爸很含蓄地安慰田小雅。虽然女儿没有明说，但是熟悉女儿性子的他也很容易就猜测出她之所以回来的原因，八成是遇到了一些事情。

"是啊，这次既然回来了，就多住一段时间再走吧。正好你表姐下个月初结婚，你等参加完她的婚礼了再走也不迟。"田妈妈一边往田小雅的碗里夹菜，一边絮絮叨叨地说，"对了，你和金泉的事情怎么样了，要是真觉得合适就别再拖了。房子的事情也不要太着急了，现在的房价这么高，要是真的等买了房再结婚，你还不成老姑娘了？"

"妈妈，我和郭金泉分手了。"田小雅犹豫了一下，还是决定将这件事情实话实说。她轻轻地放下碗筷，简单地将事情的始末跟爸妈说了一遍，只是后面发生的一系列事情她并没有让爸妈知道。

"你们别担心，我觉得现在这样也挺好的，要是真的等结了婚再发现他是这样的人，就真的什么都晚了。"

"这倒也是。唉，真是知人知面不知心，没想到他会是这样的一个人。"田妈妈叹了口气，颇有些失望，"之前金泉过来的时候，也没发现他是……算了，过去的就过去了，咱们田田的人品一定能再找到一个更合适的。"

"对对，绝对不会比那个姓郭的差！"田爸爸一想到女儿受的委屈就气不打一处来，哼了一声，"依我看啊，田田你不如就回来芮城算了，眼下咱们这里发展得也不错，凭你的阅历，在咱们本城找一份工作也不难。最主要的是你能在我们身边，看着你好好的，我和你妈也能放心。"

田小雅正要开口，却听到门铃在这个时候响了起来。

"这时候了会是谁呀？"田妈妈有些奇怪地放下碗筷，一边自言自语一边走过去开门，却被站在门口提着大包小包的凤器吓了一跳。

"请问，你找谁？"

"阿姨您好，我找田小雅。"凤器笑眯眯地冲田妈妈点了点头，也不等她再说什么便拎着东西进了门。顾不上换鞋，他先是礼

貌地对闻声出来的田爸爸问了好，才对缩在田爸爸身后、嘴角抽搐、不敢抬头的田小雅亲热地招呼道："田田，你回来的时候也不跟我说一声，害得我好找。"

"你，你怎么知道我家地址的？"田小雅如同被逮到的偷吃榛果的松鼠，指着换了拖鞋一步步走过来的凤器有些心虚地说。

这人怎么对她的事情知道的那么清楚明白？！

"是你的室友告诉我的。"凤器有些委屈地看着田小雅，"我去找你，结果铁将军把门，正好罗晓潇从外地出差回来，所以我才能知道你老家的地址呀！"

"田田，人家这么远过来你好歹也先给人倒杯水嘛。"

虽然不知道自己女儿和这个从未见过的男人之间有什么关系，不过只看凤器的举止言行，田妈妈便首先给了一个不错的印象分——至少在长相上，比那个郭金泉要强多了。

而且态度也温和有礼，比起郭金泉每次过来的矜持疏离的态度要更让人觉得亲切一些。

"你吃晚饭了吗？"如今人来都来了，也不能不管不顾地把他往外轰，所以田小雅也只得耐着性子尽地主之谊。首先给他倒了一杯茶之后，又开始关心他的温饱问题。

"我一下车就先赶过来找你了。"凤器回答得很老实，言下之意便是什么都没吃。

"那我带你出去吃吧。"虽然晚餐田妈妈准备得很丰盛，不过现在都已经吃到尾声了，拿这些吃剩下的饭菜招待堂堂凤氏的总裁，想想田小雅就觉得她会出门遭雷劈。

"不用了，我瞧着你们不是还没吃完嘛，就在家里吃一点好了。"凤器却只是摆摆手，也不等田小雅再说什么，便起身走到了餐桌边坐下，末了还不忘用那田小雅无论何时都没法拒绝的真诚目光将她再次秒杀，"我不挑食，你知道的。"

吃完饭躲进厨房刷碗的田小雅听着客厅内时不时传过来的笑声相当的憋屈。她真的好想冲出去问问自己被凤器哄得缴械投降的爸妈，如果让他们知道眼前这位是家产不知道多少个亿的集团公司老总，他们还能不能用这种坦然的态度去面对他！

至少她目前是做不到的。

突然田小雅有些忍不住想鄙视自己，在这方面，她其实就是一个大大的俗人，同时也是一个胆小鬼。

毫无疑问她是喜欢凤器的。在知道他身份之前，她便已经喜欢上他了。但是无论是之前还是现在，她都没有勇气去承认，去面对。

虽然一直都说着不在乎，可是她心里却很清楚郭金泉对她的伤害有多大。

"我来吧。"不知道什么时候，凤器已经进了厨房，并且没有等田小雅反应过来便已经将她从水池旁边挤开，挽起袖子开始洗剩下的盘子。

"不行，你这……"田小雅被凤器的举动吓了一跳，慌忙要上前来抢碗筷，却被凤器很坚决地给避开了。

"在家里是没有总裁和平民之分的。"他意有所指地回头看了一眼田小雅，便又回头继续忙着手里的活。直到他将碗筷全部洗净放好，又将水池和厨房操作台上的水渍清理干净，才走到站在一旁的田小雅身后开始帮她解围裙："我能够将公司发展到现在这个规模，没有别的什么秘诀，唯有一点，那就是认准了目标便决不放弃，直到成功为止。"

"田田，我知道你的顾虑，所以我并不着急让你马上就作决定。"凤器将围裙挂到门背后的衣帽钩上，极其自然地握住了田小

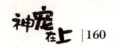

雅有些冰凉的手，将他手心的温暖慢慢传递过去，"我会继续努力，直到你完全放心接受我的那一刻。"

晚上和田小雅睡在一个房间的田妈妈很自然地做起了凤翯的说客："依妈说，凤翯这孩子挺好的。"

"你们年轻人的事儿，妈妈本来也不想多问多管，不过你现在既然已经和郭金泉分手了，那为什么不能试着和凤翯那孩子处一处呢？"田妈妈认为田小雅不答应是因为她还对曾经的男友郭金泉存有念想，叹了口气便又继续说道，"有一就有二，妈知道你和郭金泉处的时间长，就算是没感情也处出感情了，这突然出了那样的事情，你接受不了也在情理之中。"

"可田田啊，就算是郭金泉的做法伤害了你，就算是你对他还有感情，可是事情既然已经到了这个地步，回不了头了！你们还没有结婚他就能干出这样不忠的事情来，那结婚之后呢？有了这样的一次遭遇，就像是破了的镜子，无论再怎么黏合，都少不了中间的那条裂痕。"

"人哪，得往前看。你一口一个不适合，不去处处怎么知道？"田妈妈戳了戳身边裹成茧子一样的田小雅，"别傻了，没了他郭金泉，难不成你还嫁不出去了？"

"妈，你不知道，我和他是真的不适合。"被田妈妈戳得没法，田小雅只得从被子里探出头，有些无奈地对妈妈说："他是那里一家知名房地产公司的老总，您觉得他这样的身份，跟我在一起真的合适吗？"

第九章
一不小心上贼船

屋内顿时静了下来。

田爸爸和田妈妈都是工薪阶层，在芮城这样的二线城市生活了一辈子，虽然在经济条件上比上不足，但也算是平顺安乐。

对女儿的未来，他们一直的想法便是找一个门当户对的对象，然后像他们一样，平安顺心一辈子就挺好了。可在经过了田小雅和郭金泉的分手风波之后，突然蹦出凤器这样一尾大鱼，这让田妈妈多少有些吃不消。

她沉默了好一会儿，才再开口，语调已平静了许多："那你自己是怎么看的呢？"

"我自己？"田小雅一愣，有些不明白田妈妈问这话的意思。

"是啊，你自己。"田妈妈嗯了一声，继续说道，"如果没有这些身份还有地位的干扰，只是你和凤器两个人之间，你是不是喜欢他，是不是愿意和他在一起？"

田小雅没吭声。其实田妈妈说的这个问题，她也想过。她甚至在回家的路上还曾这样假设过：如果凤器的身上没有笼罩那样耀眼夺目的光环，而只是一个相对出色的成功者，她或许会通过自己的努力，最终拉近与他的距离，然后在一起也不是不可能。

161

　　但是现在，凤嚣和她就像是一个世界的两个极端，天花板和地板是不可能相交的。

　　这就是现实。就算她想和凤嚣在一起，又有什么用呢？

　　"如果你只是因为担心外在的因素而去拒绝他，那并不能说明你很理智，只能说明你很胆小。"田妈妈见田小雅不说话，又继续开口道，"很多事情，看起来很复杂，其实很简单。没有去试过，又怎么知道不行呢？"

　　"你考虑的，只是外部环境所显示的矛盾和不融合，也正因为是这些浮在表面的困难，让你忽视了你内心真实的想法。"田妈妈翻了个身，将躺在她身边的女儿揽入怀里，"其实妈妈今天说这些话，并不是鼓励你去和凤嚣怎么样，而是希望你能凭你自己的内心想法，去作出选择。至少等你到了妈妈这个年纪的时候，不会因为你现在的选择而感到遗憾。"

　　"其实妈妈和你爸爸结婚的时候，也不是一帆风顺的。"田妈妈说到这里也不自觉地打开了话匣子，"那时候妈妈家里的环境并不太好，你爷爷和你奶奶都是在岗职工，而你知道的，姥姥和姥爷却是地地道道的庄稼人。所以你爷爷奶奶那时候并不同意，而你姥姥也没少劝我，说家里条件不好，妈妈嫁过去啊一定会受委屈。"

　　"可最后妈妈想啊，妈妈嫁过来是和你爸爸过日子，别人说什么，怎么看，那都是别人的事情。"田妈妈见女儿听得认真，笑了笑，"好啦，睡觉吧。"

　　"我见过凤嚣的妈妈了。"田小雅往妈妈怀里拱了拱，找了个舒服的姿势才低声嘀咕，"其实和妈妈相比，我觉得真是幸福多了。至少我不用面对反对我进门的婆婆，我还有一个一直站在我身后支持我的妈妈。"

　　"你明天就带凤嚣四处走一走，咱们芮城虽然不大，却还有几处古迹能够逛一逛的。"田妈妈摸了摸女儿的头，抬手关了床头灯，"无论怎么样，来者总是客人。"

第二天一大早，田小雅带着凤嚣去的第一站却不是什么名胜古迹，而是商场。

凤嚣过来虽然给田爸爸和田妈妈带了一堆乱七八糟的礼物，却没有带半件换洗的衣服。更要命的是，在凤嚣到的当天晚上便下了一场雨，降温的速度是挡也挡不住。

庆幸的是凤嚣和田爸爸的身量差不多，但是外套虽然能够将就，可衬衫不能穿爸爸的呀。

田小雅沉着脸快步走在前面，后面则跟着笑嘻嘻赔不是的凤嚣："我收到你的短信，没回家就让张秘书买了票，直接从公司赶过来了。"

"我是回家看父母，又不是畏罪潜逃。"要说凤嚣的这番话田小雅不感动那是假的，但一想到这家伙的身份，田小雅又情不自禁地想退缩。

其实这话田小雅说出口还真有些心虚，她还真的有从此就留在家乡不再离开的想法。

"但我担心你回来了，就留下再不走了。"凤嚣并不相信田小雅的话，比起田小雅的步步退缩，他要显得勇敢得多，"田田，不要躲着我。"

"凤嚣，我们，我们不可能的。"田小雅犹豫了片刻，一咬牙止住脚步，猛然回头看着跟在她身后的凤嚣，似乎下了决定一般开口道，"我……"

"我们结婚吧。"凤嚣不等田小雅的解释说出口，便抬手一把拽住了她的胳膊，"我知道你在担心什么，你害怕我和郭金泉一样，不过是一场游戏，那么我现在就认真给你看，我们现在就去登记办手续。"

"你，你疯了！"田小雅瞪大双眼。她丝毫没料到凤嚣会在这个时候提出这样的要求，而且更要命的是，他居然已经拦下了出租车把她往车上塞，"这种事情，这种事情你怎么能这样草率？！"

"我没有草率，我想办这件事情已经不是一天两天了。"凤嚣不由分说，跟着上车坐到田小雅身边。"既然你一直不愿意相信我是认真的，那么我们现在就去将你最担心的事情给办了。师傅，去民政局！"

"凤嚣，这，这不行的！"田小雅急了，却不想凤嚣将她拽得死死的，她怎么也挣脱不掉，"有什么不行的？你这样反对，难道是你在要我？"

"我，我没有。"田小雅一时也不知道该说什么来劝凤嚣终止这样荒唐的念头，她真是急得快要哭了，"我没有耍你，我也是真的……"惊觉说错话的田小雅迅速将嘴巴闭成了河蚌，扭头去看窗外想躲开被凤嚣逼视的尴尬。

"真的什么？"凤嚣按捺不住内心的狂喜，好不容易要得到一个结果，他如何会放任田小雅这样逃避？

"你听错了！"田小雅小声地哼哼，用力扒着车门不愿意转身去看凤嚣。

"两位，民政局到了。"好在司机大叔在这个时候拯救了快要被逼上南墙的田小雅，"一共是五块钱。"

"给钱。"凤嚣推还坐在那里装死不动的田小雅。

田小雅扭头，看外星人一般地瞪着凤嚣。这人刚刚那样豪气地拦下出租车，竟然没钱付车费？！

"我身上没现金。"凤嚣摊手，"出租车好像不能刷卡吧。"

"没钱你结什么婚啊？！"好不容易让田小雅找到了拒绝的理由，"要知道在民政局登记结婚也是需要手续费的，那里也不能刷卡。"

"你不是带着钱呢吗？"凤嚣一脸无赖，拖着田小雅就往办证大厅走，"大不了我回去还给你。"

"……"田小雅死死地按住钱包，头摇得像拨浪鼓，"不行，这种事情我坚决不能同意！"

"那我就打电话给你妈妈，让她送钱过来。"凤嚣索性将无赖进行到底，"我和她说我们婚纱照都拍了，酒席都定了，然后你逃婚了！"

"……"田小雅瞠目结舌，"那，那分明是你……"

凤嚣你混蛋！那婚纱照分明是你说要拍了安慰你妈妈用的！

"是我什么？你答应了我妈妈要和我结婚，然后我们去拍的婚纱照，你别忘了你连我们凤家儿媳妇儿的信物都收了！"凤嚣扯着田小雅，一副受骗男青年的模样脸上写满了控诉，"田田，你不能这么对我。"

"但是，但是你明明说那对手镯……"众目睽睽之下，田小雅只觉得百口莫辩。分明那时候凤嚣说那手镯不是之前凤妈妈所珍藏的那一对儿，而是凤嚣后来买来的。

"没错，那是不是我妈妈之前拥有的那一对儿，但也是珍品。"凤嚣得意得地扬眉，如同偷腥成功的猫，"市价的话卖个千八百万没问题。"

"那你去告我骗婚吧！"田小雅索性也豁出去了，这家伙根本就是比郭金泉还要无良一百倍！

"我只想和你结婚而已。"凤嚣握着田小雅的手，低声哄她，"田田，为什么你就不愿意相信我，给我一次机会呢？"

无论是先结婚后恋爱，还是先恋爱后结婚，都是为了未来的生活。

田小雅直到最终办完了手续，拿到了那个象征她和凤嚣此时身份的红本本，她还是没想明白自己究竟为什么会点头。

最郁闷的是手续费还是她出的，甚至还有回家的出租车费用。

"咦，你们不是去买衣服了吗？"见到一前一后进门的田小雅和凤嚣，田妈妈有些奇怪，"怎么空着手就回来了？难道是没有合适的？"

一般像凤嚣这样的人穿衣服都会很挑的，这田妈妈也知道，不过眼下条件有限，而且再怎么着也比他现在身上穿着的这件半旧的衣服好吧。这可是田爸爸穿过的旧外套，而且也不是什么知名的好牌子。

"妈，我们去办了更重要的事情。"与田小雅的垂头丧气相比，心愿达成的凤嚣则显得要高兴得多，而且这一声妈叫得也是顺畅自然得很，让坐在一旁在换鞋的田小雅手一抖，拿在手里的拖鞋又掉到了地上。

"妈？"田妈妈被这个称呼吓了一跳，忙低头去看坐在矮凳上抱着脑袋不愿抬头的田小雅，一看这状况她也猜到了个大概，不觉一时也失了方寸。昨天还在纠结犹豫呢，今天便直接给了结果，这速度是不是也太快了点？

"我和田田拿证了。"凤嚣像献宝一样，将才拿到手的红本本递给田妈妈看。

"凤嚣，你跟我来。"为了女儿，田妈妈此时也顾不得对方是什么身份了。既然已经领了证，凤嚣叫她一声妈，她便有这个资格和他好好谈一谈。

田小雅原本想跟上，却被田妈妈拦在了房门口："你在客厅等你爸爸回来，我有些话想单独对凤噐说。"

　　田家的房子在芮城的环城河边，站在七楼阳台上，能够清晰地看到底下清澈的河水蜿蜒流淌。田妈妈站在阳台边盯着底下的河水沉默了许久，才开口道："我就田田这一个女儿。"

　　"我会好好照顾她的。"凤噐的回答很肯定，也很真诚，"其实我也不愿意用这个方法，但是田田并不相信我。"

　　田妈妈张了张嘴，却最终什么都没有说。毕竟凤噐的身价摆在那里，有什么比他自己主动要求结婚这样更显得有诚意的呢？

　　突然面对呈到面前的红本本，田爸爸的反应比田妈妈就显得要冷静得多，甚至在愣了半分钟之后，他还能开口说出恭喜和祝福的话来。

　　对于一脸忧心忡忡的田妈妈，田爸爸有着他的理解和看法："孩子大了，凡事都有他们自己的想法。何况，要是咱们田田真的一点都不愿意，会去领证？再说，这结婚证一旦领了可就算是法定夫妻了，你说他堂堂一个房地产公司的老总，要什么没有，非要和咱们田田结婚？"

　　不管如何，凤噐和田小雅都算是领证了，所以最终在凤噐的提议下，一家人决定出去吃饭。

　　"今天这顿饭，我和你妈妈请。"出门之前，田爸爸很认真地拉过凤噐，"不管你是怎么打算的，如今你终究还是喊了我一声爸爸。"

　　不仅是请吃饭，田爸爸和田妈妈还给田小雅他们俩准备了红包。在最初的不适应缓和之后，一家人也都很坦然地接受了这种转变。

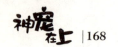

相比较田小雅，田爸爸和田妈妈更看重凤嚣给他们的第一印象。毕竟老总什么的只是一个概念，离他们还是太远，他们所看到的是一个做得一手好菜，举止温和有礼，对田小雅也是照顾有加的年轻人。

"至少郭金泉就不会做饭！"田妈妈在厨房和帮忙打下手的田小雅咬耳朵，"而且，你新的表姐夫也不会做饭！"

"我不贪吃。"田小雅有些无奈。老人们看问题的角度有时候很客观，有时候又显得单纯可爱。

"可是你要想啊，像郭金泉那样的普通工薪阶层的人都不会做饭呢，凤嚣还是一个老总呢。"田妈妈回头敲了田小雅一下，"有时候看人看的是细节。"

"对了，您说表姐下个礼拜就结婚了，怎么之前我和她通电话她没提这事儿啊？"田小雅不自觉地想到了那个和她一直有联系的表姐。结婚这么大的事情，竟然都不跟她打声招呼。

"你舅妈的性子你又不是不知道，你表姐和你表姐夫工作都忙得很，原本打算简单办一下算了，可是你舅妈不愿意。"田妈妈叹了口气，"为这事儿她和你表姐不知道争了多少次，才算是把日子给定下来了。我想你表姐大概是想着你工作忙，就没通知你。"

"表姐夫是干吗的？"田小雅开始在心里盘算那天该送什么礼物给表姐。

"之前和你表姐一起在南方打拼的时候认识的，去年和你表姐一起回来在高新区那边开了一间家具店，生意也算不错。你表姐本想着先把店铺经营好了再摆酒席也不迟，可你舅妈就是等不得。"田妈妈摇头，"非说领证归领证，只有摆了酒席才算是结婚呢！"

"对了，这次见着你舅妈别和她顶嘴，她也就是嘴巴碎一些，到底也是你舅妈，没恶意的。"见田小雅择完菜要往外走，田妈妈又不放心地追在后面嘱咐了一句。

"知道啦。"田小雅几乎是逃着奔回了客厅，正好和从外面回来的田爸爸和凤器撞了个正着，"你们这是干吗去了？"

"我和爸爸打算明天去钓鱼。"凤器扬了扬手里新买的渔具，对田小雅说，"你要不要一起去，只当是踏青散心嘛。"

"我和妈妈商量明天去给表姐买礼物。"田小雅皱眉，想到到现在送给表姐的礼物还没有半分头绪就觉得伤脑筋，轻不能轻重不能重的最麻烦了。

"你看看你表姐平时喜欢什么嘛。"田小雅表姐结婚的消息凤器也知道，见她为了礼物的事情伤神便过来帮忙参考，"比如首饰啊什么的。"

"送什么礼物，还不如送礼金呢。"田爸爸听了女儿的为难倒是很直接，"你表姐现在开店，送钱比送什么都实在。"

田爸爸没有明说，可他话里的意思田小雅还是品出了几分——以你舅妈的脾气，也唯有送钱能够堵住她的抱怨了。

对于大舅一家，田爸爸并不太亲近。不光是田爸爸，这些年田妈妈也很少过去走动。虽然都在一个城市里，可两家之间却只维持着最基本的客气。

大舅因为早先贩卖粮油赚了点钱，这些年在他和舅妈的努力下，生意也算是越做越大，日子也是越过越好。大约是生意做久了，舅妈便显得越来越市侩。她对家里的这些亲戚嫌弃和轻视的成分越来越重，特别是对舅舅的这几个弟妹，更是处处挑剔。因为相比较舅妈的娘家那边，这边的几家经济条件都只能算是一般。

"其实我记得小时候，舅妈对我还是挺好的。"说起这段往事，田小雅很是感慨，"只是时间长了，很多东西都会慢慢改变的。"

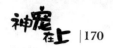

"可是我看咱们爸妈这么多年不也一点没变嘛。"每当田小雅有这样带着几分伤感的感慨时，凤嚣就会不动声色地拿正能量来开导她，最有用的就是摆在他们身边的例子——结婚几十年依旧恩爱如初的田爸爸和田妈妈。

想着田妈妈的生日也在这个月，和凤嚣商量了一下之后，田小雅决定送妈妈一条项链。这个决定得到了田爸爸的认可，他很认真地对田妈妈表示，如果女儿买项链的话，他就去买耳环。

最终还是凤嚣很认真地插进来提议，如果田爸爸真的要凑份子，还是买戒指吧。

当一家人簇拥着田妈妈走进首饰店时，却没想到会撞见同样来选购首饰的舅妈和表姐一行人。

见到田小雅，表姐显然很高兴，在得知她是回来参加她婚礼的时候，表姐显然有些不好意思："我原本想着你工作忙，想等今年过年回来再拉你聚一聚的。"

"你的终身大事，我再忙也得赶回来啊。"田小雅笑眯眯地瞟了一眼站在表姐身后文质彬彬的男子，压着声音对表姐问道，"表姐夫？"

和田小雅她们姐妹的亲切有区别的，还是舅妈见到田妈妈之后的态度。

这里算是芮城比较知名的首饰店，得知他们过来也是为了买首饰的时候，舅妈不自觉便表现出了她的优越感："唉，现在的金价上涨，怎么你们会想着在这个时候来买首饰？"

"田田，你来看看这条项链怎么样？"一家人此时正专心在挑选首饰的，大约就只有凤嚣了。

他现在所在的柜台离田小雅等人所在的位置有一定距离，所以不得已只能抬高声音喊了她一声："而且是项链、耳环和手镯的套件，我觉得挺不错的。"

"先生您的眼光真好，这是我们店的招牌产品，整个芮城也就只有这一套呢，是很难得的限量版。"在一旁负责介绍的营业员见凤嚣感兴趣，忙在一旁抓紧机会介绍，"您看这完全是纯手工制作，花样也是典雅大气，无论是送给太太还是母亲都是很合适的。"

"是挺好看的。"

田小雅过来瞧了一眼外观，无可挑剔，可是价格自然也是让人无法直视。田小雅正准备开口提价格问题时，凤嚣已经冲着一旁的营业员点了点头："开票吧！"

"但是……"田小雅扫了一眼底下的价码牌，尾数那一排零让她有些发晕，这价格实在是太高了啊！

"你刚刚才说挺好看的。"凤嚣拍了拍田小雅的手，接过营业员递上的单据，起身付账去了。

"田田，这太贵了。"随后赶过来的田妈妈也被这套首饰的价格给吓到了。这，这一套下来要十多万呢！

"您觉得我拦得住他吗？"田小雅扶额道。她当然知道这套首饰的价格，但凤嚣压根就没打算给她说话的机会。

不过话又说回来了，女婿买礼物给丈母娘，不是理所当然的吗？

"你是故意的对不对？"回家的路上，田小雅扯着凤嚣走在前面跟他咬耳朵。

他刚刚一定没看到舅妈的表情，可是精彩极了。

"只是顺便，难道你不觉得那套首饰妈妈戴着很好看吗？"对此凤嚣坚决不承认，他看着田小雅，眨了眨眼睛。

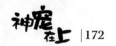

田小雅嘴角抽了抽，你真的认为这套首饰我妈妈她会戴吗？！

凤嚣到底不能陪田小雅留下来太长时间，还没等到表姐结婚，他便因为公司有事而先赶回去了。

因为有之前在首饰店的震撼，这次婚礼舅妈倒没敢再过来在田妈妈面前多说什么。田小雅最终还是给表姐送了一套曾经表姐很喜欢的动漫手册。

表姐收到礼物的时候愣了许久，最后什么都没说，紧紧地抱了抱田小雅。

那是曾经她们还在学生时代一起翻来覆去看过无数遍的动漫。漫长的暑假，她们曾经那样亲密地窝在简陋的房间内，跟着动漫故事里的人物心情起伏。而现在她们却再也无法回到过去那样简单纯粹的日子了。

田小雅回去的时候，表姐不顾店里繁忙的生意，特意赶来送她。

"那件事情，我一直想对你说抱歉。"表姐在站台上送她，看着田小雅欲言又止。

那时候她和表姐一起努力备战高考，在那样决定每个人命运的时刻，表姐却分心了，和理科班一个男孩子的关系越来越不一般。

而那天晚自习课上，表姐在翻看信件的时候，正好碰到班主任来检查，一时慌张之下，表姐将信藏进了和她是同桌的田小雅的抽屉里。

可想而知，在那时候被检查出抽屉里有那样缠绵悱恻的情书，田小雅的下场有多惨。可偏偏表姐却没胆子在那时候站出来，表明那封情书其实是她的。

田小雅从重点班被调到了普通班，还被当作反面典型通报高三全年级。而两姐妹原本亲密的感情，也因为这一场插曲而就此生出了嫌隙。

虽然后来两人也一直有联系，却再也回不到曾经那般亲密无间了。

"都过去了。"田小雅笑了笑。都说世事弄人果然是没错，那一场风波之后，原本成绩比她好的表姐大约是因为心理压力的缘故，高考发挥失常，只去了一个二本大学。而她却因为压力的刺激，反而超常发挥，进了之前想都不敢想的重点大学。

那时候，她也曾对表姐恨得牙根痒痒，认为都是她的缘故让自己在高三的后几个月抬不起头来。但现在想来，当时若不是因为这件事的激励，自己也未必能够有今天的成绩。

或许，田小雅也就遇不到郭金泉，那么就更见不到凤嚣了。

有时候人的命运就是如此，兜兜转转之间，也许会重逢，也许等待的却会错过。唯一能做的，便是珍惜。

一早来火车站接她的除了凤嚣之外，居然还有许久不见的罗晓潇。

见到她下火车，罗晓潇首先扑过来给了她一个大大的拥抱，然后便是对郭金泉毫不留情地痛骂："那个死人渣，以后最好别让我碰见他！"

"你现在打算怎么办？"回到住所，等田小雅休息停当，罗晓潇才挪过来和田小雅一起挤在床上讨论问题。

现在田小雅没了工作，而如果要在现在的城市生存，没有工作是绝对撑不住的。而因为这些天郭金泉和罗玉宇把田小雅出卖原公司的资料而被开除的消息也传遍了不少知名的售楼部，更是让她现在去找工作变得难上加难。

"我也不知道，不过我想郭金泉他们就算再厉害，也不能够一

手遮天吧？"田小雅叹气。虽然她对郭金泉这样倒打一耙、贼喊捉贼的行为极其鄙视和愤怒，却也没有放弃眼前想通过自己的努力重获工作的打算。

"与其重新找工作，我觉得你完全可以自己开一个售楼公司嘛！"对此，凤器却有着完全不同的提议。

在他看来，打工永远是打工，最多只能学习和积累一部分经验，但是要想真正地成长，还是得靠自己去把握全盘。

但是面对凤器的提议，田小雅却有她的顾虑。一来是自己确实没有任何经验，而更重要的还是资金问题。就算是再小的售楼公司，启动资金也需要几十万。

还有房源，像这样新开张的售楼公司，唯一能够接到的便是尾盘。也就是在楼盘卖到最后还会剩下一些户型不够好，或者是有各种瑕疵而滞销卖不出去的房子，一起打包委托给他们。要么就是走提成，要么就是安排底价，你能够卖多少，中间的差价便是赚头。

这种尾盘生意也存在很大的风险，首先是一大笔保证金，其次还有房子卖不出去所带来的压力。

"启动资金你不用担心，我来投资。至于房源，凤氏在城东的楼盘还剩下十来套房子，如果你能够运作得当，可以保证最初几个月的支出不成问题。至于之后，等掌握了一定经验和底气，你完全可以再独立出去接楼盘。"凤器很认真地对田小雅分析这件事情实施的可能性，"至于人手，你如果愿决定开始，那么我想我应该能够帮你想想办法。"

田小雅没想到的是，凤器帮她想的办法竟然是挖了罗氏的墙脚。

看着坐在自己面前满面笑容的宋经理，田小雅有些恍惚，不过很快她又想到了一件事情扭头问凤嚣："之前你知道售楼部的事情，难道是因为宋经理告诉你的？"

"宋经理是我一直看重的人才，只是之前他不愿意进入凤氏已经成型的售楼团队，所以一直以来我们也只是朋友关系，而没有实质性地合作。"凤嚣笑着给田小雅解释。

每个人都会有脾气，特别是像宋经理这样，确实有着过人能力的人才，更是有着旁人不能理解的高傲和固执。其实在郭金泉还没有到售楼部时，宋经理便已经动了离开罗氏的心思，原因无他，而是因为罗氏高层的言而无信。

这也是房地产公司下属售楼部面临的一个共同问题——奖金提成普遍比独立的售楼公司低，更重要的是，这份提成有时候还会拖付甚至拒付。

房子卖好了是理所当然，房子卖差了则是他们无能，扣奖金什么的也就成了家常便饭。但是房子卖成什么样算是好，却一直没有一个明确的数据支撑，凭的不过是高层兴致起落的一句话。

而且最让宋经理无法忍受的，还是罗氏高层对售楼部需求的漠视和敷衍。

交房时间一拖再拖，小区内的设施，在业主还未入住便已出现了坏损的情况。

这种责任在开发商但却不被开发商所重视的细节问题，往往是导致客户流失离开的重要因素。

就在宋经理越来越心灰意冷的时候，罗氏高层又派来了个郭金泉。也许是因为高层看出了宋经理的想法，所以对郭金泉的重用大有架空他的意思。而前段时间又发生了资料外泄的事情，在郭金泉的指责下，高层几乎是连调查都没有进行，便问责宋经理，并且开除了田小雅。

"好歹在这一行我混了不短的时间了，自然有办法查出这件事情背后的真相。"宋经理冷哼了一声，在身前桌子上的烟灰缸里掐灭了烟蒂，才扭头从随身携带的公文包里翻出了一沓资料递给田小雅，"不过是郭金泉为了赚钱，将资料卖给了万邦，却又借着你和他的矛盾而将一切栽赃到了你身上。"

"我猜到了。"田小雅接过宋经理递上来的文件，却没有打开来看的意思，"其实那天从他和宋琳琳的关系，我就猜测他可能和宋琳琳背后的那个人有关系，但是我却没想到他会沾上万邦的关系。"

罗氏有意让郭金泉取宋经理而代之，但宋经理终究是比郭金泉在这一行待得久，所以赶在他安插新人取代旧人、玩转整个售楼部之前，抢先给自己和自己的团队找到了新的安身之所。

当然，凤嚣开的条件也是相当高，要不然宋经理也不会那么干脆果断地点头同意。

对于任何一个靠售楼为生的置业顾问来说，他们最关心的永远不是底薪而是提成。眼前成立的这个新公司虽然和凤氏集团有着千丝万缕的联系，却并不隶属于凤氏集团。所以既有强大的财力以及资源靠山，又有绝对的自主权。这大概才是真正吸引宋经理过来的地方。

退可守，进可攻，相比较之前的没有选择，这种有挑战的工作才是他真正想要的。

"凤氏的这个楼盘，一共还剩下二十三套房子没有卖出。"凤氏尾盘负责接待他们的是售楼部的经理叶小姐。面对田小雅，她的态度礼貌而诚恳，不仅全程陪他们看房，还对他们进行了详细的说明和解释。

"虽然我们要去下一个楼盘，但我们毕竟是凤氏的员工，必须对我们的公司负责。"叶小姐交代完一切，笑着和田小雅握手告别，"祝你们成功。"

"宋经理，您怎么看？"坐在虽然已经空置下来但依旧陈设得井井有条的售楼部，田小雅习惯性地征询宋经理的意见。

"你说呢？"宋经理并不着急搭腔，而是反过来问田小雅，"要知道，你现在才是公司的老板，这个项目的负责人！"

"这二十三套房子，有三套是因为楼层问题，还有六套是因为面积过大，嗯，还有两套是因为朝向通风方面存在瑕疵……这几套应该属于这一批房源中比较好出手的。"田小雅打开随身携带用于记录的笔记本，和宋经理分析着她刚刚一趟跑下来得到的结果，"剩下的十二套才是硬骨头。因为电梯井等公共设施的缘故，让这些房子内部结构多半是畸形的。谁都希望有一个工工整整看起来干净又妥帖的客厅，而不是像现在这样，要么凹进去要么凸出来的多边形状态。"

"没错，最让我们头疼的，就是这类的房子。"宋经理点头，"可偏偏每个小区，特别是高层小区都会或多或少的有这样的房子存在。一般情况下大家都是采用降价还有送面积等方式出手，可是效果一直都不是太好。"

"凤氏在这几套房子上，给我们的让利不低，这应该算是我们的一个优势。"田小雅听到降价和送面积的传统做法，对比了一下利润点，要做其实也是能实施的。但是宋经理也说了，这种方式其实见效也不算大。

要说真的能够买得起房子的都不会在乎这一点让利，花差不多的价格，却买一套内部结构畸形的房子，谁心里都不会愿意。

但是要说别的办法……

每个售楼公司都遇到过这样处在各大小区内的特例房子，都没有什么特别能够见效的好办法，大半都是想着剩下的保本卖，甚至最后有时候都是卖给了公司内部的员工作为半福利房……

对了，特例！

田小雅突然脑中灵光一闪，止住了脚步回头看着宋经理说："既然这种房子在每个小区内都属于特例，那我们能不能变废为宝？"

"变废为宝？"宋经理一愣，随即便也被田小雅勾起了兴趣，"说下去！"

"您想，咱们现在所接的这个小区，大约有数千套房子，但是像眼前这样存在内部结构畸形的却不超过三十套。足够与众不同吧？现在的买房者，应该说这些房子的最终使用者，大半是年轻人。追求个性是很多年轻人的本能，如果我们能够在个性和特立独行方面做文章，应该能有意想不到的效果。"

"这些房子面对的最大的问题，其实还是购房之后的设计和装修，咱们要是能够把这个替客户想在前面，给他们提供出让他们满意或者是眼前一亮的设计方案，我想这些房子的售出应该不成问题。"

"但是小田，你想过没有这些房子要想全部设计出装修方案，得需要多少资金？"宋经理虽然也认为田小雅的这个想法不错，但是他更担心的是资金问题。

装修公司的设计方案，可是要花银子的。而为了吸引客户，一套房子绝对不可能只提供一个装修方案，那么算下来，十二套房子哪怕一套按最少的两套方案来算，也是一笔不小的支出。

除非有办法能够解决这个难题，田小雅的这个提议才有施行的基础和可能，不然一切都只是空谈。

第十章
渐渐地爱上你

　　"我有一个高中同学，目前正留校当讲师。如果我们能够以这个为命题，来一场针对相关专业大学生的设计比赛，是不是能够节省一部分成本呢？"田小雅想了想，很快就给出了一个提议，"而且在我看来，虽然大学生的设计在很多地方并不一定成熟，但是他们敢创新，在某些方面反倒能够给人意想不到的惊喜。"

　　"这倒是个不错的主意。"宋经理沉吟了片刻，盘算了一下实施的可能性，便很痛快地对这个提议表示了赞成，"这样，你去联系一下你的那个同学，我和老金他们做一下预算，看看这个成本控制在多少更适合整体的运作。"

　　田小雅的这个办法取得了意想不到的成功。原本处于滞销状态的房子一时间成了香饽饽，不仅没有降价销售，反而还以比小区其他房子高出一些的价格被一抢而空。

　　与此同时，他们的这个比赛设计给了即将进入社区或是正在学习中的大学生一个非常不错的锻炼机会。他们和学校达成了长期合作的意向，算是一个意外的收获。

　　"哎呀，这么算起来我倒是亏了。"凤嚣拿着田小雅递给他的

楼盘销售情况统计表，有些夸张地哀叹，"田总，这下你要请客吃饭了吧？"

"成，你说去哪里吃吧，我随你就是了。"凤嚣的一声田总让田小雅脸色微微一红，却也没有拒绝凤嚣的要求。

"听说你因为这次销售的成功，又接了两个尾盘？"凤嚣站起身给田小雅倒了杯水。虽然这段时间他从来没有直接问田小雅公司的运作情况，但是有宋经理在，她的一切努力宋经理都看在眼里。

就像宋经理所说的，田小雅就像是一块璞玉，在磨砺中逐渐露出她璀璨夺目的光芒。当没有那些条条框框限制的时候，她的思维活跃得让人惊叹，总是能够给出一些让人意料之外的建议。而偏偏是这些建议，让之前一直困扰着大家的难题迎刃而解。

"嗯，宋经理的关系网很广，在咱们销售这个楼盘的时候，他已经联系了几家尾盘。就我们公司现在的规模来说，接尾盘的话，经济压力相对来说小一些。"经过这一段时间的磨砺，田小雅在说话处事上明显要比以前成熟了许多，也自信了许多。

"有没有兴趣接一单大的？"凤嚣过来拉着田小雅到一旁的沙发上坐下，透着几分神秘地轻声问她。

"凤总想给我走后门？"田小雅眨眼，毫不示弱地反将了凤嚣一军。

这些日子相处下来，两人之间比起之前也融洽了不少，大约是因为确定关系的缘故，再相处起来也就少了那份原来横在他们中间的隔膜和防备，也正因为如此，田小雅才更多地了解了凤嚣。

卸下心防，两人的感情自然得到了实质性的升华。

所以如今田小雅和凤嚣开起玩笑也没有之前那么的拘束："不过话说在前面，公司小本经营，目前还处在负债状态呢，可没有多余的闲钱贿赂你。"

"田总，想空手套白狼也实在是太不厚道了点儿吧！"凤嚣忍住笑，一本正经地将田小雅揽入怀里，"原本凭咱们的关系呢，也不过是左手的银子挪到右手，就算是让为夫吃点亏也无所谓。不过，这单还真不是为夫想帮你就能搞定的。为夫只能帮你开路，至于能不能手到擒来，那就得看你自个儿了。"

"哦？"见凤嚣说得认真，田小雅也不禁有些好奇起来，"我记得咱们市里但凡是大一点的房地产公司都有下属的售楼部，哪里来的大单子？"

"知道美华集团吗？"凤嚣拍了拍田小雅的手，起身到一旁的办公桌上拿来一份文件递给她，"美华过来在我们市的高新区开发了一个销售面积二十多万平方米的高端花园小区。不过美华只管开发，销售方面向来是对外招标，能者居之。如果你有兴趣，回去和宋经理商量一下，尽早拿出一个方案。"

"这单子倒是大，不过竞争也是异常激烈啊！"宋经理看完了田小雅递给他的资料，有些感慨，"三年前，我也曾参加过一次美华集团的招标，虽然杀进了十二强，但最终还是被淘汰出局了。"

"我觉得咱们可以试一试，这样的大项目很锻炼人，就算最终我们出局，也能从中学到不少东西，而且还能获得一次锻炼的机会。"田小雅犹豫了一下，还是决定参加。

"行，我去开车，咱们去现场逛一逛。"宋经理也不是拖泥带水的人，站起身拿了外套就往外走。

田小雅的事业呈上升趋势，游戏里的PK赛也进入了白热化阶段，晋级八强的他们即将面对比之前更加强劲的对手。

要说田小雅的医仙和黄泉的天师组合算是比较完美的搭配，黄泉的高攻配上田小雅的负状态以及辅助，几乎没有遇到什么大麻

烦，只是这一次八晋四的对手，却让他们遭遇到了前所未有的挑战。因为这一对夫妻是服务器里等级装备都相对靠前的两个剑君。

不低的等级、不差的装备、不赖的操作技术，再加上剑君天生是法系职业的克星，强大的爆发力和攻击力，在对付血少的天师和医仙时甚至可以做到秒杀。所以为了今晚的比赛，黄泉和田小雅从上个礼拜知道了对手之后就开始准备，拖着帮派内的两大剑君流风和黑暗魔神来练习，愣是折腾得黑暗魔神叫苦不迭。

【队伍】黑暗魔神：好歹今晚就要比赛了。老大，不管你们是输还是赢，求你别再找我当陪练了。我一个礼拜没下副本没出去PK，每天被你的灭天火都快要烧成人干了。

【队伍】天灰灰心慌慌：老大钦点你当陪练那是你的荣幸，你看咱们帮派里他们几个自荐多少回了，你看老大哪次临幸过他们？

【队伍】莲叶何田田：……

田小雅坐在电脑屏幕前忍不住喷了，"临幸"这个说法用在这里实在是太高端了。

【私聊】那时花开：田田，准备好了没？

【私聊】莲叶何田田：差不多了，应该没问题吧。

【私聊】那时花开：昨天晚上郭金泉他们两个晋级了，我怀疑那是他们请的代练！

【私聊】莲叶何田田：不管怎么样，咱们还是先把今晚这一关过了吧。

【队伍】流风：老大，你们可要顶住。纵剑南天他们昨天晚上成功晋级了。

【队伍】黑暗魔神：喷，他们居然也能晋级，太阳打西边出来的吧？

【队伍】天灰灰心慌慌：感觉有点像请了代练，不过他们的对手是他们同帮派的人，也有放水的可能。

【队伍】黄泉：先不管别人如何，田田，我们进赛场了。

对于医仙和天师来说，剑君对他们威胁最大的技能便是有定身效果的技能"狮子吼"。而根据前几次他们PK的习惯来看，向来都是一个"狮子吼"定住对手，然后两个剑君合击。因为决斗中是不允许使用药物补血的，所以只要被定住，基本就是必死无疑。所以在这个时候，天师和医仙的跑位，就显得尤为重要。

两个剑君让田小雅他们倍感吃力，但相对的，法系攻击的王者天师也让对方感觉不到半点轻松。

如果被天师无视魔法防御的雷暴技能劈中的话，哪怕剑君血再长，也顶不住雷暴的连续伤害。而且在天师身边还有一个能够施放各种负面状态的医仙。

黄泉的技术和实力在服务器内是公认的，所以两个剑君在决斗一开始便将首选目标放到了田小雅身上。想着先除去医仙，再联合力量对付失去庇佑的天师会容易得多。

田小雅对此是早有准备，所以在决斗开始的提示还未从屏幕上消失时，她便首先给自己加了一个提速状态。不等对方的攻势到眼前，她已经跑到了擂台的一边，趁着那两个剑君攻击她落空准备回头再次发起进攻的空当，她迅速出招，两道缠绕技能非常精准地命中了目标。

田小雅施放的降速百分之五十的缠绕技能让那两个剑君的移动速度迅速降了下来，硬生生挨了一旁黄泉的两记雷暴技能，血条瞬间空了一大半。

医仙这个职业本就是以辅助为主，所以和医仙PK的时候，最烦人的地方就是那些减速、降低防御之类的负面状态。田小雅在这方面的操作上显然是行家，再加上今天与她搭档的主攻手是黄泉，所

183

以从头到尾田小雅根本就没想过要主动释放攻击技能，只是不间断的释放减速来拖住对方剑君的进攻速度，在这样完美的配合下，开局还不到一分钟，黄泉和田小雅便以配合默契的优势晋级四强。

四分之一决赛采取随机分配制。

参加比赛的四对选手分两组被随机传送到两个场地同时进行比赛，也就是说，只有在对决开始的时候，才能知道他们要面对的对手是谁。

这也是主办方为了防止赛前的作弊行为而采取的一项措施，以此来保证比赛的精彩和公正。

【队伍】那时花开：根据百试百灵的冤家路窄定律，他们接下来的对手百分之百会是纵剑南天和玉宇仙儿。

【队伍】黑暗魔神：我押一车黄瓜，你预测的结果不靠谱，因为真正比赛的对手又不是只有他们两个。

他们十有八九会请代练出手，就算是撞到一起又有什么意义？

【队伍】黄泉：还有一个礼拜的时间，我想我有办法让他们真身上阵。

【队伍】那时花开：什么办法？

【队伍】黄泉：山人自有妙计。

让田小雅他们没有想到的是，黄泉所说的办法便是全面对纵剑南天所领导的帮派进行全方位无死角的清场剿杀。一天二十四小时存在的帮派战，让纵剑阁只要是在野外的帮众，无论是练级还是做任务，都遭到了玄天门毫不留情地屠戮。

比起世界上的骂战，这种实质性的打击就显得有杀伤力多了。没撑几天，纵剑阁便进入了解体的边缘——并不是所有的人都能承受一出城就被杀回城这样郁闷的事实，毕竟大部分人玩游戏都是为了找乐子而不是为了找虐的。

只是在这关键的时刻，田小雅无意中发现了一件她心底早有感觉，但真正面对还是让她有些瞠目结舌，甚至是怒火中烧的事实——黄泉就是凤嚣。

这件事情的起因完全是因为凤嚣的一时兴起，带着电脑跑到田小雅这边来蹭饭，正巧碰上田小雅正要去交任务时家里停电了。

凤嚣没多想，便将自己的笔记本电脑贡献了出来。凤嚣在《仙缘》客户端的登录界面保留了账号密码，然后田小雅一时兴起点了登录。

"这是第几次了？！"先前隐瞒他是凤氏集团总裁的身份，现在又让她挖出来他就是黄泉，田小雅有些忍无可忍，这个男人到底还有多少事情瞒着她？

"我，真的很抱歉。"凤嚣有些自作孽不可活的沮丧，田小雅这次看样子是真的气坏了，他有些无措地站在田小雅面前，"我本来打算找个机会告诉你的，只是……"

"只是她自己太笨而已。"听到这边动静的罗晓潇从房间里走了出来，正好接上了凤嚣的解释，她给凤嚣使了个眼色，自己走过来坐到还在生气的田小雅身边，"你难道就没发现，黄泉的电话号码和凤嚣的号码是一样的吗？"

田小雅张了张嘴，她好像还真没注意过这件事情。主要也是因为她之前就联系过一次黄泉，也没有去记那个手机号码。

"没错，凤嚣是隐瞒了他是黄泉的事实，但我问你，如果他一开始就表明身份，你还会答应和他一起来《仙缘》吗？"

"田田，我们不看过程看结果，凤嚣是不是真的有恶意，我不相信你看不出来。"罗晓潇拍了拍田小雅的肩膀，语重心长地说，"他有在别的地方骗过你吗？他这样处心积虑是为了什么。别人不

明白，难道你也要继续装不知道吗？"

"可是……"

田小雅还想反驳，却还没说出口就被罗晓潇强势地打断了："你可有给过凤嚣机会？你可有坦然地相信他一次？如果你自己都没有办法做到，那么你又有什么资格苛责他为了接近你而隐瞒他的各种身份？"

凤嚣盯着翻滚的汤锅有些失神。

他并不相信一见钟情，遇到田小雅完全是一个意外。

要说最早让他注意到田小雅，还是因为莲叶何田田的存在。大约她自己都已经忘了，毕竟对于一个经常出售副本材料的玩家来说，那只不过是一次再平常不过的交易。

那次他正在下副本，开小号和她交易的时候，因为手误在输入元宝数量的时候多打了一个零，于是原本不过一百二十元宝的东西，他付了一千二。但是让他没想到的是，莲叶何田田会上世界询问有没有人认识那个小号，说是交易出了错误，多给了元宝。

这种坦诚让他很是意外。通常这种情况大半玩家也只有自认倒霉的份儿，要不也是买家去找卖家提起多给钱了，要求退钱，像卖家主动开口通知买家的情况，这真的还是第一次。

再然后便有了那次盗号。

缘分真的是一个十分奇妙的东西，他真的没想到，他会因为这次盗号而遇到他一直默默注意的"莲叶何田田"背后的主人，然后便是一发不收拾地陷入了其中。

但是现在……他突然有些迷茫，这份感情，他的坚持，究竟是对是错呢？

如果只是因为他单方面的要求和希望，而将她禁锢在自己身边的话，那绝对不是爱，而只是占有。要是她不快乐，那么……

就在凤嚣想得出神之时，一阵细碎的脚步声从厨房外传了进来。脚步声先是在厨房门口停了停，最后又往前走了一段，直到停到了他的身后。凤嚣没有回头，只感觉到一双手轻轻地环抱住了他的腰。

田小雅轻轻地贴着他的后背，良久才开口道："凤嚣，对不起。我们重新开始好不好？"

凤嚣的身体一僵，随后便是失而复得的狂喜。他反身将田小雅紧紧揽入怀里，这一刻是他期待了许久的，虽然为此他付出了艰难的等待和努力，但此刻他觉得一切都是值得的。

"喂，你们两个有完没完，汤滚了啦！"闻到气味的罗晓潇一阵风似的从外面跑进来，一边关煤气，一边对霸占着厨房秀恩爱的两人怒吼。

确定了要参加美华集团的招标，田小雅这几天便一直在忙方案的事情。

想要在激烈的竞争中脱颖而出，一个完美又富有新意的售楼方案是必不可少的。田小雅毕竟是第一次参加这样大的招标活动，没有任何经验的她，只能四处找寻之前别的招标活动上的方案来参考。忙得焦头烂额的她完全没有想到，许久没有联系的郭金泉会在这个时候打电话给她，而且还是为了游戏的事情。

游戏和现实最大的区别就是，在游戏里只需要相对少量的金钱，就能够获取在现实中所无法获得的那种被世人瞩目、高高在上、独一无二的快感。

之前那场奢华的婚礼，从某种程度上算是极大地满足了罗玉宇的虚荣心。只花了在她看来微不足道的几万游戏币，便得到了游戏里众星捧月般的待遇和钦羡，这种感觉是她之前从未有过的。而也

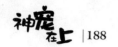

正是因为如此，才让她对即将到来的PK赛产生了极高的期待。

这种期待最直接的表现便是，她蛮横地要求比她更懂游戏的郭金泉，无论如何都要保证他们能拿到冠军。

之前的几次对决，因为知道对手，所以在谈好价格之后，他们一路倒也是畅通无阻。但是如今四分之一决赛在即，他们之前靠金钱开路的做法遇到了大麻烦。而这个麻烦便是他们即将要面对的对手中，有田小雅的存在。

遇到了另外两组人倒还好说，但如果遇到了田小雅和黄泉……

罗玉宇的性子他很清楚，是那种达不到目的就会拿旁人撒气的人。虽然现在罗玉宇对他在别的方面也算是言听计从，但如果这次他没有办法满足她的心愿，那么罗玉宇翻脸走人，也不是没有可能的事情。

于是为了他的未来，郭金泉不得不低三下四地来求田小雅帮忙。

"对不起，你找错人了。"田小雅压根就没有耐心听完郭金泉的请求，随口扔了个大众借口便干脆果断地挂了电话，然后不客气地将郭金泉的号码拖进了拒接黑名单。

罗玉宇想要拿冠军，这种心愿关她什么事？何况眼前招标在即，她哪里有闲工夫去和郭金泉扯游戏里的纷争？

不过田小雅显然没有想到，郭金泉竟然会蹲在她居住的小区门口来堵她。

"小雅，看在我们曾经相识一场的份上，帮帮我这次吧，我知道之前都是我的错，但是……"郭金泉见到田小雅回来，几乎是没有任何考虑地凑了过来，紧跟在田小雅身后哀求。

田小雅懒得理会身边牛皮糖一样的郭金泉，只顾着加快脚步往小区里赶。和这种人，她真的是不想也不愿意再多说半个字。

郭金泉一路跟着田小雅走到她居住的楼下，正准备跟在田小雅身后进楼道，却被从天而降的一盆水淋成了个落汤鸡。

"郭金泉，你到底是要脸不要？我要是你，做了那么多见不得人的亏心事儿，就早早找个别人找不到的地方藏起来算了，免得出来丢人！"罗晓潇端着脸盆，站在五楼楼道的窗边，对着底下一身狼狈的郭金泉得意地大笑。

憋屈了这么久，可算是让她等到机会了！

"你还真录音了啊？"将田小雅递给她的录音笔打开，罗晓潇惊讶地发现里头居然清晰地传出了刚刚一路上郭金泉对田小雅所说的种种哀求。越听她越鄙视郭金泉，还没听完便受不了地按下了关机键："这男人真是没救了！"

"对付这种人，便只能用比他还狠的办法。"田小雅捧着水杯从厨房出来，正好听到了罗晓潇在批评郭金泉，"以郭金泉的习惯，他一定会恶人先告状，这次我便让他真正体会到，什么叫自作孽不可活。"

但是让田小雅大跌眼镜的是，郭金泉恶人先告状的对象，竟然会是凤嚣。

这些日子凤氏集团有新楼盘要开工，凤嚣也是忙得脚不沾地。所以在得知郭金泉想见他的时候，凤嚣第一反应是意外。这个人在这时候来找他，究竟是想干什么呢？

第二个反应，便是好奇了。凤嚣从来就不怀疑，郭金泉的出现会给他带来惊喜，这次果然也不例外。

"凤总，我来找您是有件很重要的事情想对您说。"郭金泉坐在凤嚣对面，压抑不住内心的兴奋。

田小雅，这次我看你还怎么翻盘！不过是个游戏，竟然也死霸

着不松手，处处和他作对，那就别怪他不讲情面。

想必凤嚣这个冤大头知道田小雅在游戏里的所作所为，表情一定很精彩吧！

"重要的事？"凤嚣一愣，不动声色地放下了手里的签字笔，"如果是生意上的事情，你可以去找姚总，他是凤氏主管销售的负责人，我想你们谈起来会更顺利一些。如果是私事嘛，呵，我想我们应该没什么好谈的。"

"凤总，您别着急啊，这件事情真的对您很重要，而且为了您的名誉，我也只能找您一个人谈。"郭金泉见凤嚣毫无兴趣地想要拿起电话让人进来送客，急忙伸手抢先一步抢走了电话，神秘兮兮地看着凤嚣，"您大概也被蒙在鼓里吧，田小雅那个女人的真面目。"

"田小雅的真面目？"凤嚣一扬眉，总算是配合郭金泉来了点兴趣，他往后舒服地靠在椅背上，看着郭金泉，"有意思，说来听听看？"

"您想必也知道我和田小雅之前的关系。"提到田小雅，郭金泉可谓是痛心疾首，声情并茂的控诉那是张口就来，"明明是她先背叛了我，却偏偏要搞出那么多幺蛾子来反咬一口，说是我先背弃了她。"

"您大概也不了解，田小雅一直在玩游戏，之前和现在，她都和一个叫黄泉的玩家说不清道不明。以前我也曾经劝过她很多次，可她不听啊，最后竟然还恼羞成怒，伙同黄泉设了局来诬陷我。

"黄泉在游戏里的影响力实在是太大了，我比不过他。所以只能忍受羞辱。可是我没想到的是，她现在到了新游戏，居然依旧和之前一样，和那黄泉打得火热，居然还在游戏里结了婚！"

"郭先生，我觉得这事儿吧，是你太敏感了。不过是个游戏而已，何必当真呢？"凤嚣忍住狂笑的冲动，保持着镇定继续逗郭金泉。

他不得不说，郭金泉这诬告还真是漂亮。

如果他不是黄泉，并且不懂游戏里的事情，以他对田小雅的在乎，这件事情多少会在他的心里产生一定的影响。那么让田小雅停止玩游戏或者是终止和黄泉的关系，便成了理所当然的事情，而现在……

郭金泉的目的，大约是为了这次的夫妻PK赛能够成功晋级。毕竟在四分之一决赛入围的选手中，他和田小雅这一组是他最为忌惮和无奈的。

以郭金泉得罪田小雅的程度和田小雅的性子，他想玩点花样儿显然行不通。而完全凭实力真身上阵，他又打不过。大概是罗玉宇逼得急，他才想到了这个釜底抽薪的办法。

就像他所说的，游戏终究只是游戏。为了现实里的事情，田小雅应该会放弃游戏。而一旦田小雅放弃不参加比赛，任凭黄泉多么厉害，一个人也是无法参加比赛的，那么就等于是弃权了。这样，他们自然没有办法再对郭金泉和罗玉宇产生任何威胁。

只是千算万算少算了一样，郭金泉没想到的是，凤嚣就是黄泉。

不过这会儿凤嚣却并不想这么早就揭开谜底。既然郭金泉你能够用到这么阴险的招式，那么也就别怪他不留情面，将玩笑进行到底了！

"如果只是游戏，当然也没什么，可如果游戏发展到现实了呢？"郭金泉咬牙，这种事情虽然只是道听途说，但是拿来刺激一下凤嚣还是可行的。

"您大概还不知道吧，田小雅和黄泉在现实里已经见面了，发展到什么程度还真不好说！"郭金泉看着凤嚣吃惊的表情有些暗暗高兴。高高在上的凤氏老总又如何，还不是被人耍了还要他来告诉？

不过如果这件事情田小雅真的玩出格了，对他反倒还是个机会。罗氏和万邦虽然都具有一定的规模，但和凤氏比起来，那可是渔船和航母的区别。如果能够以此而进入凤氏发展，对他的事业来说可是质的飞跃。

"这终究不过是你的片面之词。当然，你说的也许是事实，但是也有可能是你对之前田田和你分手的事情心怀不满，伺机报复。郭先生，我可不想被人拿来当枪使。"凤嚣不着痕迹地拿起桌上的电话，吩咐秘书进来送客。

"凤总是聪明人，必然能够看清楚事情的真假。"凤嚣的反应也在郭金泉的意料之中。

要知道这种事情怎么说都是有损男人颜面的，凤嚣会有这样的举动也属正常，这正是他的话凤嚣已经听进去了的最好证据。

田小雅，你也得意够久了，也该让你栽个跟斗，好好喝一壶了！

郭金泉从凤氏出来，眯着眼抬头看了看明晃晃的阳光，心情大好。

"你去凤氏做什么？"守在家里的罗玉宇听到郭金泉刚刚的去向，微微皱眉，"泉哥，你知道爸爸最不喜欢咱们公司的员工到处跑了，而且现在又是很敏感的时候，你可别乱来。"

"我去找凤嚣是谈私事儿，和工作上的事情无关。"郭金泉拍了拍罗玉宇的手，将她拉过来搂在怀里，颇有几分得意地对她炫耀道，"你不是想要游戏里的PK冠军奖励嘛，我当然要绞尽脑汁让公主殿下高兴满意喽。"

"你该不会是去求田小雅了吧？"虽然想赢，但罗玉宇对于这种低声下气去求人的做法还是很不支持的。说出去多丢人呀！

"怎么可能？"郭金泉哼了一声，配合着罗玉宇首先又把田小雅鄙视了一顿，然后才开口道，"我去找凤嚣，告诉他了一些游戏里的事情。"

"比如田小雅和黄泉结婚，又比如说有人传言他们在现实中已经见面了等等，想必凤总现在一定很激动。不过话说回来，只要是个男人知道自己身边的女人背叛了他，那心里多少都不会好受吧！"

"但那毕竟只是游戏里结婚呀？"罗玉宇对郭金泉的兴奋还是有所顾虑。在她看来，那不过就是场游戏，里面逢场作戏难道还能当真不成？

"玉宇，你是不懂男人的占有欲。"郭金泉若有所指地将罗玉宇又往怀里紧了紧，"要是他真在乎一个女人，无论是什么时候什么方式，都不会允许她和别的男人有瓜葛。"

"可如果凤嚣一点也不在乎田小雅，只是逢场作戏呢？"

罗玉宇并不相信凤嚣和田小雅之间真的存在感情。在她看来，像凤嚣那样的人是无论如何都不会看上田小雅这样要什么没什么的普通女人的。

"那正好啊，就让这场游戏结束呗。就算凤嚣再有钱，也不会接受自己包养的女人用自己的钱去养小白脸吧！"

"对了，爸爸想要你回总公司来，把售楼部的事情交给新报到的吴经理。"

郭金泉正想着要如何羞辱田小雅，却被怀里罗玉宇说的这个消息吓了一跳："什么，之前罗总不是说要我负责售楼部吗？"

在郭金泉的心里，他一直是期望能够做一番事业的。他有这个理想，同时确实也有这个实力。

之前在总公司虽然清闲，但是他却更加向往能够证明他自己价值的位置，比如售楼部。他完全可以靠他自己的努力，将因为宋经理突然离职而几乎被抽空的售楼部重新运作起来，甚至比之前在宋经理领导下还要辉煌。

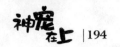

事实上，这段时间他真的在努力，而且售楼部也真的从以前的垮台状态恢复了正常，并且在向越来越好的方向发展。可就在他松了口气，准备想法子继续努力时，之前答应他让他管理售楼部的罗总竟然改变了主意！

这让他如何能甘心。

"是啊，自从你到了售楼部，都没有时间来陪我了。"罗玉宇撅着小嘴，不满地撒娇道，"人家也是想和你在一起，才去找爸爸帮你说情的嘛！"

"你看售楼部有什么好的，又辛苦又累，还受气，拿的工资比在总公司的时候也高不到哪里去。我和爸爸说了，给你安排一个清闲又能拿钱的位置，这样你就能空下时间来陪我玩了，好不好？"罗玉宇丝毫不知道郭金泉此时心里的恨，依旧自顾自地和他邀功，"怎么样，等你到新岗位报到后，可要好好请我吃一顿哟！"

"好，只要公主你高兴，我做什么都甘之如饴。"郭金泉强压住内心翻涌的怒火。不管如何，罗玉宇都不是他眼下能够得罪得起的人。他还需要她，至少在眼前其他的发展方向没有眉目的时候，罗氏是他唯一能够依靠的大树。

罗玉宇任性跋扈却很单纯，虽然有时候能够帮他解决一些他不方便出面解决的麻烦，但是她也是一把双刃剑，会在他最没有想到的时候捅他一刀。可是终究是利大于弊，在她还没有失去利用价值的时候，他只能竭尽所能地去讨好她。哪怕这种讨好的结果是受尽屈辱，打落牙往肚子里咽。只要能够获得未来成功的支柱，这一切在郭金泉看来，都能够忍受，都是值得的。

【队伍】那时花开：郭金泉那个混蛋！

晚上上线下副本的时候，黄泉便将白天郭金泉来找他的事情，对罗晓潇和田小雅来了个竹筒倒豆子。面对自己人的时候，凤嚣没有压抑情绪，中途笑场了好几次才把事情说清楚。

罗晓潇听完之后下意识地骂郭金泉，不过骂完了之后却又有些哭笑不得。她是该骂郭金泉无耻呢，还是该同情郭金泉的运气实在是背到家了呢？

其实郭金泉的这个做法，真的是一个好计策，可是他运气太差，他所算计的黄泉和凤嚣，本就是同一个人。

【队伍】流风：不过，老大，你干吗不直接就告诉他你的身份呢？想必如果今天当着郭金泉的面凤嚣道明了身份，他的表情一定是出乎想象的精彩。

【队伍】黄泉：还不到时候，我觉得要想一个人摔得惨，最好的办法不是直接推倒他，而是先将他送上天堂再一脚踢下去，效果才会更好。

【队伍】天灰灰心慌慌：……

【队伍】莲叶何田田：……

【队伍】那时花开：老大，你好可怕！

【队伍】黄泉：只是以其人之道还治其人之身罢了。而且独乐乐不如众乐乐，我如果在今天就道明我的身份，看到郭金泉失态的也只会是我一个人。可如果我在比赛的那天道明我的身份，那不是可以让你们一起共享郭金泉的反应？

【队伍】黑暗魔神：为什么我突然有一种同情纵剑南天的感觉，我是一个人吗？

【队伍】流风：你绝对不是一个人。

【队伍】天灰灰心慌慌：所谓善有善报，恶有恶报，得罪我们的老大，肯定没好报。

【队伍】那时花开：……

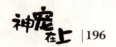

为了让郭金泉放心地认定他的谗言起到了作用，黄泉在副本刷到一半的时候，突然上世界频道开始喊起话来。

【世界】黄泉：有没有操作好的医仙，有的话私聊，急。

这条消息黄泉连续刷了十遍，震惊之后，世界频道就炸了窝。

【世界】浪漫婉婉：大神，我可以报名吗？

【世界】酒醉的探戈：我记得黄泉的御用医仙不是咱们区的第一医仙莲叶何田田吗，怎么还找医仙呢？

【世界】泡⑧喝⑨说⑩话：对啊，还是夫妻呢，下个礼拜不是还要参加PK赛的四分之一比赛嘛，大神你这是在闹哪出？

【世界】黑暗魔神：没那么多事儿，我们老大就是想找一个操作不错的医仙，等级性别都不是问题，有的话迅速找老大联系。

【世界】嘻嘻猴：这还用猜，八成是起了矛盾中途分手了呗。

【世界】酒醉的探戈：那四分之一决赛的其他三组人不爽了？

第十一章

是可忍，孰不可忍

因为黄泉的一则消息，世界频道就像是滚油锅里滴进了清水，噼里啪啦闹翻了天。

有对黄泉和莲叶何田田表示关心的，也有好奇纯粹只是为了满足自身八卦欲望的。当然，还有来自纵剑阁里幸灾乐祸的挖苦和嘲笑。总之事情已经朝着失控的方向发展，最终升级成了玄天门和纵剑阁的口水战。

【世界】黑暗魔神：那个叫什么暧昧无限的，你眼瞎了啊？什么时候看到黄泉和田田闹矛盾了？

【世界】酷帅狂霸拽：啧啧，要是没闹矛盾分手，黄泉找什么医仙啊？难不成是寻二房？

【世界】暧昧无限：黄泉都没敢出来吭声，你们这些喽啰吼个什么劲儿？

……

黄泉当然没空在世界里说话，这会儿正是一百零九级副本最后一个BOSS发狂的关键时刻，除了在一旁名为辅攻，实际就是打酱油的黑暗魔神有时间在世界吼两嗓子之外，队伍里的其他人都在聚精会神地虐BOSS呢。

郭金泉看着一遍遍刷去比翻书还快的世界频道，低头亲了亲同样一脸兴奋的罗玉宇："看看，我说的这一招，果然还是很有用处的吧。"

这份得意，让他连接下来游戏里刷出来的一则副本通关成功的消息也给忽视了——要是真的闹翻了天，黄泉干吗还和莲叶何田田一起下副本？

世界上的口水战终于升级成帮派之间的械斗。原本就在副本里待着没什么意思的黑暗魔神自然不肯再蹲在一旁看戏，离了队便奔向了PK的第一战场。

看到世界这么热闹，黄泉想了想，在还没有解散的队伍里开口询问其他人的意见。

【队伍】黄泉：是去PK还是继续下副本？

【队伍】那时花开：当然是PK，哼哼，老娘要让那群无知的小子见识见识箭雨的厉害！

【队伍】莲叶何田田：PK吧，我好久没打过架了，只当去练手了。

顺便出气！

等到田小雅他们赶到PK地点时，第一轮对掐已经进入了尾声。

【公众】酷帅狂霸拽：黑暗魔神你有本事等老子起来再打！

原本正在酷帅狂霸拽尸体上踩来踩去的黑暗魔神一听他的大骂，也不回应，干脆一屁股坐到了他的脸上。

周围围观的玄天门帮众见此场景也都哈哈大笑，发出各式鬼脸，过来配合黑暗魔神，一起坐到了酷帅狂霸拽的身上。

【公众】酷帅狂霸拽：你们这群落井下石的人！我们的医仙呢，帮派里来个医仙复活啊！

【公众】小小就是我：嘻嘻，你们帮的医仙都和你一样在地上躺着呢，要不要我们帮派的医仙拉你起来？折扣价一百个元宝一次哟！

酷帅狂霸拽气的嗷嗷大叫，最后也顾不得那要掉的百分之五经验，恨恨地下线了。

而就在这边闹腾得开心时，黄泉和知道消息迅速赶来的纵剑南天面对面站到了人群的中间对峙着。

【公众】纵剑南天：玄天门你们究竟是什么意思？

到现在两边还处在帮战阶段呢，想到这几天纵剑门的损失，郭金泉就恨不得将站在他面前的黄泉给生吞活剥了。

【公众】流风：练级累了，兄弟们想找个对手解解闷练练手。

【公众】纵剑南天：我们的恩怨，我不希望牵连到我们帮派的其他人。

郭金泉的这番话说得那叫一个铿锵有力，自然换来了周围纵剑阁帮众的一片叫好声。

　　【公众】黄泉：他们既然加入你的帮派，就该想到后果。

　　【公众】纵剑南天：入不入我的纵剑阁是他们的自由。黄泉，你在游戏里再厉害，还能让所有的玩家都对你唯命是从不成？你也太狂妄了吧！

　　【公众】黄泉：我和你的矛盾不可调和，他们加别的帮会都和我无关，但只要加入你的纵剑阁，成为你实力的一部分，那就别怪我不客气。

　　【公众】纵剑南天：黄泉，不过是一个游戏，你非要闹得这样不可开交吗？

　　眼见比狠没用，郭金泉不得已用上了哀兵之计。

　　【公众】黄泉：不好意思，我这个人就是这样。不过你纵剑帮主既然开口了，我也不好一点面子不给。这样吧，只要你们帮派里的人自己离帮，我保证不会再找他们任何人的麻烦。但如果不离开，那也就别怪我们不客气了。

　　【公众】纵剑南天：黄泉，你太嚣张了！

　　【公众】黄泉：我有这个资本，你不服气吗？

　　【公众】流风：怎么样，反正这会儿还在帮战呢，咱们继续？

　　【公众】黑暗魔神：来吧来吧，我这几天无聊透了，正好活动活动筋骨，再不动都要发霉了。

　　【公众】天灰灰心慌慌：唉，多没劲啊，咱们几个都能挑战他们整个帮派了！

　　……

　　因为要打架，兴奋的罗晓潇索性抱着她的电脑奔到田小雅的房间和她会合。就在田小雅帮罗晓潇插电源线时，原本还处在言语交

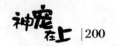

涉的两帮人，突然没有任何预兆地开战了。

郭金泉仿佛是早就盯上了她一般，一开战便开着加速冲到了她面前，手中的武器高举对着她就是一个三连杀，毫无准备的医仙瞬间倒在了地上。

就在此时，黄泉的大招也随后到来，没有悬念地放倒了郭金泉。

身上有替身符的田小雅没有半分犹豫，直接点了回城复活，加了状态便冲出了城，追着郭金泉便是一通狂杀。虽然医仙在初期的攻击力可以忽略不计，但此时田小雅的等级早就突破了一百，正在向着满级的方向前进。

作为本服务器第一医仙，她的装备也不是吃素的，再加上她原本操作技术就比郭金泉强悍，所以这一番拼杀之下，郭金泉还真得只有挨打的份儿。

【公众】黑暗魔神：嗷嗷，田田暴走了！

【公众】那时花开：田田加油，弄死他一千次呀一千次！

【公众】流风：我说纵剑帮主你删号吧，堂堂一个剑君居然被一个医仙打得抬不起头来，你真是活着浪费空气，死了浪费土地，活生生地占用服务器的资源啊。

【公众】天灰灰心慌慌：早死早脱身啊，也好给服务器减轻点压力，这样人多的时候就不用那么卡啦！纵剑帮主你放心地去吧，我们会永远缅怀你的。

……

【公众】莲叶何田田：纵剑南天，你也就偷袭这一点本事了。

最终帮战以一边倒的结果结束了战斗，大大地出了口恶气的田小雅心满意足地和众人告别之后下线了。明天她和宋经理约好要去商量确定最终的方案，不能玩得太晚。

"我真是越来越等不及看下个星期郭金泉知道黄泉就是凤器时的反应了。"罗晓潇兴奋得满面红光，看着田小雅搓手，"不给那小子一点教训，我真是怎么想都不甘心！"

"我已经和宋经理说好了，等手上的事情处理完，让他引荐我去见一见罗氏的罗总。"罗晓潇咽不下的气，作为当事人的田小雅自然也咽不下。

不就是告状吗，他郭金泉既然能够去污蔑她，那她为何就不能去对罗氏的总裁说实话？毕竟那次出卖消息给万邦的黑锅，到现在可还是由她背着的，也是时候还给郭金泉了。

帮战的结果大大地出乎了郭金泉的意料，虽然当时罗玉宇并没有上线，但是并没有让她少一些丢人的感觉。她气呼呼地拽着郭金泉的胳膊用力摇晃："你不是说，田小雅和黄泉闹翻了吗？那为什么刚刚他们还是一起出来的？你说啊！"

"玉宇，你别急，听我跟你解释。"虽然郭金泉也觉得这件事情处处透着不对劲，但是认真想一想，他也算是转过弯来了，"你说，要是你现在站在田小雅的角度上，被我这样狠狠地折腾了一下子，会怎么样？"

"会恨不得杀了你。不仅是断游戏里的生路，更是断现实里的财路，鬼才受得了呢。"

"那她今天这样出来杀我，不是很正常？"郭金泉说服罗玉宇的同时，其实也是在说服他自己心底的怀疑，"和田小雅起冲突的是凤器又不是黄泉，所以为了报复，她今天肯定要牟足了劲来杀我的。"

不过让郭金泉有些没料到的是，接下来的几天，莲叶何田田的号每天都在线守着他，只要他一出城便会被锁定追杀。虽然有时候手法娴熟，有时候有些陌生，但最终结果都是让他无法正常玩游

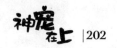

戏。

田小雅明显是把号给了其他人来羞辱他！

这样也好，不正好说明田小雅不能玩游戏了吗？

到比赛那天，他再请代练出手。毕竟天师和医仙的组合没有默契的配合是行不通的，到那天他一定能赢，一定可以的！

虽然这两天没有时间上线，田小雅却知道她的号从来没有下线过。而郭金泉，也死了不下百次了。

为此，郭金泉还上了一次世界，并且还发起了两三次大规模的帮派PK，只是最后的结果都是郭金泉所带领的纵剑阁惨败罢了。

从《仙缘》开始运营到现在，他们所在的区也算是老区了。虽然郭金泉极力反抗，但是结果还是朝着他不愿看到方向一去不回头。玄天门第一帮派的地位日渐稳固不可动摇，而他的纵剑阁从之前的辉煌，到了现在的濒临解散的边缘。

毕竟此时大半的游戏玩家还处在需要练级做任务的发展阶段，如果因为在纵剑阁而无法练级，时间长了，谁都支撑不住。

郭金泉为此很烦躁，却无可奈何。

原本以为游戏不过是个消遣，而只要有钱，他也一样能够像黄泉那样成为万众瞩目的大神，不，甚至比他还强。但是等他真正进入了游戏，并且亲自建立了帮派才发现，原本看起来简单的东西，实际运作起来竟然有着那么大的不同。

可是要他承认失败，郭金泉却不愿意。

田小雅今天难得亲自上线，自然不会把时间耗费在追杀围堵郭金泉的身上。而且大概是长久未曾上线的缘故，她今天的运气非常不错，做日常任务的时候居然接了一个限量版的隐藏任务。

《仙缘》里是存在隐藏任务的。只是对于这种任务的介绍却很吝啬，除了在游戏特色介绍的任务栏那里有一行"隐藏任务由玩家自行发掘"之外，便没有了任何相关的说明。

田小雅不过是顺手点了一下站在客栈老板娘旁边打扫的妇人，却不想一直以来都只负责打扫卫生的NPC居然说话了。而接下来不管闻讯而至的黑暗魔神他们如何点击，那个老妇人都没有再理会，这让众人在失望之余，也对田小雅获得的这个奖励为"？"的任务充满了好奇。

不过最终一干人等还是没有去打扰黄泉和田小雅的夫妻生活，只要求他们随时汇报任务进展情况，需要帮忙的话随时说，然后便下副本的下副本，练级的练级去了。

【私聊】莲叶何田田：任务要求去天元山的北麓寻找一种叫"迷心草"的草药，然后救治老妇人那因上山采药而摔伤的儿子。

【私聊】黄泉：这种草药平时听都没听说过，有具体提示坐标吗？

【私聊】莲叶何田田：没有。

【私聊】黄泉：那只有先过去再说了。

两个人连传送带步行，很快就进入了天元山区域。

天元山里活跃着的怪物是各种群居在一起的猴子。虽然这些猴子的等级都在一百级左右，但因为他们是群居，而且还是敏捷、远攻怪物，所以一直以来除了做任务和芒客之外，很少有人到这里来练级。

久无人烟的山坳里突然出现了两个玩家，让一群寂寞的猴子瞬间便兴奋地扑了过来。也不知道从哪里弄来的香蕉、坚果什么的，雨点一般地向他们的身上砸了过来。

田小雅之前在这里做系统任务的时候没少被猴子欺负，如今仇人相见自然分外眼红，手持法杖催动技能，噼里啪啦的技能光束也

203

毫不留情地朝着猴群砸去。

　　黄泉配合着田小雅，对猴群施展着天师最为在行的火攻术。没多久，一群先前还耀武扬威的猴子便化为了一堆经验和散在地上的战利品。

　　【私聊】莲叶何田田：我记得再往前走有个混在猴群中的小BOSS。

　　【私聊】黄泉：嗯，我记得你为此上过"电视"。

　　"上电视"是在游戏里由系统公告的方式被公布到世界频道的戏称。

　　"上电视"在《仙缘》里有很多种情况。一种是结婚离婚，夫妻双方一起上去；一种是精炼装备到顶级九星；还有合成或者是获得了神器以上的装备；下副本通关成功；等等。当然还有玩家最为不希望出现的——副本灭团或者是打BOSS时被强大的怪物推倒。

　　那会儿黄泉正在下副本，打到一半便看到屏幕下方刷了一条"莲叶何田田被猴王抢回去做压寨夫人"的消息，因为这个随机消息太雷人，田小雅当时就被帮派里那群活跃的家伙狠狠地取笑了一番。虽然后来她很有骨气地杀回去将猴王给灭了，但这笑柄到现在还没被人遗忘。

　　真是往事不堪回首。

　　田小雅绷着脸，不去理会一旁黄泉恶劣的调笑，看到那边被猴群簇拥着过来的猴王，二话不说便是一个群攻砸了上去。

　　【私聊】黄泉：你悠着点儿，当心又被猴王抢回去成了压寨夫人。

　　黄泉虽笑，但也不敢大意地帮田小雅清理周围的小怪，好方便她和猴王可以在没有任何干扰的情况下一决胜负。

　　让田小雅意外的是，这只猴王在趴下之后，居然爆出了一把小小的钥匙。

【私聊】莲叶何田田：任务物品，开启通往山巅之门的钥匙。

【私聊】黄泉：嗯，我们刚刚找了半天，也没找到一个地方是符合"天元山北麓"这个描述的。这个北麓应该是一个副本吧，而你手上的这个钥匙，应该就是前往那里的必备之物。

钥匙找到了，但是门在哪里呢？

田小雅有些烦躁，她接的这个任务有着极其严格的时间限制，若是在两个小时之内完成不了，那这任务就算是彻底作废了。

不过黄泉却有他的办法，像这种大海里捞针一般的任务要求，最迅速的办法便是人海战术。喊来其他人一起帮忙，分片寻找，果然没花太多时间便在一处看起来与众不同的石堆里，找到了一块刻着奇异文字的石板，当然其中的钥匙孔最能说明问题。

【队伍】莲叶何田田：应该就是这里了。

为了以防万一，黄泉还是决定一个队伍的人都一起陪同田小雅去做任务。这样就算里头有BOSS什么的，也方便清理，节省时间。

当田小雅拿出钥匙，和大家打完招呼之后，便启动了通往山巅之门的传送系统。

众人还没有反应过来，只觉得眼前一花，便被集体扔到了一片白茫茫的雪地之中。

这地方和曾经他们去过的其他副本完全不同，所以一落地众人便都傻眼了。

地图无法使用，他们没有办法确认现在的位置。只知道现在所处的位置覆盖着厚厚的积雪，触目所及，不见其他颜色。

【队伍】黄泉：我们往山顶走走看吧。

在没有任何准备也没有任何资料的情况下被扔进这种副本，那么一切便只能自行探索了。不过在大家头顶阴沉灰暗的天空，脚踩

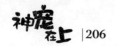

厚厚的积雪走了十来分钟之后，在众人的视线范围之内，还是白茫茫一片，没有任何变化。

【队伍】黑暗魔神：这到底是什么鬼地方啊！

黑暗魔神受不了这种漫无目的的搜寻，但是坑人的是，此时任何传送技能和卷轴都无法使用。不能随机，也无法回城，在这里只能靠双脚丈量雪地的厚度以及雪山的壮阔无际。也不过是一个随手的举动，他握着手中的长剑砍向了身旁一块从雪堆中凸起的岩石。

而正因为黑暗魔神的这随手一击，变故突生——就在众人之前看起来还是一片白茫茫的视线边缘，出现了一个小黑点儿，正以极快的速度向着他们所在的位置扑了过来。

【队伍】天灰灰心慌慌：这是什么还真看不出来，不过拜你所赐，有个大家伙在向我们移动是真的。

【队伍】黄泉：小心！

【当前】雪山圣尊兽：闯入这里打扰我主人安眠者，杀无赦！

黄泉也就只来得及喊这一声小心了。

约莫占了大半个屏幕的BOSS只抬了抬手中的巨锤，银白色的雪浪从天而降。他们都还没反应过来，便被掩埋在了深深的积雪之下，整个屏幕陷入一片黑暗之中。

这也太变态了吧！

田小雅是真郁闷，她接到这个隐藏任务，还没体会到幸运者的快感，就陷入了绝境。

更要命的是距离任务完成的时间已经只有一个小时了，而他们现在却被BOSS的雪崩埋在了这到现在也没搞明白是在哪里的诡异副本里。

就在田小雅决定去骚扰一下客服，问候一下游戏设计人员是否安好时，原本漆黑一片的屏幕缓缓转亮，画面转入了剧情模式。

原来任务所需要采撷的"迷心花"竟然是生活在雪域里的一只雪妖。

　　长久以来，雪妖一直在雪山上修行，希望有一天能够摆脱妖道、修成正果、位列仙班。但是由妖修行成仙是何等的艰难，在雪妖的面前横着的是几乎不可能完成的类似天堑一般的试炼。

　　雪妖的本体是一棵生长在雪域里的七瓣冰晶花，每一百年的修行便会给她的花瓣上添一种颜色，七百年才能完成赤橙黄绿青蓝紫的圆满修行。而此时，雪妖需要做的便是下山，寻找她遇到的第一个有缘人，满足他提出的愿望，然后本体的颜色重新归为晶莹雪白，雪妖继续回雪山之上重修七百年再赴轮回。

　　雪妖已经不记得她满足了多少人的愿望，也不知道她这样周而复始地修行了多少年，但是最终的结果却是她依旧在雪山上，依旧还是一个妖。

　　雪妖看不到未来，最终走火入魔，对那些满足了心愿却依旧没有办法助她成仙的人给予了残忍的报复——她降下了雪崩，毁了雪山下的村子。

　　随后雪妖被正义之士的围剿，人们忘记了雪妖曾经带给他们的帮助，只记得雪妖的愤怒带来的恶果。

　　雪妖最终被封印在了这片茫茫的雪域之地，永世不得脱身。

　　"这里已经许久没有人来过了。"

　　雪妖静静地坐在床边，看着躺在榻上刚刚苏醒过来的莲叶何田田。

　　"在那个世界里，永远都不会再有'迷心花'开放了。我不能离开这里，所以没有办法帮助你所说的那位大娘。因为我只能满足站在我面前亲口说出的愿望。"

　　大娘希望救她因为上山采药而被摔成重伤的儿子，可是雪妖不

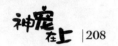

可能离开这片封印她的禁地，自然也无法完成大娘的心愿。

"你有什么心愿吗？"因为是田小雅接了这个任务，所以虽然同组的人都能够看到这段剧情动画，但是最终能够决定任务走向和结果的，却只有田小雅。

就在雪妖开口的瞬间，田小雅的游戏界面内便弹出了一个选择框。三个选择结果以及后面的三种任务奖励。

选择对应的心愿可以获得不同的奖励，其中最为吸引人的选择便是帮助之前的老妇人完成她救儿子的心愿，可以获得《仙缘》顶级橙武一把，也就是传说之中的神器。

这玩意儿虽然可以通过刷副本积攒材料合成获得，但是合成的成功率实在是让人不忍直视。如今只需要一个简单的选择便能够将神器收入囊中，这诱惑实在是不小。但是在黑暗魔神他们叫嚣着要田小雅选择拿神器的时候，田小雅却对那个看起来很不显眼的选择动心了——许下雪妖成仙的愿望，帮助她脱离眼前永无休止的轮回，奖励是雪妖的感激。

这个奖励很模糊，所以在三个选择中最不起眼，最容易被人忽视。

"田田，你怎么还不去交任务啊，我可是等着看你拿了神器上电视呢！"等了半天不见田小雅有动静，一旁的罗晓潇跑过来有些着急地催道，"快点快点，我刚刚看到纵剑南天刷世界了，你要是当着他的面拿到神器，非把他的嘴都气歪了不可。"

"我想选帮雪女成仙的那个。"田小雅刚刚挂了给凤器的电话，回头很高兴地看着罗晓潇开口道，"凤器也和我有着一样的想法。"

这是一场豪赌，如果赌赢了，也许能够获得更加优厚难得的奖励；而即便是赌输了，那么以后还可以再凑材料合成神器。

"反正以前我也不是没有合成成功过神器，有一就有二嘛。"

"你们两口子都是神经病！"罗晓潇听了田小雅的决定先是一愣，随即便恨恨地骂了一声扭头走了。

罗晓潇也不是不知道田小雅这样选择的原因，但是她更喜欢稳妥一点的做法，有道是落袋为安。要是万一这只是游戏策划者一时兴起，和玩家开的一个玩笑呢？

不过任务是田小雅接的，她想要冒险赌一次，即便是罗晓潇不赞同，却也没有多说什么。

得到了凤嚣肯定的田小雅深吸了一口气，毫不犹豫地选择了第三种方案，帮雪妖完成修仙的梦想，说出了那个"希望你能够离开这里，脱离永世不变的轮回，飞升成仙"的愿望。

田小雅的选择结束，游戏再次进入了剧情动画。

对于田小雅的选择，雪妖很意外，她愣愣地看着莲叶何田田良久，眼里闪着了晶莹的泪花，而也因为田小雅的这个心愿，原本加注在雪妖身上的禁锢消失了，她终于告别了无法突破的轮回，获得了圆满。

【队伍】黑暗魔神：嗷嗷嗷，田田你太帅了，不仅获得了神器，还直接升了十级啊，这任务的奖励实在是太变态了！

【队伍】那时花开：哼哼，羡慕妒忌恨！

而随着田小雅任务完成的公告刷上世界，这隐藏任务的奖励也让世界瞬时炸开了锅。

先不说那神器，就看那直升十级的福利就足够让人心动、羡慕甚至妒忌了。当然，对于田小雅的好运气，最为不平的当属郭金泉。

为什么每次她都能够有这样的好运气？！

不仅拥有了神器，还因为这次的等级提升，直接超越了他，直

逼满级。要知道这一百级以后每升一级都恨不得让人蜕掉一层皮。

　　而更让郭金泉所不能接受的是，刚刚他分明还在为田小雅不能去参加PK比赛的事情而兴奋，却不想他却在这个时候还能有这样的好运气，这下反倒变成了让他一口气堵在心里，上不来下不去地吊着。

　　不过好在等级可以慢慢练，而神器只要有钱还怕以后弄不到？说到底不过是一场游戏，哪里比得上现实里让凤嚣对田小雅生疑带来的影响严重？就让她先在游戏里风光风光吧，等到凤嚣厌弃她了，到那时她就得哭着回来求他！

　　田小雅的这场意外之喜让玄天门里喜气洋洋的，祝福声不断。而和田小雅同住的罗晓潇更是毫不客气地跑过来，要求田小雅请客吃饭。

　　凤嚣对此倒是乐见其成，用他的话说是无论是因为现实还是游戏，田小雅的这顿饭都该请。

　　有宋经理和以前团队的加盟，田小雅售楼公司的业务开展得颇为顺利，再加上如今他们精心策划的方案也通过了招标会第一轮的筛选，成功地进入了第二轮。

　　离开了郭金泉，田小雅并没有消沉和低落下去，正如罗晓潇所期待的那样，田小雅是真的破茧成蝶、越过越好了。

　　田小雅的这种变化，作为朋友的罗晓潇自然是真心为她高兴，可这却不是郭金泉所愿意看到的。

　　相比较田小雅这一段时间的意气风发，郭金泉的日子却是正好相反，他倒霉透了。

　　因为和田小雅分手，他终于和罗玉宇正式确立了关系。不过"罗氏千金的男朋友"这个他曾经期待已久的称呼，并没有给他带来多大的兴奋和快乐，反而是处处的为难和白眼。

无论他如何解释和说明，碍于他和罗玉宇千差地别的身份，他都难逃小白脸和攀附权贵等一系列不光彩的称呼。特别是不知道是谁在公司刻意地把他和田小雅的关系添油加醋地爆料之后，他的日子便越发难过了。

除了同事的白眼，还要遭受之前对他还算满意的老总罗光荣的审视与苛责。

毕竟没有一个父亲愿意接受女儿嫁给一个有这样传闻的男人，哪怕这个传闻未必是真实的。就像之前和罗光荣交好的一个朋友所说的那样，凭借罗玉宇的身世，找什么样的男朋友找不到，怎么会选择像他这样一个有瑕疵的男人呢？

可这还不是最让郭金泉难受的，让他最头疼的还是罗玉宇对待他工作的态度。和田小雅不同，罗玉宇生活的环境让她从来不知道生存的艰难，她所需要的，是郭金泉每日陪她，而不是努力工作。所以才会有了罗玉宇不顾郭金泉的想法，想将他从售楼部调回总公司的举动。虽然这个决定最终被郭金泉找到罗总而给否决了，为此他还是没少被罗玉宇埋怨和折腾，愣是哄了好一阵子才缓过来。可偏偏就是他这样艰难争取来的工作，田小雅还是阴魂不散地跟来和他打擂台。

为了证明他自己的能力，郭金泉对这次美华集团的售楼招标会是势在必得。但是让他没有想到的是，在这次入围的十家售楼公司的资料档案里，居然让他看到了田小雅的名字。

不是员工，而是老板！

人比人得死，货比货得扔。在郭金泉看来，同样是寻找一个可以傍身的对象，怎么他和田小雅之间的差距就这么大呢？

妒忌的种子早已在心底生根，而最近这一段时间发生的种种，

则是最好的养料和催化剂，促使着种子迅速在郭金泉的心底发芽成长，最终耗尽了他全部的理智和良知。

他现在只想要一个结果，那就是田小雅身败名裂，失去所有！

梅婷亚是市内相当不错的商业会所。为了方便客户洽谈，在装修上可谓是下足了功夫。采用花卉植物和镂空艺术框架结合，在大厅内隔出了一个又一个独立的小空间，配上高雅轻缓的音乐，即使是相隔的两个空间内的人说话，也不会互相影响。

"如果你所说的属实的话，那么也不是不能操作的。"坐在郭金泉对面的胖脸男子端起面前的咖啡抿了一口，却还是透着几分为难，"不过说实话，并不是做兄弟的不想帮你，而是这件事情如今是公司总部亲自来人过问的，我不过是个分公司跑腿的，顶多也就是把你今天说的话跟上头说一说，至于别的，我也实在是心有余而力不足啊！"

"不过话说回来，你和田小雅之前不也情意绵绵挺好的嘛，怎么现在搞成这样了？"胖子显然之前是认识郭金泉的，所以对他和田小雅的关系也算是了如指掌。

原本觉得这是挺好的一对儿，而田小雅怎么看也不像是郭金泉所说的，为了傍大款而背叛爱情的人啊！可是如今郭金泉又说得有鼻子有眼儿的，再加上他也打心眼里认定，田小雅不可能有那个能力在这么短的时间内开起一家售楼公司，并将其经营得有声有色。

从心里来说他还是很同情郭金泉的。每个男人遇到这样的事情，都是很憋屈的。所以能够帮朋友一把，顺便还能捞点好处，胖子觉得还是很满意的。

不过再想帮忙，这件事情的难度却也摆在这里，他不得不事先对郭金泉说清楚。

"这个你就别问了，反正这件事情你一定要帮我。"郭金泉狠狠地抽了口烟，将烟蒂按进了面前的烟灰缸里，"我们是兄弟，事成之后绝对不会少了你的好处。"

　　"好处这种东西倒是无所谓，我就怕这件事情闹不好反而会惹下麻烦。"胖子叹了口气，给郭金泉分析，"你看，我们之前就认识，所以你说的话呢，我自然是信的，可是别人不知道啊。而且你和田小雅这次还是竞争对手，所以你要是真想拿这件事情做文章，那就得找到更有说服力的证据。"

　　"难道你亲自去说还不行吗？"郭金泉有些激动地提高嗓音，"好，就算是她田小雅的个人问题不好解释，但是她出卖公司的销售资料给其他公司而被辞退，这在我们罗氏可是人尽皆知了。和这样的人合作，你们美华就放心？"

　　"你早点说有这种事情不就得了。"胖子明显松了口气，不过对郭金泉的做法却多了几分埋怨，"你也是在职场待的时间不短的人了，怎么事情的轻重都还是这样搞不清呢？又不是什么明星名人，谁还会对她的私事儿感兴趣？"

　　对朋友的话，郭金泉虽然多有不服，可眼下有求于人的他也只得点头称是。刚好这时候点的牛排上桌，两人也就没有再就这件事情多说什么，换了个轻松的话题开始用餐。

　　只是郭金泉没有注意到的是，就在他们终止谈话的同时，一个小巧的录音笔也从他们身后的花架中被轻巧地抽走，悄无声息得就似什么都没发生一般。

　　按照罗晓潇的要求，田小雅现在已经不是之前那个普普通通的打工者了，既然如此，那么请客吃饭肯定不能按照之前的标准来。

　　已经作好准备的田小雅还是低估了罗晓潇想要狠宰她一顿的决心，坐到这家由凤器介绍的豪华会所的包厢里，田小雅有些不安地

扯了扯身边凤器的衣襟："要是钱没带够怎么办？"

"你能不能有出息一点啊，就算你没带银子，这旁边不还坐着你老公嘛！"罗晓潇看着田小雅的样子忍不住鄙视道，"话说你们两个结婚这么重要的事情也不通知我，是不是太不仗义了点？"

"说到这里更应该加倍再罚请客一顿不可！"

"你还好意思说不仗义！"田小雅不甘示弱，瞟了一眼身旁双目含笑的凤器，轻轻地哼了一声，"你早就知道黄泉就是凤器，却也不告诉我，还将我家的地址告诉他，你说你这是什么居心？"

"喂，要不是我仗义出手，你们两个现在能领了本本把生米煮成熟饭？"罗晓潇对田小雅这种占了便宜还卖乖的行为相当不满，毫不示弱地开口吼得更大声了。

"好了好了，等到我们办婚宴的那天，一定请你当上宾好好地供着，然后我们当众给你敬酒以示感谢。"虽然知道田小雅和罗晓潇不过是在开玩笑，但凤器还是适时地开口做和事佬，"不过，红包什么的可别忘了准备哦！"

"真是不是一家人，不进一家门，你们两口子真是一样的刁钻刻薄又小气！"罗晓潇最终没绷住脸笑出声，"一个个都是开公司的老板了，却还是不放过我这靠死工资吃饭的老百姓！"

有凤器这个点菜高手在，自然是宾主尽欢。

结账完毕，就等着去洗手间的罗晓潇回来好一起离开。可是一向迅速的罗晓潇这次却一反常态，足足去了二十多分钟还不见回来。

"我去找找看吧。"多少喝了一些酒，田小雅不免有些担心。

"也许是人比较多，或者是她遇到熟人了也说不定，反正时间还早，再等等吧。"与田小雅的着急相比，凤器却很淡定。这种公共场合之下，能出什么事情呢，他这会儿正和田小雅相谈正欢，并不想被打断。

"可我总是不太放心。"田小雅还是觉得很不安,她站起身正准备往外走,就看到罗晓潇推门进来。

她也不回应田小雅的担心,而是一脸古怪地走到桌边坐下,沉默了良久才开口道:"田田,我要告诉你一件事,不过咱们事先说好,你可不许生气。"

"什么事儿啊,这样神神秘秘的?"罗晓潇的这个态度让田小雅一愣,随即有些好奇地开口。

"我刚刚去洗手间,看到郭金泉了。"罗晓潇犹豫了一下,才开口道,"然后……算了,还是你自己听吧!"

罗晓潇作为一个职业记者,身边最不缺的便是采访录音工具。接过罗晓潇递过来的录音笔,田小雅打开只放了一半,凤嚣便一掌拍在桌面上,怒道:"这简直是欺人太甚!"

颠倒黑白毁人声誉这种事情,郭金泉并不是第一次干了。只是没想到在这种对外招标的竞争上,他竟然也会耍出这种无耻的手段。而那件出卖公司销售资料的事情,说到底也不过是他郭金泉贼喊抓贼而已。

"田田,这件事情你打算怎么做,可得早拿主意才行!"罗晓潇看着低头沉思不语的田小雅,有些着急。

眼前可是招标会的关键时期,这件事情如果传到了美华的高层,无论如何都会影响到田小雅的名声。混淆审核者的评判,会对招标会的结果造成直接的影响。

"郭金泉对这次美华的招标会应该是抱了很大期望的。"

田小雅才开口,就被罗晓潇没好气地打断了:"他的期望关我什么事情,我在意的是你。"

"我的意思是说,既然他这么在乎这次的招标会,那无论如何

215

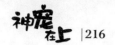

我也要给他一个惊喜才行。"田小雅放下手心里捧着的玻璃杯，似下定了决心一般地抬起头，"以其人之道，还治其人之身。"

"你的意思是？"罗晓潇有些怀疑地看着田小雅，其实在郭金泉污蔑田小雅盗取公司的机密外泄的时候罗晓潇就提出过一个想法，但是却被田小雅拒绝了。罗晓潇不相信田小雅这次真的会下定决心。

"他不是恨不得全世界的人都知道这件事情吗，那咱们就顺了他的意，将这件事情的真相公之于众。"田小雅抬手拿起桌上的录音笔，笑了笑，"还有这段录音，我想应该足够他郭金泉忙活一阵子了。"

忍无可忍，那便无需再忍了！

《仙缘》的PK大赛已经到了四分之一决赛的关键时刻。玩家的热情大大地超出了主办者的预期，为了满足广大玩家的需求，比赛从这个阶段开始，主办者将在游戏的官网上进行同步视频直播，接受广大玩家的监督和质疑，严禁作弊和放水，力求做到最大程度上的公平和公开。

这突如其来的改变让郭金泉有些措手不及，这意味着对手的放水将会被严格的限制，若不然极有可能被观看视频的玩家质疑和投诉，取消比赛资格。这是郭金泉不愿意看到的。

不过想着他请的代练，他心里又稍稍放松了不少。毕竟那人也是个高手，总不至于会在这样的关键时刻砸了他自己的招牌。而且，田小雅不能参加比赛，临时拉来的帮手自然无法做到和黄泉之间的完美配合，所以这一系列的因素考虑进去，他也不是完全没有胜算的。

【帮派】黑暗魔神：老大，田田，加油哇！

【帮派】左手倒影的悲剧：老大，拿了第一发红包哦！

【帮派】丫丫猫：发你个大头鬼啦，悲剧要不要这样势利呀！

【帮派】大大不是你：悲剧晚上回去跪主板吧！

【帮派】左手倒影的悲剧：老婆，我错了。不过我要红包也是为了你呀，你看中的九十级的武器，还差银子啊！

【帮派】天灰灰心慌慌：悲剧你连医仙的武器都买不起，你还混个什么劲儿。猫猫你还是换老公吧，这样的男人要不得。

帮派里闹成一团，却唯独不见今天的两个主角开口。

【私聊】黄泉：还在紧张？

【私聊】莲叶何田田：嗯，多少有一点。

田小雅贴着鼠标的右手心有些发黏，虽然也有可能会抽中别的组合，但是不知道为什么，田小雅有预感，她会和郭金泉和罗玉宇PK。

虽然凤器也说过，那边的对手未必是本人，但只要想着纵剑南天和玉宇仙儿这两个ID背后的主人，田小雅就按捺不住地兴奋和激动——无论如何，这一战她必须拿下他们！

【私聊】黄泉：放心，一切有我。

【私聊】莲叶何田田：嗯。

黄泉的话有一种魔力，虽然简单，却让田小雅原本焦躁不安的心渐渐平静了下来。

无论是现实还是游戏，她都已经开始习惯去相信他。有他在，再困难的未来，也不是没有解决办法的。

两个人又说了两句闲话，比赛便开始了。

点了入场NPC，场景切换读秒结束，田小雅看到自己对面站着的对手果然是纵剑南天和玉宇仙儿。

"是谁是谁？"见到比赛开始便忙不迭地从隔壁房间冲进来的

罗晓潇一看屏幕，随即便大笑起来，"哈哈，真是老天有眼，老天有眼啊！"

能够和郭金泉在此时便面对面，是罗晓潇一直都期待的事情。

不光是因为她想看到郭金泉提前出局，更重要的还是之前郭金泉因为游戏的事情跑去找了凤器。她想看看，在比赛失败之后，再知道黄泉真实身份的郭金泉，会是怎样的一种反应。而且根据之前的安排，郭金泉即将面临的打击，这还真的只是一个开始。

没有空分神，田小雅在压力和兴奋之下超常发挥，不仅辅助技能使用得精准无误，还得空对着已经是半空血状态的纵剑南天使用了攻击技能，直接将他轰翻在地，异常干脆利落地结束了战斗。

怎么会这样？！坐在一旁看着代练操作游戏的郭金泉傻眼了。

他实在不敢相信，自己还是输了，而且输得这样迅速彻底，连回旋的余地都没有。

"你之前可是说对方是临时换的人。"面对郭金泉的责问，代练的脸色也不好看。说什么是新手，不需要太过在意只需要常规发挥即可，可是刚刚那一交手，只看那配合是新手吗？

代练当然不知道郭金泉和田小雅之间的纠葛，他的直觉就是眼前这个人为了省钱而隐瞒了对方的真实实力。所以造成今天输的直接原因并不在他，而在郭金泉。

"可是你也说了你技术好，取得比赛胜利是轻而易举的。"郭金泉只想着是代练在忽悠人，加上如今代练又这样没好气地数落他，他更是气不打一处来，"现在呢，输得一塌糊涂却还要找理由找借口，你当我是傻子被你耍着玩儿啊！"

"什么样的对手什么样的价格，这是之前我和你说好了的，你只出了那点钱是事实吧？现在还好意思在这里跟我倒打一耙，可真有你的！"代练一巴掌拍在电脑桌上，立马便有听到动静赶过来的朋友将郭金泉围在了网吧的座位上。代练站起身，冷冷地瞪了一眼还没找回状态的郭金泉："这小子还欠我们工作室五千块的尾款，今天不管怎么样都得让他把钱付清！"

　　田小雅接到郭金泉的电话已经快十二点了。

　　洗漱完毕正准备上床睡觉的田小雅见到手机上显示的陌生号码以为是客户，接通了之后才知道对方是网吧一个代练工作室的成员。

　　大致意思也很简单，郭金泉欠了工作室的尾款不给，人被扣在网吧了。而且因为态度不太好，得罪了里头的人，据说还被稍稍地收拾了一顿。听到电话那头的介绍，田小雅睡意全无，强忍住想笑的冲动，对着那边的人开口道："抱歉，我并不认识这个人。"

　　"不认识？"电话那头的男子愣了愣，随即对她说了一声"你等等"，便又去叫郭金泉了。也不知道是挨了打还是怎么的，电话那头传来了郭金泉的号哭和惨叫，良久才又听到一个人走过来，然后对着电话说道："妹子，这小子说你是他女朋友？"

　　"大哥，他说的鬼话你也信？"田小雅笑着说，"他的女朋友可是罗氏地产总裁的女儿罗玉宇，关我等平民百姓什么事儿。"

　　"小雅，救救我，求求你救救我啊！我错了，小雅我知道我错了，我求求你，帮帮我这一次，就这一次，我给你做牛做马都行啊！

　　"小雅，你要不帮我，他们就要废掉我一条胳膊啊！我求求你，不要不管我，看在我们认识这么久的份儿上，就这一次，就这一次啊，小雅！"

　　"你要我怎么帮你？"

　　事情到了这一步，田小雅反倒有些好奇起来，她耐着性子开口问对面已经被吓破了胆、濒临崩溃的郭金泉。

"一万，他们要一万块。"田小雅的话让郭金泉看到了希望，他喘着气继续哀求道，"你帮我，我出去后就还给你，我一定还给你。"

"你现在在哪儿？"田小雅突然有想去看看郭金泉此时状态的想法，想必一定是非常精彩才对。

第十二章
突然反转的剧情

"你是不是疯了，那家伙倒霉关你什么事情？你竟然要在这时候出去救他？"

罗晓潇刚听田小雅说完事情的始末便炸了毛，她恨铁不成钢地瞪着田小雅嚷道："再说了，一万块啊，你还真打算拿那么多钱去救那个白眼狼不成？该不会你真的认为他会就此对你感激涕零吧？"

"谁说我要拿钱去救他了？"罗晓潇的急性子有时候真的让人很无语，"难道你就不想看看郭金泉现在的样子？"

"咦？"罗晓潇瞪大双眼，先前田小雅不说还不觉得，如今听到她一提，还真有那么几分好奇和期待。难道说田小雅只是想去看戏？

　　"好歹也算是认识一场，电话都打到咱们这里来了，总不好见死不救。"田小雅一边换衣服，一边对罗晓潇笑道，"不过如今我和他之间的关系，让我拿钱出来明显不现实。既然他期待他的女朋友去救他，咱们就帮他一次吧。"

　　"你，你该不会是想喊罗玉宇一起去吧？！"罗晓潇愣了半晌才反应过来田小雅的打算，不得不承认田小雅这一招实在是太狠了！

　　郭金泉既然会不顾尊严地打电话来哀求田小雅，自然是不愿意他现在的狼狈模样被罗玉宇看到。

　　"是啊，要不然我去哪里拿这么多钱出来救人？"田小雅给自己套了件外套，理所当然地答道。

　　接到田小雅的电话，正舒服地靠在沙发上边看电视边等郭金泉回家的罗玉宇显然也很意外。

　　"你，你说泉哥出事儿了？"罗玉宇听到田小雅告诉她的消息先是一愣，随即便不假思索地认定这是田小雅诓骗她的诡计，"喂，该不会是你这次游戏里比赛输了，想骗我出去然后报复泉哥吧？我告诉你田小雅，我可不是傻子，才不会上你的当！"

　　"信不信由你，不过提到比赛，大概让你失望了。我们碰巧做了对手，而结果是，你们出局了。"

　　田小雅在电话那头轻笑出声，这笑声在罗玉宇的耳中格外刺耳，还有她说出的结果，更是如晴天霹雳一般让罗玉宇傻在了当场："不可能，你骗我！"

　　"我骗你有什么好处吗？"田小雅有些无奈地反问道，"反正消息我已经告诉你了，若是你想你的泉哥少受些罪，就出来吧，我们在小区门口等你。"

"田田，你说罗玉宇会出来吗？"见田小雅挂了电话，罗晓潇有些怀疑地低声问道，"要是我，才懒得管郭金泉的死活呢。"

"我也不知道，不过我想如果她真的对郭金泉还有那么几分感情的话，应该会下来的吧。"田小雅笑了笑，"不过，我估计她下来的最大的目的还是想问问我，为什么郭泉出事的消息会是我最先知道的而不是她。"

"那你想怎么回答？"罗晓潇好奇起来，凑到田小雅身边一脸讨好地开口，"总不会是说，那完全是你家金泉哥心疼你，不想要你担心什么的吧？"

"嗯，这个说法不错，我决定一会儿如果罗玉宇问起来，我就这么回答她。"

田小雅若有所思地点了点头，很认真地回应罗晓潇，结果换来了她的一对大白眼："哼，不说不说，有本事你一会儿见到罗玉宇，也一直闭着嘴不开口！"

正说着，便看到罗玉宇慌慌张张地从小区出来了，坐在驾驶位置上的罗晓潇打开了车灯，而一旁的田小雅也从车窗里探出头冲她招了招手。罗玉宇绷着脸小步跑到车边停下，却不忙着上车，而是一脸戒备地看着坐在副驾上的田小雅："我出来了，你现在可以告诉我，你到底在搞什么鬼了吧？"

"你不应该问我们在搞什么鬼，而是该问问你亲亲的泉哥，他在搞什么鬼。"罗晓潇一脸不耐烦地看了罗玉宇一眼，抢在田小雅之前开口道，"请代练打比赛，输了就赖账，啧啧，真是好气魄。"

"少胡说，请代练的那点钱，我还真没看在眼里！"罗玉宇哼了一声，显然对罗晓潇所说的话半个字都不信，"你们到底对我的泉哥怎么了？如果你们现在不给我说清楚，我马上就报警！"

"那你报吧，反正这件事情我也是纯属帮忙，你不领情就算了。"田小雅无所谓地冲着罗玉宇笑了笑，"如果你不去，那我和晓潇就回去睡觉了，明天还要早起上班呢。"

"好，我就去看看，你究竟在搞什么鬼！"罗玉宇犹豫了片刻，才一咬牙，拉开车后门坐了进去，"如果让我知道，这一切都是你们的诡计。田小雅，我发誓我绝对不会放过你的！"

"如果是我的诡计你不会放过我，那如果你的泉哥一直都在利用你呢，你要如何对他？"田小雅回头，看了一眼坐在后座上却一脸心不甘情不愿的罗玉宇，轻描淡写地开口，"你也不会放过他吗？"

"田小雅，你休想挑拨我和泉哥之间的关系。"罗玉宇很是不屑地看着田小雅，带着几分胜利者独有的高傲，"泉哥是爱我的，你这样说不过是妒忌。"

"妒忌？这算是我听到的最好笑的笑话了。"开车的罗晓潇忍不住笑出声，"你家的泉哥再好，能比得过凤翳吗？"

"凤翳？哼，这才是最大的笑话呢！你们该不会真的认为凤翳对你田小雅是认真的吧？"罗晓潇的话却丝毫没有影响到罗玉宇，反而让她越发得意起来，"看看你们两个人的身份就知道了，你们之间，不过是凤总的一场游戏罢了！"

"如果凤翳对田田只是抱着一场游戏的态度，那你呢，你和郭金泉之间不也同样存在着身份的差距，难道说这也是你的一场游戏吗？"罗晓潇是记者出身，一贯的牙尖嘴利，原本就对罗玉宇存着几分不满的她此时更是抓住机会，想要狠狠地杀一杀这个富家女的锐气。

"怎么可能，我对泉哥可是真心的。"罗玉宇脸色通红，却不是因为害羞，而是被罗晓潇的质疑给气的，"岂是某些为了利益可

以出卖一切的人能比的？”

　　“哦，你不提我差点都忘了。田小雅你在游戏里的风光，不是因为认识黄泉吗？如果凤总知道你和黄泉的关系，你说他还会继续宠着你吗？”顿了顿，罗玉宇又似乎想起什么一般，一脸邪恶地看着坐在自己身前的田小雅轻笑道，“该不会是，你为此失了饭票恼羞成怒过来报复泉哥吧？”

　　“田小雅，你可搞清楚，你眼前的行为可是构成了敲诈勒索罪，甚至还涉及绑架什么的。如果这几项罪名成立，可够你在里头白吃白喝许久了。”

　　“罗小姐，你也要搞清楚，眼前坐在你面前的田田还有另外一个身份，凤太太。”罗晓潇趁着等红灯的工夫回头挑衅地瞟了一眼罗玉宇，随后才慢悠悠地开口，“你说，凤氏集团的老总夫人，需要绑架你家那个要什么没什么的男人吗？”

　　“还有，你说游戏里黄泉和田田的关系啊，那你还真不用操心了，田田和黄泉好，凤总可是一直都知道的，不仅知道，他还很支持呢。”罗晓潇从后视镜里看到罗玉宇惊诧的脸色越发兴奋，笑嘻嘻地继续刺激她，“哎哟，我差点忘了告诉你，凤总就是黄泉，你说自己的老婆和自己夫唱妇随地玩游戏，这样甜蜜浪漫的事情，凤总怎么会生气呢？”

　　“你，你说什么？！”罗玉宇愣是呆了数分钟才将方才罗晓潇说出的事实消化完毕。田小雅和凤嚣结婚了，这怎么可能？！为什么这么大的事情，她会一点都不知道？而且，黄泉就是凤嚣？！

　　如果她说的是真的，那之前郭金泉去找凤嚣的做法，岂不是……岂不是一场笑话？！

　　“我刚刚说了那么多，要是再重复一遍多辛苦？”罗晓潇懒洋洋地瞟了一眼导航，按照之前标注好的路线继续前进，“你呀，还是等一会儿见了你的泉哥，自己去问他吧！"

"对了，顺便再问问他，盗取了你们罗氏售楼部里的资料出卖给别人，然后嫁祸给田田这件事情，他打算如何收场？"罗晓潇抬手将搁在前面的一个文件夹拿了过来递给身后的罗玉宇，"你自己看看吧，也好心里有个数。"

什么事情，都比不上自己的枕边人和自己同床异梦更可怕。

罗玉宇接过文件夹，几乎是不假思索地便打开了，借着头顶昏暗的车顶灯看了起来。越看她的脸色便越难看，还没看到三分之一便控制不住地合上了文件夹，急促的呼吸泄露了她此时的情绪："不，不可能，这一切都是你们伪造的，一定都是你们伪造的！"

"是不是伪造的，明天就要见报了。"罗晓潇带着几分同情，回头看了罗玉宇一眼，"真是不查不知道，一查呀，原来这郭金泉居然是个惯犯，他不仅盗了售楼部的信息卖出去。之前在罗氏的总公司，他也没少干这样的事情来谋利。"

"这件事情，我会找他问清楚。"罗玉宇紧紧地捏着手里的文件夹，虽然语气还是有些不善，但是比起先前上车的时候，态度可算是好多了。

"他说的话，哪句能信？"一直没有说话的田小雅开口了，"刚刚和我打电话的时候，还在说他最爱、最在乎的人是我呢。罗小姐，要不我们做个试验如何？"

虽然已经想到了郭金泉的狼狈，但是真正看到，还是让田小雅吃了一惊。

之前那个意气风发无论什么时候都务必要做到衣冠整齐的男人，此时正像一条狗一般缩在房间的一角。西服上满是油污和灰土，应该是挨了打，脸上满是青紫色的伤。见到田小雅进门，郭金

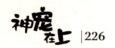

泉如同见到救星一般，不顾一切地要往上扑，却被守在一旁的人给拦了下来。为了防止他闹，那汉子还很给力地照着郭金泉的腿弯踢了两脚，再次成功地将他赶回到了角落里缩着。

"这到底是怎么回事？"田小雅看都没看郭金泉一眼，只是扭头向带她进门的人开口问道，"电话里你们也没有说清楚，而现在我看到的人，怎么变成了这样？"

"小姐，我们开个代练工作室也是为了混口饭吃，兄弟们经常为了练级不眠不休也只能赚个辛苦钱。"领头的那个叫武哥的人就着同伴递上的火点了根烟，抽了一口才开口道，"可是呢，你的这个朋友忒不守规矩了！先前为了能省钱骗我们说对方是新手也就算了，后来因为他自己提供的消息不准确输了比赛，还要来反咬一口说是我们的错。这我们也可以不和他计较，但是他赖着不给尾款，还砸坏了我们网吧的电脑，你说说，这样的人不是欠教训是什么！"

果然是长出息了啊！田小雅在心底说道，一般来说代练工作室大多和网吧的关系比较紧密。而这种终日混在网吧里的人，大半都是年轻人，脾气大，火气重。郭金泉这样在别人的地盘就敢这样不管不顾地撒野，也难怪他会挨揍了。

"可不是说，尾款是五千吗？"田小雅忍住内心的嫌恶和鄙夷，瞟了一眼缩在角落瑟瑟发抖的郭金泉，"怎么在电话里，你们一开口就是一万？"

"小姐，他打骂了我们的人，还砸坏了我们的一台电脑，这些都是要赔偿的吧？"武哥提高嗓音，同时抬手指了指旁边被砸烂的显示器给田小雅看，"说实话，我们只要了五千块的损失费已经是很地道了！"

"但是我现在手上，哪里拿得出……"

"小雅，求求你，不管怎么样，先凑一凑啊，实在不行，你给凤嚣打电话，他，他一定会给你的。"听到田小雅的犹豫，缩在角落的郭金泉慌了神，忙开口看着她嚷道，"一万块在他眼里根本不算什么的，小雅，你帮帮我，就这一次，你无论如何也要帮帮我！"

"郭金泉，你脑子没被打坏吧？"田小雅听了郭金泉的话哑然失笑，她仿佛是听到了什么笑话一般走近两步看着一脸期待的郭金泉，"我去找凤嚣要钱来救你？那你告诉我，凭什么？"

"就凭你背叛我去另寻高枝儿？就凭你盗了公司的商业秘密出售，却栽赃嫁祸，让我来背黑锅？就凭你为了打败我，为了游戏里比赛胜利，偷偷地跑到凤嚣那里去告我的黑状？就凭你为了中标不惜在美华公司的高层面前诋毁我的名誉？还是想凭借你为了赢我和黄泉请代练，结果却落得如今的下场？"

田小雅一通反问干脆利落，让原本就在角落里缩成一团的郭金泉更是恨不得找个地洞钻进去。而站在她身边的武哥却是一脸恍然大悟，盯着田小雅惊道："别告诉我，你就是那个莲叶何田田？"

"对，我就是莲叶何田田，这个人雇用你们就是为了打败我。"田小雅一口恶气吐得畅快淋漓，心情也随着好了不少，"是不是你也觉得很可笑，事到如今，这个男人居然还打电话给我，哀求我来救他。"

"小雅，一切都是我的错，你不知道我做这一切都是为了你啊！罗玉宇除了有个好爹之外，哪里能和你相比？我还不是想着能够多赚一点钱，可以和你一起买房子结婚？你不是不知道，罗氏里头竞争太激烈，我也，我也是没办法。"

"小雅，你要相信我，我对你才是真心的，真的！"

"郭金泉，事到如今你再说这些话有意义吗？"田小雅摇了

摇头，再看向郭金泉的时候已经多了几分同情，"我是拿不出这笔钱来救你的，不过你如今有难，我也不好真的见死不救。所以我帮你找了个能够出这笔钱的人来救你。只是没想到啊……真心不真心的，你还是一会儿对她说吧。"

看着从门外进来的罗玉宇，郭金泉第一次体会到了什么叫绝望。

"郭金泉，是我瞎了眼，才会看上你。"罗玉宇盯着郭金泉看了良久，才慢悠悠地从手提包里取出了一沓钱朝着郭金泉的方向狠狠砸了过去。钱币在空中散开，四散飞撒了一地，可罗玉宇却半点没有在意，只是用极度鄙夷的声音继续说道："这些钱，留给你买棺材吧！"

"田小雅，谢谢你。"和田小雅她们一起离开的罗玉宇这回再也没有了先前的敌意，她坐在后座上良久才低声开口，"以前对你做的那些事情，是我不对，我向你道歉。你给我的这些资料，我现在就拿回去给我爸爸。"

"其实我们田田还应该谢谢你才对。"罗晓潇笑着回头看了罗玉宇一眼，"要不是你，她现在还被郭金泉骗着呢。"

接下来的事情发展得很迅速。被打得像猪头的郭金泉顾不得自己的狼狈，径直跑去罗家想挽回他和罗玉宇的关系，结果却见到了早有准备的罗氏总裁罗光荣。

罗总也是个干脆人，见面连话都没说一句便抬手甩给了郭金泉一堆资料，正是他之前盗窃公司机密卖给其他公司谋利的证据，随后说："我不想阿宇再为你的事情伤心分神，你滚吧！"

"如果你识趣，这资料上的事情和损失我可以不再追究，但如果你不顾我的警告，继续来纠缠阿宇的话，我就将这些东西交给警察处理！"

被像垃圾一样扫出罗氏的郭金泉瞬间从人人羡慕的对象变成了过街老鼠。有罗晓潇出面，他之前出卖公司利益的事情被曝光也就罢了，连带着他买通美华内部员工想走后门拿到标书的消息也被曝了出去。一时间郭金泉不光是失去了在罗氏的工作，就连其他公司也避他如蛇蝎。

没了工作，没了朋友，手上也没了钱的郭金泉恍恍惚惚地走在昔日走了无数遍的林荫道上，混在周围熙熙攘攘的人群里，越发突出了他此时的狼狈和不堪。

而这一切，都是她害的！如果不是田小雅，如果不是她……

郭金泉将田小雅的名字一遍一遍在心底默念，每念一次，心底的恨意便加重一分。她害得他再难在这座他向往的城市立足，她必须为此付出代价！

就这样漫无目的地走了也不知道多久，浑浑噩噩的郭金泉一抬头，赫然发现自己不知道什么时候已经走到了凤氏的楼下。

远远的，他看到凤嚣在和别人谈话。

凤嚣！

想到凤嚣，郭金泉便下意识地想到了田小雅。

在现在的郭金泉看来，田小雅之所以会有今天的一切，会敢这样对他，完全是因为凤嚣的出现。如果没有这个男人在她背后支撑，她现在一定还是那个见了他只会说是的小应声虫。

更让郭金泉不能忍受的是，凤嚣明明就早知道了一切，可是偏偏还装着什么都不知道一样，把他当一个白痴耍！

就在郭金泉发现凤嚣并盯着他看的同时，感觉到恶意目光的凤嚣也下意识地回头，看到了站在马路对面的郭金泉。

见到郭金泉出现在这里，他显然有一点儿意外，不过很快他就

回过了神，回头笑着低声对身边的人说了几句什么，便大步穿过马路，来到了郭金泉的面前。

并没有如郭金泉所想的那样，凤嚣会以一种胜利者的姿态，高高在上地同他讲话，而是仍旧笑容温和，甚至还很有礼貌地向他伸出了手："郭先生，好久不见。"

若是凤嚣像之前的罗总一样对他态度恶劣，郭金泉倒还觉得很正常，可是现在凤嚣的这种态度，更是让他有一种无法抬头的自惭形秽之感。

"如果你要笑，就尽管笑好了。"郭金泉有些恼羞成怒，他看着凤嚣冷笑道，"不过，有那样的女人在身边，我也不难猜测到凤总你的未来！"

他现在就像是一个失去了理智的疯子，根本就不讲道理。

"说实话，我真的不知道田田到底是什么地方得罪了你。"郭金泉现在的状态很糟糕，想要在这时候和他讲清楚道理根本就是妄想。于是凤嚣犹豫了一下，试探着开口提议道："要不，我们找个地方坐一坐？"

当时田小雅和罗晓潇的动作之快，让凤嚣很是意外。

不过在知道事情的始末后，他第一反应便是狠狠地训了田小雅一通。

倒不是责怪她对郭金泉下手重，而是担心她的安全。要知道网吧那种地方鱼龙混杂，谁知道那个电话是不是游戏代练工作室打的？

如果是真的，去了倒也没什么，可如果是假的呢？田小雅和罗晓潇岂不是自己往危险上撞？想到这个假设会带来的后果，凤嚣就一阵后怕。

但是，事情已经发展成眼前这样，也只能嘱咐那两个胆大包天的丫头以后小心了。

对于郭金泉这段时间的动向，凤嚣盯得很紧。不为别的，依凤嚣对郭金泉的了解，在田小雅的手里栽了这么大一个跟斗，他肯定不会善罢甘休。

失去了一切的人往往最容易不顾一切地走向极端，他并不在乎郭金泉的死活，但是他不得不为田小雅的安全考虑。所以，这也是他今天会主动出面来找郭金泉的原因。

也不知道是故意还是巧合，凤嚣所选择的地方，正是他们之前偶遇过的那家餐厅。一身狼狈的郭金泉和风度翩翩的凤嚣，对比鲜明地相对而坐。

面对凤嚣一举一动所透出的那份坦然和自得，郭金泉不自觉有些自卑，他下意识地扯了扯有些发皱的西服衣袖，希望能够掩盖住里面有些泛黑的衬衫袖口。

"郭先生想喝点什么？"凤嚣很礼貌地示意侍者先将菜单给郭金泉。

"随便吧。"郭金泉接过侍者递上的菜单漫不经心地翻了两页，便没了兴致。

他不知道凤嚣这时候还找他谈话，是为了什么。

但是一想到凤嚣就是黄泉，他便怎么也平静不下来。

原本他还沾沾自喜地认为他狠狠地摆了田小雅一道，却不想原来到最后他才是那个最大的笑话。

眼前的男人，其实比田小雅更难应付。

这是同为男人的直觉，不过越是如此郭金泉就越发觉得心里不平衡，凭什么田小雅就能遇上这样一个优秀出色的对象？而他，却

不得不夹着尾巴，灰溜溜的离开这座城市？

这不公平！

"那就两杯摩卡吧，我曾经见过郭先生点过摩卡。"凤嚣将手里的菜单递给侍者，转头看着一脸颓败的郭金泉，"像这样的消沉，似乎不该是郭先生该有的表情喔。"

"其实也不用麻烦了，凤总你就直接说吧，找我有什么事情？"郭金泉等侍者离开，才有些不耐烦地开口，"而且，依着凤总和田小雅的关系，这时候来找我应该不是表达关心的吧！"

"那郭先生认为，我找你是为了什么呢？落井下石这种事情，郭先生这些天肯定也没少遇到，我又何必去凑这个热闹？"凤嚣说话间已经取出了一张支票放到了桌面上轻轻地推给郭金泉，"我听说郭先生要回老家了？这里有一笔钱，虽然不算是个大数目，但是凭借郭先生的能力，依靠它回到老家，开个小公司还是没有任何问题的。"

他瞟了一眼面前的支票，先是一愣，随即便笑出了声："十万？呵呵，真是大手笔，凤总是在可怜我？"

"我郭金泉如今是落魄了，可是我再落魄，也用不着别人的可怜！"砰的一拳砸在桌上，郭金泉赫然站起身，瞪着面前的凤嚣怒道，"何况，你会真的来帮我？八成是受了田小雅那个女人的蛊惑，来故意羞辱我的吧？！"

顿了顿他又似想起什么一般，回头看着凤嚣阴阳怪气地笑道："凤总，我劝你还是别太得意了，你真当田小雅那种女人是宝贝？你最好是能够一直像现在这样高高在上，否则现在的我，就是未来的你！"

郭金泉这种完全不分好坏的恶劣态度，彻底惹怒了凤嚣，他的脸色陡然沉了下来，冷冷地看着郭金泉："你以为我是因为什么才愿意浪费时间和你坐在这里？"

"你以为你是谁？如果不是因为田田，你在我的眼里，甚至还不如外面路边的一个流浪汉！"

"郭金泉，你在指责田田的时候，也该仔细地看看你自己。"凤嚣一脸讽刺地看着郭金泉，"不错，你现在这样从云端跌入泥潭是很可怜，但是却不值得同情。什么原因，你应该自己去反思！"

凤嚣也不管郭金泉的脸色有多难看，甚至都没有等两杯摩卡上桌，便从位上站了起来，然后说："原本我以为，你这样的人，就算人品不行，但总该是知道轻重好歹的，只是现在看来，果然是高看你了。"然后对捧着两杯咖啡过来的侍者说，"买单！"

罗晓潇临时出差，大概是存了和凤嚣一样的心思，郭金泉一天没有回老家，她便一天不能完全放心将田小雅一个人留在家里，所以思来想去她想到了凤嚣。

虽然田小雅如今还是不愿意直视她已经和凤嚣结婚的事实，但凤嚣总可以搬过来住两天吧。

对于罗晓潇的安排，田小雅没有反对，在听了凤嚣讲述他之前和郭金泉的沟通过程和结果之后也没有什么特别激动的反应，而是很平静地点头嗯了一声便没了后文。

"不管怎么说，郭金泉如今和我的生活没有任何关系了。"看到凤嚣还在担心，田小雅笑了，"我不希望为了一个不相干的人，影响到我，还有我关心的人的未来。"

有了田小雅的这句话，凤嚣才算是放了心。

两人一起齐心协力做了一顿丰盛的晚餐之后，又上了一会儿游戏才关了电脑，熄灯之后两人一人躺在床上一人打地铺，就这样待在一个房间里有一句没一句地聊着天。

从游戏说到现实，从小时候的往事说到学生时代两个人各自的初恋，再谈到今天晚上刚刚才宣布涨上来的油价。

"其实我本来是打算告诉郭金泉，游戏里我们得了冠军的消息。"话题转了一圈最终还是回到了原点，"不过后来成了那样子，我一时生气倒忘了。" 凤器言语中颇有些遗憾可惜的意思。

田小雅有些哭笑不得，不过她也很清楚，凤器之所以最终没有在郭金泉面前提比赛结果的事情，却并不是因为他忘了，而是因为已经没有任何必要。

郭金泉已经早早输给了他自己的贪婪和自负。

见田小雅不说话，凤器有些担心她是不是又想到了那些不开心的往事，一抬头，却发现她也正看着他轻笑，不由得松了口气，也忍不住反问道："你笑什么呢？"

"我在想，这次我们比赛拿了第一，帮派里的人不都在喊着要庆祝嘛，你打算怎么办？"田小雅不动声色的挪开了话题，已经过去的事情，实在没有必要过多的纠结。

"这个事情魔神打听了一下，我们帮派里有不少是同城和离我们不太远的。咱们的婚事不是已经选定了下个月十号吗？我看不如就邀请他们一起来吧，一来庆祝我们拿到了PK赛夫妻组的冠军，二来也正好能让咱们的婚礼更热闹些，这三嘛，帮派里不少人都是和我一起玩了几个游戏的好朋友，不如正好借这个机会一起聚一聚，你说呢？"

"好是好，可是毕竟还有很多离我们很远的人，如果要过来的话，那么对他们来说开销可是不少。"虽然也觉得这个主意很好，但是一想到帮派里还有不少学生和刚入社会的年轻人，如果让聚会变成负担，可就不好了。

"没事，反正这样的机会不多，何况还是来参加我们的婚礼，我觉得只要愿意参加的，咱们就一切包办吧！"

田小雅的顾虑，凤翳自然一早就想到了，说到这里，他似想起什么一般一下子坐了起来："说起结婚典礼，你的婚纱还没买呢！"

"我不是工作忙嘛！"提到和婚礼有关的事情，田小雅多少还有些脸红，她轻咳一声，有些扭捏，"而且……"

"别而且了，如果没什么别的安排就后天吧。"凤翳懒得去戳破田小雅的借口，什么工作忙，分明就是这小妮子拖延症的借口。

"后天我要去参加招标会呢，你忘了，后天是美华公司公布中标人选的日子呢。"田小雅有些为难，"不然，咱们改在周末？"

"周末就周末吧，不过明天你确定不用我陪你一起去？"想到今天才见过的郭金泉，凤翳多少有些不放心。

那家伙现在明显处于不正常的状态，谁知道在恨意和不甘的驱使下能做出什么来？

"你还有事情要忙呢，再说就算是有什么，不还有宋经理他们在吗？"凤翳的担心，田小雅也很清楚，不过她却想得很开，如果郭金泉心有不甘想要报复她，就算是藏在家里也不是绝对安全的，所以又何必因为他而胆怯呢？

最重要的是，她没有错！

见凤翳还不放心，田小雅又低声安慰道："总不能因为他，以后我就不出门了吧？"

"好吧。"见田小雅如此坚持，凤翳想了想她说的话也确实有道理，便也不再坚持，只是不忘嘱咐她要注意安全，千万不能松懈大意，"谁知道那家伙会做出什么事情来？总之小心为上吧！"

"田小雅，你这个不要脸的贱人！"

田小雅她刚从车上下来，走上通往会场大门的台阶，就听到身边不远处传来了一声尖锐的怒骂，她的心不由得一沉——该来的果然还是来了！

这时候正是会议入场的高峰，很多其他公司的人因为这一出小小的插曲也都纷纷停步，饶有兴味地看着大步朝着田小雅飞奔而来的郭金泉，以及站在台阶之上打扮清雅迷人、一脸平静的田小雅。

八卦之心人皆有之，何况圈子本来都小，里头也不乏郭金泉和田小雅之前就认识的熟人，一时之间有关他们两人之间过往便像生了翅膀一样在人群中流传来开。

只是在这个"过往"中，田小雅是人们口中见利忘义攀高枝的心机拜金女，而郭金泉，则成了那个有些可悲的痴情炮灰男。

听到四周那些歪曲事实的言论，站在田小雅身边的宋经理的脸瞬间黑了，他上前两步正要开口喊保安将这个打扰会场的人轰出去，却听到田小雅已经说话了："曾经你也是有机会站在这个台阶之上的，不过让你出局的却不是我，而是你自己。郭金泉，我承认你有实力、有能力，所以你想要往上爬，获取更大的成功，我并不拦你也不会成为你的障碍，只是你不该骗我。"田小雅语气不见半分不耐和愤怒，只是心平气和的陈述事实，"你去找你老板的女儿，希望能够获得更大的利益，那也是你的自由，我不干涉，所以我选择放弃，那么之后呢？"

"好歹我们也是从大学就认识的吧，就算不是情侣，是朋友也该好聚好散不是？可是你仔细回头去想想，从分手到现在，我真的对你做了什么吗？"说到这里，田小雅忍不住轻轻地摇了摇头，"我什么都没有做！"

"背着女友去攀高枝，用公司的销售资料去换取更多的利益，一桩桩一件件，是我逼你的吗？"田小雅有些讽刺的勾起唇角，盯着虽然被气的面容扭曲却被堵得哑口无言的郭金泉，"所以，真正将你自己害到今天这种地步的人不是我，不是任何一个人，而是你自己！"

"是你自己的贪婪，毁了你原本拥有的一切！"田小雅抬手轻轻地理了理自己衣袖上的褶皱，带着几分怜悯继续开口道，"我可怜你，但是却不同情。一个连自己都看不清的人，别人说再多，都是没有任何意义的！"

语毕，她转身便朝着会场内走去，丝毫没有在意周围人的窃窃私语和刻意审视的目光。

但是她的心里，却是遗憾。

这样大的骚动，恐怕很快就会传到美华那边去，何况在一旁围观的都是竞争对手，不可能帮她说话，那么……

"小田，没事的。"宋经理也能感觉到田小雅的不甘，他低声在一旁安慰道，"只要咱们在这一行，机会还有很多，这次就只当是锻炼好了。"

"但是因为我而……"

"也许是我们的水平还不够呢？"宋经理抬手拍了拍田小雅的肩膀，打断了她的自责，"再说，现在也还没有公布结果，我们完全没有必要先认输嘛！"

虽然知道只是安慰，但是面对这样善意的安慰，田小雅最终没有再说什么，点了点头，和宋经理一起进入了会场。

已经有了心理准备，田小雅待了一会儿也就想开了。就当这次机会是一次难得的锻炼吧，未来她要努力的道路还很长，就此颓废下去完全没有必要。

所以当美华的负责人上台公布结果念出她公司的名字时，她愣是一下没有反应过来，直到宋经理大力推了她一把，她才回过神来，可还是有些不能确定——是不是弄错了？

田小雅拿到标书的消息瞬间在会场里炸开了锅，有祝贺的，当然也有不服气的人已经大声地说出"田小雅公司的设计方案也许是另有来头"的质疑，甚至还有人拿田小雅的个人生活说事儿的，毕竟刚刚郭金泉的闹腾，可是给了不少人谈资。

"在我们接到各位的报名之后，也并不是仅仅在各位的方案中挑选。"负责人等到田小雅走到他身边，才抬手示意会场安静，这位精神矍铄的老人微微笑了笑，声音不大，却很沉稳，有一种莫名的稳定人心的力量，让人不容置疑的信任。

"我们对每一个公司的发展都做了详细的、周密的调查和考验。没错，田小姐的公司确实是在座各位中最年轻的，但是通过我们的了解，发现这个公司所接的每一笔案子，都有让人意想不到的闪光点和新颖度，她们所接的楼盘，大多是不太好出手的尾盘，但是却总能够将案子完成的异常漂亮！"

"当然，我知道各位的疑虑和不甘，不过刚刚发生在大门口的那一幕，我也看到了，而且也看得很清楚。"老人笑着看了田小雅一眼，随后才继续说道，"虽然在眼前这种场合，说一些涉及私人问题的话题并不合适，但是我想说，正是因为田小姐刚刚的那一番话，打消了我心底最后的一丝疑虑，放心地将这次的标书交给她！"

"我们不管今天这场意外谁对谁错，但是在那样的场合之下，处事不惊，言之有理，坦荡自若，请问诸位，若是心里真的有鬼，谁能做到？就算是心里没鬼，谁又能做到像她这样的无畏无惧？"

"田小姐，恭喜你。"在全场静了十秒之后，便是雷鸣一般的掌声，以及老人衷心的祝贺。

"田田，这一切太意外了。"会议结束，在送走了一波又一波道贺人之后，宋经理也有些吃不消了，他一边擦着额头沁出的汗珠，一边叹道，"不过，我们真的拿到了标书，这实在是太棒了！"

不过田小雅却没有回应宋经理的话，而是直直地看着离她不远的树下已经不知道站了多久的熟悉身影——罗玉宇。

宋经理也感觉到了田小雅的不对劲，顺着她的目光看过去，脸色微微一变，这时候她来干什么？

"凤嚣说在凯利酒店备好了庆功宴，要和咱们公司的员工一起庆祝，这两天大家也都累坏了，要不宋经理你先过去安排吧？"

罗玉宇这时候出现在这里，肯定是来找她的。

"那好吧，不过你小心。"对于罗玉宇的秉性，曾经在罗氏工作过的宋经理也是很清楚，谁知道这位向来刁蛮任性的大小姐，这会儿又想干什么？

"嗯，没事。"田小雅笑了笑："我也会尽快过去的。"

现在的罗玉宇，看起来和之前有很大的不同。

没有之前那样的嚣张跋扈，也没有艳丽逼人的妆面，她只扎了个马尾，素面朝天的看着田小雅轻笑："你公司拿到标书的消息，我已经知道了，恭喜你。"

"谢谢。"伸手不打笑脸人，虽然不知道罗玉宇找她是为了什么，但是面对对方的祝贺，田小雅还是很高兴地接受了，"我们找地方坐一坐吧？"

"不用了，其实我这次来……主要是想来对你说一声对不起。"罗玉宇有些犹豫，但最终还是将道歉说出了口，"很抱歉，我之前那样对你……然后，谢谢你，如果不是你，我也不会想明白很多我以前从来没有去想过的事情。"

"你不要这么说，其实说起来我还应该谢谢你呢，如果没有你让我经历这一场，我也不会有现在的一切。"罗玉宇的态度让田小雅先是一愣，随即便笑了，"说起来这应该也算是命运的安排吧，不过不管怎么说，我们现在都没事，就最好不过了。"

"我是来和你道别的。"话说开了，罗玉宇也没了先前的拘束，"我已经决定下个月去英国了，之前浪费了那么多时间去干那些没有意义的事情，我觉得已经够了。这次发生了这件事情，我突然发现爸爸比以前老了许多，我是他的女儿，得努力为他分忧才对。"

"总之我会努力的。等我回来，说不定我们还是竞争对手呢！"

罗玉宇笑着冲田小雅挥了挥手，转身离去。那身影如同一只翩然而去的蝴蝶，摆脱了那些不愉快的过往，破茧重生的蝴蝶。

田小雅从出租车上下来走进酒店，正好和一脸焦急的凤嚣撞了个正着，见到她平安无事，凤嚣才算是松了口气："你胆子也太大了！要是她万一对你不怀好意，你怎么办？"

"不要把人都想得那么坏啦，她是来跟我道别的。"田小雅笑眯眯地说，她心情很是不错一方面是因为今天罗玉宇的表现，但是更多的却是因为凤嚣在乎她的行为。"她说要去英国留学了，还说回来要和我做竞争对手呢！"

"那你还笑得这么开心？"凤嚣有些哭笑不得，不过也顾不得多说什么，揽着田小雅往里走，"自从郭金泉被开除之后，罗氏下属的销售公司便一直处于停摆的状态，你不是一直抱怨现在人手不够嘛，所以宋经理早就留了心，趁着这次他们公司解散销售分公司的机会，一起给挖了过来。"

"啊，罗氏的销售公司解散了？"这个突如其来的消息惊得田小雅一下站到了原地，她愣愣地看着凤嚣，"这是什么时候的事情，我怎么一点消息都没有听到？"

"就是你刚刚看到的那位罗家大小姐今天早上宣布的。"凤嚣耸了耸肩，"不过你知道宋经理一直都想将他带出来的原班人马拉过来，这次也正好是个机会。"

还省了挖墙脚的麻烦，可谓是睡觉送枕头一般的贴心。

因为以前在罗氏的售楼部工作过一段时间，大家也算是熟悉了，再相逢虽然身份不一样，可田小雅的亲切平和大家都是知道的，所以很快大家就又混熟了。

"小雅和凤总你们打算什么时候办事儿啊？"

田小雅和凤嚣的事情如今已算是公开的秘密，公事说完自然也就轮到了私事，一直对田小雅不错的罗姐笑嘻嘻地举着酒杯对着田小雅和凤嚣说："到时候摆酒可别忘了我们哟！"

凤嚣笑着应道："那是一定的，到时候还得请大家去捧场呢。"

大结局

结婚那天，天气异常好。

阳光温和而明媚，田小雅刚刚换上婚纱从更衣室出来有些拘谨，却让凤嚣一刹那有些挪不开眼。

见到凤嚣那样看着她，田小雅有些紧张，她试探性地开口问道："不好看吗？"

"不，很好，很漂亮。"凤嚣从呆愣中回神，连忙点头赞道，"无可挑剔。"

大家都在为婚礼忙碌着，田小雅一回头看到了不知道什么时候站在大门口落地玻璃窗外的郭金泉。

此时，外面的人行道上没有什么人，斑驳的阳光透过树叶，洒在站立的男人身上，显得寂寥而落寞。

他已经不知道站了多久，没有了之前的狂妄，此时沉淀下来的感觉很安静，荡涤开了那些浮华，仿佛这一刻才是真正的他。

田小雅有些愕然，就像时光流转，又回到了曾经熟悉的校园，而他们还是那样青涩干净的少年。

"怎么了？"凤嚣走过来，顺着田小雅的目光也看到了窗外的郭金泉，他有些了然，最终轻轻地推了田小雅一把，"去吧。"

去和他道个别，也是去和过去道个别。

"你今天真漂亮。"郭金泉见到走出来站到他身边的田小雅，由衷地开口道。那语气带了几分苦涩，几分失落，但是更多的还是平静和坦然。

"抱歉，我不是故意来打扰你的，我已经买好了火车票，准备回家了。"

"虽然觉得有些多余，不过我还是想来和你说一声抱歉，还有，祝你幸福。"郭金泉的目光透过玻璃窗再次落到了大厅里凤嚣的身上，"他是个好男人，能给你最大的幸福，我也……放心了。"

"你打算回去……你也好好的吧。"田小雅有些无奈,虽然她很想说点什么,但是到了这一刻,她发现言语真的很无力。

想问他以后打算怎么办?但是也许这已经是他们最后一次见面了,问了又有什么意义呢?

"我一个朋友在山村小学里当老师,他说那里的学校现在非常缺老师,我想在这里闲着也是闲着,先过去帮帮他吧。"

郭金泉并没有打算隐瞒田小雅,很坦然地给了她想要问却没有问的结果。"总之再见了。"

而后会无期……

郭金泉说完没有再久留,紧了紧身上的外套,转身大步离去。

这是田小雅记忆里她最后一次见到郭金泉的情景。直到很久以后,她从曾经大学同学口中得知,郭金泉在山村希望小学支教,最后为了救一个落水的孩子去世了……

人总是会变的,好人和坏人的界定很模糊,也许他是犯过错,走过弯路,但是并不妨碍他成为一个英雄。

但是现在,田小雅转回头,看到的却是一脸微笑张开双臂的凤器,心底的阴霾一扫而空。她扬起笑脸,快步朝着她的未来和幸福走了过去。

未来是要和心爱的人一起创造的,不是吗?

(全文完)

番外1：田小雅的减肥计划

对眼前平静而甜蜜的婚后生活，田小雅和凤嚣都显得格外珍惜。

也正因为这份珍惜，特别是凤嚣对田小雅的宠溺甚至已经到了连田爸爸田妈妈都看不过去的地步。

可不管田爸爸田妈妈怎么说，凤嚣依旧还是保持原样，无论什么事情只要田小雅开口，他都会第一时间点头，别说是拒绝，就连犹豫都不会有。

"你这样会把她惯坏的。"田妈妈有些无奈。

"老婆不就是拿来疼的吗？"凤嚣说得轻描淡写，却瞬间让田妈妈红了眼眶。

无论是谁，都对凤嚣和田小雅的结合存着怀疑，因为两人身份实在太悬殊了。虽然他们并不是以身份地位去论感情的人，可是如何缩短两个人之间的差距，成了田小雅努力的目标。

对于田小雅的努力，凤嚣处于默许状态。当然，依据他的实力，就算田小雅什么都不干待在家里，他也完全能养活她，只是他很清楚，那不是田小雅所希望的生活。

表面看起来柔弱的田小雅其实是一个内心很要强的人，她并不适合做笼内的金丝雀，她是能够伴随他翱翔天际的毕生伴侣。

在田小雅的努力经营下，原本那个小小的售楼公司如今也有了翻天覆地的变化，只是时间长了，久坐办公室的田小雅也遇到了大麻烦——她觉得自己胖了！

其实说实话，按照标准的身材比例来说，田小雅并不算胖，甚至连丰满都算不上，只是比以前多了差不多五六斤的重量而已。但让田小雅不能忍受的是，这五六斤的肉肉偏偏长在了不该长的地方——腰和小腹，虽然还不至于那么夸张，却也向着游泳圈充气待涨的态势发展。

捏着腰间的游泳圈，田小雅决定减肥。

对于田小雅的这个决定，凤翱难得地提出了委婉的建议："其实我觉得还好，真心来说不是你现在胖了，而是你以前太瘦了。"

为了改变田小雅的决定，凤翱还找来了田妈妈当说客。因为在他看来，田小雅的胖瘦根本没什么不同。但是爱美是人的天性，田小雅这次更是吃了秤砣铁了心，坚决要求减肥！

拗不过田小雅的决心，凤翱只得退而求其次，要求她不能吃药也不能靠节食来降低体重，因为这几种做法颇为伤身体，他是坚决不能同意的。

面对凤翱的坚持，田小雅点头倒是非常爽快，原因无他，只因为这两种做法她也赞同。一来节食太残忍，对一个意志薄弱、顶不住诱惑的吃货来说，要不吃凤翱精心烹饪的食物，根本就是不可能完成的任务！

思来想去，最终田小雅敲定了运动减肥计划——每天早晚去公园走路绕圈。

对田小雅的这个方案，凤翱自然是全力支持和配合，运动有助于身体健康，这样三岁小孩子都知道的道理，凤翱自然也明白。

为了表示支持，凤翱甚至自告奋勇地将叫田小雅起床还有每天

陪田小雅锻炼这样艰苦而重要的工作揽到了自己身上。

有了凤嚣的鼓励，田小雅更是信心百倍，当下便表示减肥这种事情是越早越好，决定从明天早上开始实施她的运动减肥计划。

第一天。

处在减肥兴奋期中的田小雅破天荒地起得比身边的凤嚣还要早。

洗漱完毕，两个人便向离家不到三站路的公园走去。

田小雅运动减肥计划的第一天进展得相当顺利。有了这一天的打底，田小雅很自信地在穿衣镜前收腹挺胸给自己鼓气，只要坚持坚持再坚持，那么不出一个月，她又会变成以前的窈窕佳人。

第二天。

但凡久不运动的人，在突然进行了超出平时运动量的活动之后，都会出现一些反应，比如头晕乏力、腰疼腿酸什么的。

田小雅就狠狠地感受了一下运动副作用带来的"惊喜"——全身上下几乎没有一个地方是不酸的！

又不是跑了几万米马拉松，为啥她会感觉全身像散了架一般？

而更让田小雅觉得不能接受的是，过来叫她起床的凤嚣明明运动量比她还大，可为什么他就是一副神清气爽的好状态？

这不科学！

凤嚣过来坐在床边摸了摸田小雅的头，小声问道："要不，咱休息一天等适应了再去？"

"不要！"田小雅咬牙从床上爬起来，坚持向她的窈窕佳人计划冲锋！

凤嚣看了看田小雅，最终什么也没有说。

和昨天一样，今天的目标仍旧是公园，只是比起昨天来说，今天他们到达的时间要晚了半个钟头。不过好在不是上班也不用打卡，晚到一点也没什么。凤翾是个很开明的监督者，当然前提是被监督的对象是他好不容易才追到手的老婆。

明明是和昨天相同的路线，但是在今天对于田小雅来说却像是在做苦工，尤其是下台阶的时候。

凤翾看到田小雅痛苦的模样有些担心，他一边扶着田小雅帮她承担一部分来自身体的重量，一边忍不住开口提议道："不然，咱们今天就到这里？"

"不行！"田小雅推开凤翾的搀扶，深吸了两口气，似下定了决心一般视死如归地向前走："我要坚持下去！"

凤翾看着田小雅虽然颤抖却依然坚定的背影，摸了摸鼻子什么都没有说地跟了上去。

这样下来的后果，便是一整天田小雅都没什么精神，连晚上的例行"交租"都显得有气无力，敷衍了事。

凤翾的脸色第一次因减肥而变得难看。

当然，为了让媳妇儿高兴，偶尔做做减肥这类事情倒也无妨，但如果这种事情影响到了他的"幸福生活"和至关重要的"希望工程"的话，那就别怪他心黑手狠了！

第三天。

"小雅，起床了！"

"快九点了！再不起来要误点了！"

而让凤翾没有料到的是，他已经想好了对策准备让田小雅知难而退，可还不等他的计划实施，田小雅便已经自己放弃了。

她在软绵绵的被窝里幸福地翻了个身，咕噜了一句虽然模糊但却足够让凤翾弯起唇角的话——

周末我要睡觉，减肥什么的，该干吗干吗去吧！

运动减肥计划，完败！

瘦是每个女人的梦想，所以当运动计划刚刚实施就搁浅之后，上网翻阅完各种资料的田小雅又再次信心百倍地卷土重来，发誓要和自己腰间挂着的游泳圈决战到底！

"你又想到什么好办法了？"看到田小雅对减肥如此执著，凤器实在是不理解，他抬手揉了揉眉心，不过看着某人兴致勃勃的模样，他又不忍心拒绝。于是决定先听听看，如果不伤大雅的话，那倒是可以考虑配合一下。

"我看了看，单纯的节食并不利于健康，而且还容易反弹，但是如果换了现下最时兴的'幸福减肥法'就完全没问题啦！"田小雅忙着献宝，将从网上下载下来的一叠资料塞给凤器，"你看，这种新的减肥方法虽然也是从饮食入手，但是却很科学哟！用肉类代替米饭，在保持蛋白质摄取的同时减少碳水化合物的摄入，配合适当的心肺运动，很快就能消除身上的赘肉啦！"

"听起来似乎不错。"凤器一目十行地将手上的资料扫了一遍，却仍旧有些将信将疑，"可是，你确定吃肉，真的是减肥不是增肥？"

"放心吧，我看到论坛上好多妹子都说一个月能够减下十来斤肉呢！"田小雅握拳，眼底杀气腾腾，"我一定也可以的！"

"那么……"凤器点了点头，想了想才又开口问道，"这次你能坚持多久？"

"嗯，怎么说，也能坚持一个月吧？"田小雅想到上次减肥时的情况，心里突然也有些没了底。不过只是吃肉而已，这次应该可以坚持下来吧？

"你喜欢的话，就这样吧。"凤器嗯了一声，没有再发表不同的意见，算是默认了田小雅的提议。

第一天。

早餐很丰盛。

全麦面包，热气腾腾的浇上酱汁的黑胡椒牛排，现炸的金黄诱人的鸡柳，还有搁在餐盘旁边的低脂牛奶。

凤翳从二楼卧室下来，很坦然地陪田小雅用了一顿丰盛的大餐，便去公司了。

午餐很华丽。

土豆牛肉，红烧酱汁排骨，泡椒烧仔鸡……

只是无所不在的全麦面包代替了碳水化合物的米饭，让田小雅颇有些意犹未尽，但想到自己的减肥计划，她还是很坦然地接受了这个不完美的遗憾。

嗯，等到自己减肥成功以后，一定好好地犒劳自己！

晚餐很诱人。

鱼香肉丝，剁椒鱼头，牛腩山药煲……

大约是晚餐的菜系比较合口味，凤翳一口气连吃了三碗米饭，看得田小雅直吞口水——要说中式菜肴，还是要配大米饭才是王道啊！

看着田小雅纠结的模样，凤翳很好心地递过自己的碗："要不要吃一点？"

"不了，我吃饱了！"田小雅干脆拍下筷子，昂首挺胸地抵制住诱惑上楼了。

哼哼，只要坚持过一个月，她还不是一样想吃什么就吃什么？！

第二天。

第三天。

……

第六天。

"怎么了？"

看着餐桌上久违的豆浆油条煎鸡蛋，凤嚣有些不解地问一旁喝着豆浆泡油条一脸满足的田小雅，不是说正在进行什么"幸福减肥法"吗？

"没怎么！"

田小雅扭头，一脸傲娇地避开了凤嚣略带调侃的审视。

没错，肉是很好吃，顿顿吃肉也幸福。

只是每天都把肉当饭吃，哪个伤得起？！

她现在看到肉就想吐啊好不好！

幸福减肥法，完败！

之后还有——

晚餐只吃水果法，完败！

苹果减肥法，完败！

按摩减肥法，完败！

……

最终有一天，捏着又扩大了一圈的游泳圈，田小雅苦着脸窝到正在看电视新闻的凤嚣身边，戳了戳无论怎么吃都依然身材挺拔的某人："那个，凤嚣啊……"

"嗯？"凤嚣顺手将田小雅揽进怀里，帮她折腾了个舒服的姿势，"怎么了？"

"我要是以后继续胖继续胖，怎么办？"田小雅是真的很苦恼也很纠结这件事情。

"不怎么办。"凤嚣亲昵地揉了揉她的头发，垂下头在她的头顶落下一吻，用仅有两个人能听到的声音无限宠溺地低喃，"无论你胖成什么样子，都是我的老婆。"

番外2：小混蛋出世记！

对于孩子，凤嚣其实是很期待的。但他还是很在意田小雅的想法。在田妈妈一次又一次表达要抱孙子的愿望后，夫妻俩终于开始了他们的造人计划。

确认孩子到来消息的那天正好是凤嚣的生日。面对这份特殊的生日礼物，凤嚣喜极而泣。他紧紧地拥抱了田小雅，郑重又小心，像是拥抱住了全世界。随后，凤嚣便让田小雅暂停公司所有业务，在家安心待产。

作为过来人，田爸爸和田妈妈对于女儿怀孕这件事，在高兴之后也保持了身为长辈的淡定。经验告诉他们，这才仅仅只是一个开始，如果不保持冷静，那么接下来的十个月，还有更折腾的时候呢！

虽然对女儿不太放心，但田爸爸和田妈妈对女婿还是很放心的。身为凤氏掌舵人的凤嚣简直就是冷静、睿智、泰山压顶不弯腰这类正面形容的代言人。经历了各种大风大浪的他，对于老婆生孩子这件事，应该是信手拈来谈笑不惊的才对。

可想法是美好的，现实却是残酷的。

所谓人都有两面性，越是冷静的人折腾起来就越是没底，而凤

251

器就是这类人最显著的代表。

对田小雅的担心，让他从得知田小雅怀孕的那一天起，就陷入了一种随时处于高度紧张的神经质状态。哪怕田小雅只是轻微地叹口气，也会让凤嚣有一种天要塌下来的错觉。

田小雅还没有来得及吐槽凤嚣的神经质，最初的妊娠反应便吞噬了她全部的精力。

几乎每天凤嚣从公司回来，都能看到田小雅在洗手间吐得死去活来的身影，他着急却无计可施，因为无论是医生还是田妈妈，都是一脸的淡定，仿佛他才是那个什么都不知道的土包子一般盯着他，吐出几乎如出一辙的回答："这种反应是很正常的，一般过了三个月就好了。"

还需要那么久！凤嚣急得想挠墙。

"我妈妈说，她怀我的时候一直到我出生时都还在吐呢。"田小雅歪在凤嚣的怀里，有气无力地安慰他。

这样随口的一句话却把凤嚣吓了个脸色惨白，手一抖，剥了一半的橘子直接滚进了垃圾桶——吐到孩子出生，这还要人活不要了？！

就这样，凤嚣一直提心吊胆地扳着手指头数完了三个月，看到彻底恢复正常吃喝状态的田小雅，他终于松了口气——看来妊娠反应这件事果然是不会遗传的！

随着月份的增加，田小雅的肚子也越来越大。和宝宝胎动带来的激动同时到达的，还有田小雅越来越敏感和焦躁的情绪。

"老公，我今天被人鄙视了，呜呜呜！"

大约在宝宝六个月的时候，某天凤嚣刚开门进屋，便被扑上来一脸忧伤的田小雅吓了一跳，连鞋都来不及换就抱着妻子娇小的身躯安抚道："怎么了？"

“罗晓潇说我是个吃货……”田小雅指着聊天记录向凤霱抱怨。

“好啦，以后我们不理她。”凤霱习惯性地抬手揉田小雅的头发，轻声安慰她，“而且，虽然穿着防辐射服，可总待在电脑前对宝宝不好。”

“可是，我很无聊啊！”

“……”

以上，在经历了各种想得到和想不到的囧事、糗事还有麻烦折腾之后，田小雅的预产期一天天地临近了。

原本以为已经熬过了寒冬即将迎来春暖花开的凤霱在这一刻才真正体会到，和现在相比，以前的那些折腾根本就是弱爆了有木有！

什么暴风雨前的宁静，什么经历了风雨方能见彩虹，根本就是站着说话不腰疼啊！那种过着这一刻不知道下一刻是什么结果的情况真的才是考验啊！

而来的时候火急火燎的宝宝这时却偏偏不着急了，预产期都过了一个礼拜了，可还是不见有生产的征兆。

“要不然剖腹？”凤霱觉得他都快要被那个即将出世的小混蛋给整疯了，接连休息不好，眼里此时全是清晰明显的血丝。他不光担心孩子，更担心田小雅。

谁都知道生孩子对女人来说就是鬼门关前走一遭的危险经历，相比较顺产的艰辛，凤霱其实更赞同剖腹产。这样至少田小雅可以少受一些苦。

“可是妈妈和医生都说，孩子的胎位很正常，顺产更好呢。”经历了长达十个月多的折腾，身为妈妈的田小雅提到肚子里的孩

253

子，连说话都会禁不住放轻，"还是再等等吧。"

于是等了又等，孩子终于在过了预产期的第九天有了动静。

和焦虑不安的凤器相比，医生显然要稳重冷静得多。他一把捞住想要直接陪着田小雅进产房的凤器，抬手推了推鼻梁上的无框眼镜，一脸严肃地看着跟在凤器身后赶过来的田爸爸和田妈妈："根据你们所选择的'温馨'套餐，可以容许一位家属进去陪产。我建议你们最好还是派一个有经验的冷静的人进入，比较好。"

"我去！"凤器几乎不等田妈妈开口，便推开医生冲进了产房。

而在很多年之后，当凤器回忆起这一天的场景时，仍旧是两个字——噩梦！

没错，对凤器来说，从踏进产房的那一刻起，他就注定了是一个悲剧。

完全没有任何经验的他碰上忙成一团准备迎接新生命的医生和护士，唯一能做的事情便是站在产床旁发呆，不是他不想上去握着老婆的手安慰她，而是他真的想过去，却一步都迈不出，他的手心冒汗，腿脚发软，更因为紧张而浑身哆嗦——

小说还有电视电影里描画出的，老公在老婆生孩子的时候还能冷静深情低趴在产床边，一边安慰一边说着情话什么的，根本就是一派胡言好不好！

"这位先生，如果你没有事情的话请往边上站一站好吗，你挡着路了。"护士小姐在来回走了两遍准备工具却中途受阻之后，终于忍不住对凤器提出了抗议。

凤器虽然此时大脑一片混乱，但是该听的话他还是能听得进去的。所以听到护士小姐的话之后他慌忙往后退了几步，直到退到了田小雅的脚头才停下来。

这下后果便显得更糟糕——

凤嚣只往产床的方向看了一眼，便眼前一片昏暗，华丽丽地晕倒在了当场。

原因无他，一向无往不利的凤氏总裁，晕血！

气急败坏的医生半搀着凤嚣，一脸嫌弃地将他推出产房，一边对着门口守着的田爸爸和田妈妈不满地吼道："你们家属就不能派一个靠谱的人进来吗？！"

······

最终将大家折腾得精疲力尽的小家伙，终于在黎明时分出生，七斤的男宝宝，用洪亮的哭声宣示着他的健康和平安。

"小雅。"握着田小雅的手，凤嚣又一次感受到什么是劫后余生的幸福。他盯着田小雅看了良久，才憋出了一句："咱们还是不要第二胎了吧！"

"······"

番外3：一切都是为了孩子

凤连雅这个名字是凤嚣定下的，特殊含义请见谐音。

和老爹名字的嚣张霸气不同，凤连雅这个名字可就要显得雅致和文气非凡得多。

其实这也隐隐表露了身为父亲的凤嚣的心愿，孩子出生之后大

半是田小雅在带，他希望这个孩子真的可以听话一些，不要调皮，这样可以少给田小雅增加一些负担。

可惜愿望和现实是无法同步的，现实往往是期望越高，失望越大，一岁半就能驾驭着哈士奇满院子飞奔的凤连雅，明显不是凤嚣所期待的那种乖宝宝。

家里三个老人再加上田小雅，面对活泼可爱的心肝宝贝，自然都舍不得下重手，宠爱得无法无天倒是不至于，但孩子通常都是敏感和聪慧的，他很快就找到了对付严厉父亲的办法——搬救兵！

凤嚣觉得自己的儿子如果能够去参加奥斯卡，说不定可以抱一尊最佳男演员奖的小金人回来。

只要他说话稍微重一些，小家伙就能抽泣哽咽，然后号哭着仿佛受了天大的委屈一般去找他的妈妈，或者是姥姥还有姥爷告状，那样凄惨无助的状况，就仿佛他真的是那无良的只会欺负幼儿的猥琐大叔一样！

对这样的事实凤嚣很头疼，但是在疼爱儿子疼到骨子里的田小雅那里，无论多少次都只会是他的错！

当然这还不是凤嚣最不能忍的，最让他不接受的时，儿子死缠烂打必须要跟着妈妈睡！

这让他自儿子出生之后生活质量便陡降，别说吃肉了，平时根本就是连口汤都喝不上。他都两眼冒绿光了，可偏偏某人的注意力只在儿子身上，完全无视了他的存在！

这种"有了儿子还要老公干什么"的赤裸裸表达，让凤嚣越来越不爽！

于是忍无可忍无需再忍，在凤连雅三岁的时候，凤嚣决定将儿子扔去幼儿园！

这次夫妻俩难得地达成了一致意见，哪怕凤连雅哭得山崩地裂也没有松口，硬是坚持让儿子在幼儿园里习惯了下来。

孩子的世界其实是很单纯的。

当凤连雅适应了幼儿园的生活之后，对凤嚣和田小雅来说，才是真正考验的开始！

其实在老师的眼里，凤连雅是个乖孩子。至少在吃饭这方面，小家伙并不需要人操心。他不仅会将自己碗里的饭菜吃干净，一般来说连隔壁小朋友碗里的菜，他通常也不会放过，特别是肉。在得到几次老师这样的反馈之后，田小雅决定很认真地对儿子来一场归属权的教育。

"乖孩子是不会去拿别人的东西的！"田小雅有些头疼，在家里哪顿没有准备肉啊，这孩子非得丢人丢到幼儿园去吗？！

"我没有拿别人的东西！"对于这样不存在的指控，凤连雅坚决不承认。他看着妈妈，委屈地嘴巴一撇，泪珠在眼眶里打转："是老师说，要懂得和小朋友们分享东西的。"

"但是，分享是要经过同意才算的吧？"田小雅扶额，如果真的是分享什么的，为什么会在餐桌上打起来？一块肉引发的血案吗？！

"他当时真的同意了啊！"凤连雅这会儿显得更委屈了，他吸了吸鼻子，"但是妈妈，我不喜欢他分给我的土豆，我更喜欢吃牛肉啊！"

"……"田小雅觉得，以后这种和儿子沟通的事情还是全部交给凤嚣吧，大约父子之间比较有共同语言？

但凡上了幼儿园的孩子，大多都会有掐架的经历。

现在大多都是独生子女，一个孩子上面四位甚至是八位老人宠着，在家都是小皇帝小公主一样的存在，自然时时刻刻都能做到心

想事成。可是到了幼儿园，一群公主和皇帝扎堆儿，在起了争执的时候谁也不服谁，这就成了问题。

凤连雅在这一点上表现得很大气，虽然他也没少和同学掐架，但大多数时候他都是掐了就忘，很少主动去对老师或者是爹妈告状，说起这类冲突的经过和责任人。

虽然不说，但脸上带了彩总是一看就清楚的。

看着凤连雅白嫩的小脸儿上明显的抓痕，幼儿园的刘老师很心疼："连雅，你脸上的伤是怎么来的呀？"

"在家里弄的。"

坐在家里玩游戏正开心的田小雅完全不知道自己此时已经无辜躺枪，不过好在刘老师明察秋毫，并没有被凤连雅带着跑偏："不可能，你早上来上学的时候脸上还没有受伤哟！你想想看，到底这伤是怎么来的呢？"

"被坏人弄的！"凤连雅想了想，给出了一个让刘老师想挠墙的答案。

"那你告诉老师是哪个坏人，老师把他抓起来送去公安局好不好？"刘老师循循善诱，发誓要将事情的真相挖掘出来。

凤连雅认认真真地思索了许久，头一扭，小脸儿一横，霸气十足地冲着全班小朋友高声喝道："喂，是谁把我的脸抓伤了？"

……

每个孩子，都会有一些让他们记忆深刻的事情或者是人物，一开口就会提及。

凤连雅也是如此。

他和宋玉欣的缘分，大约要追溯到刚入幼儿园的第一天。

一个班十来个孩子哭得震天动地时，凤连雅的旁边正好坐着宋玉欣小姑娘。

同样哭得伤心的小姑娘还不忘小大人般地掏出手绢，不仅有模有样地帮身边哭得涕泪横流的凤连雅擦眼泪和鼻涕，还不忘边抽泣边安慰这位和她一样的难友："别哭了，呜呜，你的妈妈一会儿，一会儿就会来接你了。"

就从这一刻起，凤连雅便记住了这个可爱又细心温柔的小姑娘。

而这也是宋玉欣躺枪生涯的开始——

"凤连雅，是谁和你打架了呀？"

"宋玉欣。"

"凤连雅，你的书到哪里去了？"

"宋玉欣拿走了。"

"连雅啊，你们班你最喜欢谁呀？"

"宋玉欣。"

"那，连雅你们班你最不喜欢谁呢？"

"宋玉欣。"

……

懵懂快乐的幼儿园生活之后，凤连雅进入了小学。

大约是被负面新闻折腾得心有余悸，田小雅不想让凤连雅一早就染上富二代的恶习，所以觉得还是走平民化路线的教育更为妥当。

虽然贵族学校的条件是更好一些，但是田小雅总觉得让凤连雅在普通的公立小学读书更自由自在。

没有那些无处不在的攀比，才是一个孩子应该拥有的生活。

而也正如田小雅所期待的那样，凤连雅的小学生活格外欢脱，

可谓是无忧无虑地快乐成长中，除了一个让凤连雅想到就会垂头丧气的遗憾——每个学期的亲子运动会，能够陪同他参加的都只有妈妈。

虽然凤连雅清楚爸爸的工作很忙，他很懂事地不会去给爸爸添麻烦，但却藏不住他的期待。

在每一个孩子，特别是男孩子的心中，人生的第一个偶像永远都是爸爸，凤连雅也不例外。于是能够和爸爸妈妈一起参加一次学校举办的运动会，就成了他最大的梦想。

最近一段时间因为新楼盘的开工，凤嚣几乎忙得是脚不沾地。虽然他最近和儿子的接触很少，但是却并不代表他不知道有关于儿子的信息。

习惯于掌控一切的他，在田小雅决定将儿子送进离家最近的公立小学时，他就已经不动声色地在儿子身边布下了最隐蔽的眼线——他身边最得力的秘书黄树的儿子，正好和凤连雅同班。

这件事情隐蔽就隐蔽在，不光是凤连雅，就连黄树的儿子黄晓元也不知道，自己在班里相处得极其友好的朋友凤连雅的真实背景。所以通过黄树打听来的消息，往往是儿子目前状况的最直接反馈。

下午有会议要开，黄树进办公室汇报会议议程完毕之后，很自然地就把话题挪到了同在一所学校上学的孩子身上。

凤嚣皱眉："亲子运动会？"这个怎么从来都没有听儿子说过呢？

黄树笑呵呵地点了点头："对啊，其实一开始我也不太看好这样的普通公立学校，但事实上他们在某些人性化的处理上更贴近生活，也更容易被小孩子们接受。"

"喔。"凤嚣在心底暗暗算了算，儿子现在三年级下学期，如果说是一学期一次的话，那么他至少错过了五期！

"BOSS您不知道吗？我听晓元说，连雅少爷最期待的事情，就是您能够和夫人一起陪他去参加一次亲子运动会呢！"说到这里，黄树难免有些奇怪，"难道连雅少爷没有对您提过吗？"

"没有。"

这个认知让凤翼有些自责和愧疚，但更多的还是觉得堵心。儿子的希望，却要通过一个外人来让他知道，这多少有些伤害他一个做父亲的心。

"咦？"对于难得提前半个小时回家的凤翼，田小雅表示很稀奇，"公司的事情都处理完了吗？"

"嗯，下午开完会没有什么别的事情，我就先回来了。"

这么多年对凤翼的行为已经算是了如指掌的田小雅，一眼就看出了凤翼回答中的敷衍，她不觉有些担心："你怎么了？"

"喔，没事。"知道自己的失态让田小雅担忧，凤翼连忙开口补救，"是这样的，我听说连雅学校要举行亲子运动会了？"

"是啊，每学期都会举行的。"田小雅点头，回答得很自然。这不是老早就知道的事情了吗，干吗今天凤翼会这样一本正经地问她呢？

"那，为什么……"凤翼犹豫了一下，"为什么没有告诉我？"

他也是孩子的父亲，这样的事情，总该告诉他一下吧？

"你忘了，第一学期的时候连雅回来高兴地邀请你，结果你说工作忙没有时间。"田小雅摊手，有些无奈，但更多的却是对儿子的心疼，"连雅很懂事，说不想影响你工作，以后的每一届运动会就没有再刻意对你说了。"

"其实，连雅真的很想你也有时间去陪他一起参加运动会的。"田小雅看着凤嚣，"如果这个星期六你有时间的话……"

"我有时间。"凤嚣点头，回答得很肯定，"我会将该处理的事情提前处理完，如果这是你和儿子的愿望的话，我必须无条件地完成。"

"太好了，连雅知道一定会很高兴的！"田小雅欣喜地笑了，不过又似想起什么一般，压着声音拉着凤嚣到一旁小声咬耳朵，"不过这件事情咱们先保密好不好？"

"嗯？"

"给儿子一个惊喜嘛！"

凤嚣愣了愣，最终还是弯起唇角，轻轻地点了点头："好。"

对于爸爸妈妈的变化，连雅并没有注意到。他依旧像平时一样，上学放学，过着单纯的三点一线的生活。

直到运动会的前一天晚上，妈妈拿着一件印着特殊图案，一看就是亲子装的T恤进房间来找他。

十岁的凤连雅有着超出同龄人的聪慧和早熟，但是一面对这个老顽童一样的妈妈，一切自律都成了过眼云烟。他抽搐着嘴角，看着T恤上的图案："妈妈，你不觉得这很幼稚吗？！"

"我是总司令"——这是什么图案啊，老妈你的审美观直线下跌，都要成负数了啊喂！

不会啊，不是挺可爱嘛！田小雅笑眯眯地拿着衣服，不顾儿子的反对在他的身上比划，"妈妈可是挑了好几天才挑中的哟，去年你们学校开运动会的时候，我看到好多家都穿亲子装，咱们这次也一起穿上好不好？"

"别人家都是……"凤连雅差点将"别人家都是爸爸妈妈和孩

子一起去的"这句带着几分埋怨的话直接给吐出来。他神色有些黯然，最终还是换了个说法："可是从来都没有人穿这样幼稚的图案啊，如果我是这个，那妈妈的是什么？"

"我是总指挥！"田小雅很得意。

凤连雅很无语，他真的有些想问面前的老妈，到底谁是儿子啊！

同样被这套亲子装惊到的还有凤器。他盯着属于他的那件"我是总干活"良久，才抬头对一旁催促他赶紧套到身上，让她看效果的某人开口道："我觉得，这个职位还真是适合我。"

第二天一早，虽然凤连雅百般不情愿，但还是架不住田小雅的软磨硬泡，将那件他看来简直幼稚到没边的"我是总司令"套到了身上，然后跟着妈妈一前一后地下楼吃早饭。

等到他走到餐厅，看到桌边还坐了个"我是总干活"时，小家伙先是一愣，随即便笑了，这时候什么幼稚成熟都弱爆了，小家伙像一发出膛的炮弹一般撞进父亲的怀里。

在这样一个温馨又温暖的清晨，妈妈挑的衣服，实在是好看到爆了！